鍋奉行犯科帳

京へ上った鍋奉行

田中啓文

目次

本文デザイン／原条令子
挿絵／林　幸

鍋奉行犯科帳　京へ上った鍋奉行

第一話

ご落《らく》胤《いん》波《は》乱《らん》盤《ばん》上《じょう》

1

「おい、七《しち》、見てみい。あそこの杉の木の根もとにガキが座り込んで眠っとるで」

頭を丸坊主にした大男が、酒臭い息を吐いた。顔中ごわごわの髭《ひげ》だらけで、髭のなかからぎょろりとした目がのぞく。酒のせいなのか日焼けのせいか赤ら顔で右手に薙刀《なぎなた》をつかみ、左手には松明《たいまつ》を持ってあたりを照らしている。

「ほんまや、こんな山のなかでひとりで寝るやなんて、アホか大胆かどっちかやな。飛んで火にいる夏の虫……と言いたいが、銭は持ってなさそうな風体《ふうてい》やぞ。どこぞの山寺の味噌《みそ》擂《す》り坊主やろ」

背の高い、痩せた男がガラガラ声で言った。長く伸ばした髪を後ろでくくり、腰に大刀を下げている。血色が悪く、蒼《あお》ざめているように見える。

「いやいや、ああいうやつが金を持っとるもんじゃ。わしの見立てでは、船場《せんば》あたりの手代が大和《やまと》に売り掛けを集めに来て、この生駒《いこま》の山に迷い込みよったのやろ。坊主の恰《かっ》好《こう》しとるのは、山賊の目をくらますためやな」

七と呼ばれた男がうれしそうに、

「ふふふ……山賊ちゅうと、わしらのことかいな。よう見たら、あのガキ、でかい風呂敷包みを横に置いとるやないか。熊《くま》、おまえの眼力もたいしたもんじゃ。これで久しぶりに米の飯にありつけるで。もう、ひもじいてひもじいて、背中と腹の皮がくっつきそうなんや」

「情けないこと抜かすな。米の飯どころか、酒も飲めるし魚も食えるわい」

「ほ、ほんまか。これで木の根かじる暮らしからもおさらばでけるな」

ふたりの男は、夜の山道を枯葉をざくざく踏みしめながら、木の根もとで眠りこけている僧形の若者に近づいていった。若者は腕を組み、顔をそこに埋めている。膝と膝のあいだに短い道中差しを挟み、足の指を風呂敷の結び目に引っかけ、盗賊への用心も怠っていないようだ。

大男が若者の横面《よこつら》を薙刀の柄《つか》でいきなり張り飛ばした。

「起きい、いつまで寝とるんじゃ」

若者はハッと目を覚まし、風呂敷包みを引き寄せるや、道中差しを構え、

「なにものだ！」

透き通るように色味が白く、公達《きんだち》のように上品な、整った顔立ちだ。右頰に、小さな

黒子《ほくろ》が六つ散らばっているのが目を引く。

痩せた男が刀を突きつけ、

「ここは生駒の奥の奥。鹿も通わぬ地獄ケ谷というところ。迷い込んだ旅人の身ぐるみ剝いで、ときには命までも奪うのがわしらの稼業じゃ。わしは青鬼の七五郎、こいつは赤鬼の熊、ふたり揃《そろ》えば生駒の鬼兄弟ゆうたら、ちいとは耳にしたことがあるやろ。見ればまだ小僧ゆえ、命ばかりは助けてやる。その手にした風呂敷と着物、銭入れもなにもかもここへ置いていけ」

墨染めの衣を着た若者は驚くかと思いのほか、すっくと立ち上がり、

「耳にしたことはないが、いずれ山盗人《やまぬすびと》のたぐいであろう。拙僧は仏に仕える身。貴様らごとき不浄の輩《やから》は、南無阿弥陀仏と引導渡されぬうちに、とっととどこへでも失《う》せるがよい」

その言葉づかいは凜《りん》として、どことなく気高さがあった。ふたりの山賊は一瞬たじろいだが、おのれを奮い立たせるように、

「なに？　偉そうなこと抜かしやがって、どうせ念仏も知らん生臭坊主やろ。どこぞの商家の手代が坊主に化けて、人目をごまかしとるだけに決まっとる。そっちがそのつもりなら、お望み通りその素《そ》っ首《くび》、胴体から切り離して地面に落としてやるさかい覚悟せえ」

赤鬼が薙刀を振りかざすと、

「せやせや。年端もいかん若いやつと情けをかけてやろうと思たけど、よっしゃわかった、どてっ腹えぐって、イノシシの餌にしたるわい」

青鬼も刀を頭上に構えた。若者はからからと笑い、

「若年と見てあなどるなよ。貴様らごとき下郎《げろう》の手にかかるほど、この宗忍《そうにん》の腕はなまっておらぬ。貴様らならばこれで十分だ」

そう言って道中差しを腰にしまうと、ふところから一本の扇を取り出して真横に構えた。

「さあ、どこからでもかかって参れ」

「なめたことを……くたばれ！」

怒声もろとも斬り込んできた赤鬼の薙刀を扇で軽く払い、その首筋を発止《はっし》と打った。

「ううおう！」

赤鬼は、本物の鬼のように吠《ほ》えた。巨体がしびれて、動けなくなってしまったのだ。

「このガキ、切支丹《キリシタン》伴天連《バテレン》の妖術使いか」

青鬼の七五郎も、鋭い気合いとともに大刀を振り下ろしたが、若者はひらりとかわし、扇を彼の額に当てて、とん！　と突いた。七五郎は腰が砕け、よろよろとその場に尻もちをついた。

「はっはっ、口ほどにもないやつだ。貴様らのような悪人を打ち捨てておくと庶民の迷惑だが、役人に引き渡すほどのゆとりもない。ここの杉の木にでもくくりつけて……」

そこまで言ったとき、若者は口をつぐんだ。いつのまにか赤鬼が、背中にしょっていた火縄銃で若者の胸に狙いをつけていたのだ。熊は、まだしびれているらしい両腕を小刻みに震わせながら、

「飛び道具には敵《かな》うまい。さあ、その風呂敷包みをもらおかい」

そう言って一歩近づいたとき、

「だまれ、下郎！」

若者はひるんだ様子もなく一喝した。

「げ、下郎て、だれに向かってもの言うとんねん、この木《こ》っ端《ぱ》坊主」

「控えよ。控えぬか。うぬらがごとき下賤《げせん》の輩に、無礼な言葉をかけられるようなものではない。余をなんと心得る」

その舌鋒《ぜっぽう》に押されて、思わず七五郎が、

「なんと心得るて、なんとも心得てへんけど……」

若者は見得《みえ》を切るように左足を踏み出し、あたりを圧する大声を発した。

「かかる姿に身をやつしておるが、なにを隠そう余は、恐れ多くも前《さき》の将軍徳川家治《いえはる》公

の忘れ形見、宗忍と申すものじゃ！」

ふたりは後ろにひっくり返りそうになった。

◇

あれほどきつかった日照りもすっかり和らぎ、我がもの顔に空を占めていた入道雲もいつしかまだらの小片へと変わっていた。日中歩いても汗まみれになるようなことはなく、赤や黄に色づいた木々の葉が彩る街並みを愛《め》でるゆとりも芽生えていた。

「もう、秋だな」

と村越勇太郎《むらこしゆうたろう》は言った。村越家は、大坂西町奉行所の定町廻《じょうまちまわ》り同心を代々務める家柄である。名同心として知られた父柔太郎《じゅうたろう》が三年前に亡くなり、勇太郎がそのあとを継いだのだ。まだ弱冠二十一歳だが、数々の難事件を経て、心身ともに少しずつ育ちつつある最中である。

「さよか。なんでわかります？」

そうたずねたのは、手下《てか》である役木戸《やくきど》の千三《せんぞう》だ。役木戸というのは、道頓堀《どうとんぼり》の芝居小屋の木戸番のなかで、町奉行所が「下聞き」としての役割を任せたものをいう。岡っ引きや下っ引きを使う江戸の役人衆に対して、大坂の与力《よりき》・同心は長吏《ちょうり》、小頭《こがしら》、役木戸……といった連中に十手を預け、手下として日々、町廻りを行うのである。

「風でわかる」

「風？　こんなもんで秋が来た、てわかりますか」

「秋来《き》ぬと目にはさやかに見えねども風の音にぞ……なんとかかんとかという歌を知らぬか」

「なんだす、それ。油虫が出てこんようにするまじないだっか」

「そうではない。目ではわからないが、風の音で秋が来たかどうかわかる、という意味だ」

「旦那が作りはったんでやすか」

「まさか。ずーっと昔の歌だ」

「どなたの歌でおます」

「それは……たしか……」

勇太郎は口ごもると、

「まあ、よい。近頃、芝居のほうはどうだ」

むりやり話題を変える。

「暇ですわー。うちだけやおまへんで。道頓堀軒並みガラガラで、閑古鳥が鳴いとりまっさ」

道頓堀には五座といって有名な芝居小屋が五つある。戎橋南詰《えびすばしみなみづめ》から大西《おおにし》の芝居、中の芝居、角の芝居、若太夫《わかだゆう》の芝居、竹田の芝居と並んでいる。千三は、「大西の芝居」の木戸番であり、浜側に並ぶ水茶屋の一軒を営み、みずから戯作《げさく》の筆も執るという八面《はちめん》六臂《ろっぴ》の活躍をするところから「蛸足《たこあし》の千三」の異名を取っている。

「これ！　という当たり狂言がおまへんのや。どこの小屋も工夫はしとりまんのやが、いまひとつですわ。せやさかいにこうして、旦那と一緒に町廻りする暇もある、というわけですねん」

千三は軽口を叩《たた》いた。勇太郎と千三は主従ではない。役木戸は、決まった同心と組まねばならないわけではないが、ふたりは歳《とし》も近く、馬が合うことから、ふたりで町廻りをするのが常だった。

「どうせ忠臣蔵に千本桜に曾根崎《そねざき》心中といったところだろう。変わり映えしないな」

勇太郎は芝居に通じていなかったが、そのぐらいのことはわかる。

「うちは今度、近松《ちかまつ》の『女殺油地獄《おんなころしあぶらのじごく》』ゆうのをかけようかと言うとります」

「女殺し……？　物騒な外題だが、聞いたことはないな」

「享保《きょうほう》のころに竹本座で一遍やったきりです。もとは人形芝居やけど、それを歌舞伎に改作しますねん」

千三の話では、元天満町《もとてんまちょう》の油屋河内屋《かわちや》の放蕩《ほうとう》息子与兵衛《よへえ》が、金の無心を断られた腹いせに、同じく油屋の豊島屋《てしまや》お吉《きち》を惨殺するという物語で、その凄惨さから、近松ものとしては珍しく客が入らず、再演されなかったという。

「座頭は乗り気やけど、中身がえげつないんで、わては当たらんやろうと思とります」

人形芝居では大当たりだったのに歌舞伎に仕立てるとダメだったり、客入りの悪い狂言をほんのちょっと改作しただけで大ウケしたりするから、興行ごとは水ものだ。

「そう言えばこの先にも油屋があるな」

「三島屋だっしゃろ。あそこは大店《おおだな》だっせ」

そんな話をしながら、ふたりが四軒町の角に差し掛かったとき、

「おおい、新兵衛、出てこい！」

「面《つら》を見せんかい！」

「わしらをなめとったら承知せんぞ」

三十人ほどの町人たちが、三島屋のまえに集まって大声を上げている。三島屋は昼間だというのに表の戸を固く閉ざしているが、群衆のなかにはその大戸を激しく叩くもの、こじ開けようとするものもいる。

しばらくすると、くぐり戸が開き、恰幅《かっぷく》の良い初老の町人が現れた。勇太郎は、一番番頭だろうと当たりをつけたが、それにしては丁稚《でっち》も伴わぬ、というのは解せないな……と思っていると、

「わたくしが当家の主《あるじ》、三島屋新兵衛でございます」

そう言って深々と頭を下げたので、勇太郎は驚いた。これだけの大店の主が、暴徒ともいうべき群衆に対してみずからたったひとりで応対するというのは、なかなかできることではない。しかし、その立ち振る舞いは堂々として、いかにも大店の主人にふさわしい人品だった。その物腰に気おされたか、集まったものたちはややひるんだが、ひとりが進み出て、

「お、おまえが新兵衛か。なんで油を売らんのじゃ」

もうひとりも、

「そや。わしらえろう困っとるんや。値《ね》え吊《つ》り上げて、ボロ儲《もう》けしようと思うてけつかるのやな」

ほかのものたちもまえに出て、

「油なしでは暮らしていけん」

「大坂の夜を闇にする気か」

「油を寄越せ、油を」

新兵衛は落ち着いた口調で、

「皆さんのお怒りはごもっともです。ではございますが、売りたくともただいま油がございません。わたくしどもも商いゆえ、せっかく皆さんが買おうとお越しなのに、品物がのうて大弱りしておるのでございます」

「嘘《うそ》つけ。油がないはずない」

「嘘ではございませぬ。まことに油は一滴も……」

「おい、みんな。この大戸ぶち破って、油を残らず運び出せ」

「よっしゃ、わかった。大槌《おおづち》で壊してしまえ」

「こ、これ、無体な。なにをなさいます！」

群衆は、両手を広げてとめようとした新兵衛を突き飛ばし、店に雪崩《なだ》れ込もうとした。

「おい！」

「へっ！」

勇太郎と千三は、一瞬の目配せのあと、十手を抜き、彼らに向かって突進した。

「やめろ！　定町廻りだ。無法を働くものは容赦なく会所に放り込むぞ！」

勇太郎が叫んだが、皆の勢いはとまらず、大きな木槌をふるって戸を破ろうとした。千三が、木槌を振り上げた男に体当たりして、その場に押し倒した。千三もともに倒れ込んだが、顔だけを群衆に向けて、

「ここにおるお方は西町奉行所の同心村越勇太郎さまや。わては一の手下の蛸足の千三や。おまえら、お仕置きになりたいんやったら遠慮なしに片っ端から捕まえたるで。お上《かみ》に逆らいたいやつは、どこからでもかかってこんかい。この千三が相手じゃ！」

銅鑼声《どらごえ》を張り上げ、十手をぶんぶん振り回して威嚇すると、その気迫にのまれたか、

町人たちもその場に棒立ちになった。なかのひとりが、

「わしらも、好き好んでこんなことをしとるわけやおまへん。油がないさかい、困り果てててますのんや」

　相手がお上とわかって、口調を改めた。

「そうだすねん。わてらみたいな夜中の商売は、灯《あか》りがないとやっとれまへん。それやのに近頃、いつもの油売りが売りに来ん。捜し出してたずねてみたら、元売りのこの三島屋が『油払底《ふってい》につき勝手ながら卸売致しかね候』ゆう貼り紙を出して店を閉めとるさかい、油が仕入れられまへんのや、と言いよりましたんだ。これはてっきり、三島屋が値を吊り上げるために売り惜しみしとるんやと思て、皆で押しかけてきた……とこういうことだんねん」

　勇太郎は三島屋新兵衛に向き直り、

「三島屋、それはまことか」

「へえ、五日まえからわたくしどもでは油をお売りしておりまへん」

「どうしてだ」

「油がおまへんのや。大坂と河内の菜種《なたね》百姓のあいだで揉《も》めごとがおましてな、そのせいで油の仕入れができとりまへん。今、大坂の油問屋仲間が仲裁に入っとりますゆえ、遠からずもとどおりになる、とは信じとりますが、少しのあいだ、大坂の皆さまにはご

迷惑をおかけいたします。まことに相済みません」

そう言うと、新兵衛は集まった群衆に深々と頭を下げた。勇太郎が新兵衛に、

「それは菜種油だけのことか」

「さようでおます。ほかの油はおますのやが……」

胡麻油《ごまあぶら》、榧油《かやのあぶら》などは菜種油に比べてはるかに高く、魚油《ぎょゆ》などは悪臭がひどい。菜種油は、少々高くとも、とくに夜商《よあきな》いにとってはなくてはならぬものだった。

「聞いたか。三島屋がこう申している。これだけの大店の主がひとりで出てきて、おまえたちに頭を下げている。その言葉に嘘はなさそうだ。不便だが、ものがないならやむをえない。しばらくはロウソクを使うことだな」

そう口添えした。新兵衛はもう一度一同に頭を下げて、

「菜種油が入荷しましたら、ただちにお知らせして皆さまにお分けいたします。値を吊り上げるようなことは決していたしません。今後とも三島屋をなにとぞごひいきくださいますようお願い申しあげます」

集まった人々はきまり悪そうに、

「油を売り惜しみしてと思うたさかいに来てみたんや。ないんやったら……しゃあないな」

「油が入ったらすぐに知らせてや。頼んまっせ」

「乱暴なことしてすんまへんでした」

「わてらの考えやないねん。あの侍が、三島屋に押しかけてみい、て言うたさかい来たんや。――あれ、あいつ、どこ行った？」

町人のひとりが、だれかを探すようにあたりを見渡した。勇太郎は、剝げた朱塗りの大小を差し、つぎはぎだらけの着流し姿の浪人体《てい》の男が、そっと人ごみにまぎれたのを見ながら、一同にダメ押しするように、

「そうとわかったら、はやく立ち去れ。油不足のことは町奉行所のほうでも気にしておくが、今度こんな騒動を起こしたら召し捕るかもしれぬと心得よ」

「へえ、お騒がせしました。――ほな、去《い》のか」

「去の去の。帰りしにロウソク買お」

三々五々立ち去ろうとする人たちに向かって新兵衛が、

「もし、今すぐどうしても油がご入用なお方は、白髪町《しらがまち》の西沢屋はんへ行ってみはったらどうですか。あちらにはまだ菜種油があるらしゅうございます。ただし、かなりお高いとは聞いておりますが……」

だれかひとりが振り返り、

「行ってみたけどえろう高《たこ》うて買われへん。せやさかい、ここに来たんや」

店のまえには人っ子一人いなくなり、騒ぎを見物に来た野次馬たちも消えてしまうと、

新兵衛は勇太郎にもう一度礼をして、

「お騒がせいたしました。おかげで助かりました。お詫《わ》びを申し上げたいので、よかったらどうぞ奥へお入りください。お茶など差し上げたいのですが……」

勇太郎が、俺たちはなにもしていないし、町廻りの途中なのでと断ろうとしたとき、

「そらありがたい。御当家をお守りするために大声張り上げたさかい、ちょっと喉が渇いたなあ、て思てましたんや。ほな、遠慮なしに……」

千三はそう言うと、先に立って店に入っていった。勇太郎は苦笑いをしながらあとに続いた。

三島屋はさすがの構えで、ちょっとした武家屋敷ほどもあった。店に入ったところに広い土間があり、その下に地下の蔵があって、油を貯蔵するための大樽《おおだる》がいくつも置かれているのだそうだ。

「油は、ひいやりとした地下のほうが、質が保てます。それに、万が一、火が入ったときになるべくよそさまにご迷惑をかけんように、油問屋はたいがい地下蔵がございますのや」

奥の間に通されたふたりは、床の間を背にして座った。二十畳ほどもある広い部屋なので、千三は落ち着かなげに座布団のうえでもぞもぞしている。勇太郎はそれを笑って見ていたが、じつは自分も落ち着かないのである。主が一旦退出したあと、女中が茶と

茶菓子を持ってきた。しばらくすると、新兵衛が衣服を改めて現れた。紋付き袴《はかま》姿で、扇を前に置き、額が畳にすれるほどに平伏し、

「本日は当家の門前における騒ぎを取り鎮めていただき、ありがとうございました。主であるわたくしの不行き届き、まことに申し訳なく存じます」

「あ……いやいや、そんなに礼を言われるほどのことはしていないし、堅苦しい挨拶は苦手だから……」

「なにをおっしゃいます。三島屋にとっては大恩人ともいうべきおふたかた。百年、いや、千年のちまでも感謝を忘れぬよう家訓に残し、お名前を神棚にお祀《まい》りして……」

「頼む。もう勘弁してくれ」

勇太郎は音を上げた。三島屋新兵衛は、とことんまで筋を通す男のようだ。

「そんなことより、その、大坂と河内の揉めごととやらを聞かせてくれ。次第によっては、町奉行所の扱いになる」

新兵衛は顔を曇らせ、

「お上を煩わせるのは本意ではございませんが、大坂の民の迷惑になることとなれば、ひととおりお聞きくだされ」

そう前置きして、彼は話しはじめた。

油は、明かりを得るためには欠かせないものである。かつてはたいへん高額で、貴族

や金持ちしか使えなかったが、菜種の植え付けがはじまってからは庶民の手も届くようになった。菜種は、米の裏作に適しているためたくさん作れるし、擣押木《しめぎ》という油搾りの道具が考案されてからは、たくさん搾れるようにもなった。

油にはほかに、椿油《つばきあぶら》、荏油《えのあぶら》、胡麻油、榧油、綿油《わたあぶら》などがあるがどれも菜種油に比べると高価である。もっとも菜種油もそれほど安いわけではなく、「菜種一升で米二升」といわれるほどではあるが、かつては夜になったら寝てしまうしかなかったのが、菜種油のおかげで明るく過ごせるようになったのである。菜種油は、庶民の夜の暮らしを変えてしまった。夜なべ仕事や学問をはじめ、夜に商いをする料理屋、居酒屋、遊郭、屋台店などにとって、灯火は欠かせない。

より安い油としては、魚油や鯨油《げいゆ》があり、これらは菜種油の半値だが、燃やすと室内に悪臭が充満するし、濛々《もうもう》と煙が立つし、べたべたしたものがあちこちにこびりつく。明るくさえあればいいというものはともかく、心地よさを求めるものにとってはなんといっても菜種油が一番であった。三島屋が取り扱っている油のなかでも、菜種油は七割を占めていた。

「菜種作りは、大坂が本場でございました。わたくしども大坂の油問屋は株仲間をこしらえまして、出油屋などを通じてあちらこちらの菜種百姓から油を買い付け、それを江戸をはじめ日本中に出荷しておりました」

大坂が、日本の油の取り引きの中心だというのは勇太郎も聞いたことがあった。

「ところが、摂津《せっつ》の灘《なだ》で、擣押木に代わって、水車を使うという新しい油搾りのやり方が生まれました。これだと、人力に比べて何倍もの量の油が搾れます。大坂の絞油屋は灘の絞油屋に押されて危うさを覚え、お上に訴えたのでございます。明和《めいわ》三年には公儀から、全国の絞油屋に対して、絞った油を大坂の出油屋のほかには売ってはならない、というお触れが出されました」

「それも無茶だな。大坂のほかの絞油屋は潰れてしまう」

勇太郎が言うと、新兵衛もうなずいて、

「さようでございます。灯火はもちろん、料理にも使われるようになって、これからはますます菜種油の入り用は増えていくはずです。大坂で油を独り占めするようなことはあってはなりません。お上のお触書《ふれがき》に対して摂津、河内、和泉《いずみ》の絞油屋は一斉に抗《あらが》いました。そして、この三カ国だけは売り買いを認めるということになったのでございますが、その後も大坂と摂津、河内、和泉の油屋のあいだではたびたび争いが起こりましてな、三十年を経た今もまだ続いておりますのや。このたびも、大坂と河内の絞油屋の若い衆が大喧嘩《おおげんか》をいたしましてな、いわゆる『出入り』というやつで、怪我人《けがにん》もたくさん出たそうで……」

「おかしいな。そんな騒動があったら真っ先に奉行所の耳に入るはずやのに、わてら聞いてまへんで」

千三が不審げに言うと、

「ことがおおやけにならんよう、隠しとるんだっしゃろな。大坂も河内も、つぎの喧嘩に備えて支度しとるらしゅうて、そのせいでどちらからも菜種油の仕入れが止まっとりますねん。今はまだ、四、五日ですけど、これがこのまま続くようでしたら、大坂すべて、いや、上方《かみがた》はおろか江戸や日本中に品不足で迷惑かけることになりまっしゃろ。わたくしども問屋仲間も困っとりまして、双方に仲裁人を送ってますので、なんとかなるやろとは思とりますけどな……」

「大坂と河内がいがみ合っていても、なにも良いことはない。――わかった。俺も、できるかぎり調べてみよう」

「よろしゅうお願い申し上げます。わたくしどもでできることは、なんでもさせていただきます」

新兵衛はもう一度、頭が畳にめり込むぐらいに平伏して、勇太郎をあわてさせた。

◇

「将棋を？　御前が？　私と？」

いつもは温厚な用人の佐々木喜内《ささききない》が、このときばかりはやや苛立《いらだ》ったような声をあげた。

「悪いか。久しぶりにおまえと一番、指してみたいのじゃ」

大坂西町奉行大邉《おおなべ》久右衛門《きゆうえもん》は、ぶすっとした顔つきで言った。でっぷりと肥え太ったその体軀《たいく》は相撲取りの、それも大関のごとく堂々としており、まるで巌《いわお》のようだ。頭も大きく、頰の肉は分厚く、鼻も唇も耳も目もなにもかもが大きい。腕は丸太のように太く、わしゃわしゃと熊のような毛が生えている。突き出た腹で、帯が今にも切れそうだ。

「将棋を？　御前が？　私と？」

喜内は座敷中に響くほどの大声で、同じ言葉を繰り返した。彼は、髭こそいかめしいものの、その身体《からだ》は貧弱でひょろひょろである。まるで、滋養を全部、久右衛門に吸い取られてしまったかのようだ。

「そうじゃ。わしが勝ったら、例の借銭は帳消しにせよ。無論、もし、おまえが勝ったなら……」

「私が勝つに決まっております。いつぞやのことをお忘れですか」

忘れるわけがない。そのときの負けがいまだに尾を引いているのだ。あのときはこてんぱんだった。

「なんの、勝負は時の運。わしが勝つやもしれぬぞ」

「ありえませぬな。将棋は武芸と同じ。宮本武蔵がそのへんの若侍と立ち合って、武蔵が負けることがあると思われますか」

「それはわからぬ。武蔵とて油断しておるときも……」

「ありませんな。油断せぬから名人なのです」

「なれど、計略を用いれば名人を負かすこともできよう。たとえば、砂で目つぶしを食らわせるとか、落とし穴を仕掛けておくとか、足もとに綱を張るとか……」

「名人ならば、その程度の謀《はかりごと》は見破りましょう」

「では、鉄砲、いや、大筒《おおづつ》、いや、地雷火《じらいか》を用いて……」

「それはもう武芸の試合ではございませぬ」

「なんとあっても、おまえが勝つと申すか」

「御前が、あのときに比べて、よほど腕をお上げになっておられれば別ですが、そうでなくば、天変地異でも起きぬかぎりは、私が勝ちます」

「やってみねばわからぬ」

「やってみなくともわかります。無駄なときを費やし、また借銭を重ねられますするか」

その借銭で困っているのだ。

ことの起こりはこうである。ひと月ほどまえの蒸し暑い夕刻、夕餉《ゆうげ》を食べ終えて無《ぶ》聊《りょう》をかこっていた久右衛門はなにげなく佐々木喜内に、

「退屈じゃ。ああ退屈じゃ。わしの退屈の虫が騒いでおる」

「そんなに退屈ならば釣りでもなさいませ。坂巻雪《さかまきゆき》之《の》進《しん》殿や三平《さんぺい》に習《なろ》うたではありませぬか」

「釣りは飽きた」

　釣りたての魚が食えるというので、道具を揃えるなどして一時はたいそう凝っていた釣りも、滅多に獲物がかからぬとわかると、途端に放り出した。「釣るか食うかと問われたら、やっぱり食うほうが楽」だからだそうだ。

「釣りはみみっちい。餌をつけて、おるかおらぬかわからぬ魚が食うのを座ってじーっと待つ、などというのは、わしのような大物のやるべきことではない。待つのは苦手じゃ。わしはいつも攻めていたいのじゃ」

　なにが言いたいのかよくわからないが、喜内はいつもの調子で適当にあしらっている。そのうちに久右衛門は畳のうえにごろりと横になり、

「退屈じゃ退屈じゃ。なにかパーッとした大事でも起こらぬか」

「その、パーッとした大事が起きたら、真っ先にしんどいしんどいと言い出すではございませぬか」

「馬鹿を申せ。わしがいつ、しんどいなどと申した。それに、おまえの言う大事というのは、どこぞで盗賊が古着を盗んだだの、町人が酔って喧嘩をしただの、そんなつまら

ぬことであろう。わしが申しておるのは、天下の一大事じゃ。上から下までが大騒ぎになるようなことを、この名奉行が一刀両断、快刀乱麻を断つがごとく見事に裁く……という見せ場はないものか」

「名奉行というのはどなたのことで」

寝転んだままむっつりと腕を組んだ久右衛門はふと、部屋の隅に置かれた碁盤と将棋盤に目をとめた。

「うむ、碁か将棋でもやるか。喜内、できるか」

喜内は薄笑いを浮かべ、

「将棋なら少々」

「ふふふ、面白い。一番来い」

久右衛門は起き上がり、みずから将棋盤を運んできた。駒を並べながら、喜内は言った。

「座ってじっとしているようなみみっちい真似《まね》は、大物のなさることではないのでは?」

「なにを申す。将棋は武士のたしなみじゃ。縦一尺二寸、横一尺一寸の盤上に千軍万馬の往来を作り出してその指揮を執り、古今の兵法を試すことができる。将棋を指すは、大軍を動かすも同じ。まさに名奉行にふさわしい遊戯ではないか。攻めて攻めて戦国の騒乱を見事に乗り切ってみせようぞ」

「たいそうな張り切りようですなあ。負けたときに腹を立てて、私を打擲《ちょうちゃく》などなさいませぬように」

「わしはこれでも幼少のみぎり、守《も》り役に手ほどきを受けたが、そのちずいぶんと上達し、とうとう家中にはわが相手をできるものはおらぬようになったほどじゃ。わしが負けるはずがない」

「御前にも幼少のみぎりがあったのですな」

「馬鹿にするな。幼きころは紅顔の美少年と呼ばれておった。――わが腕前を疑うならばこういたそう。一局一分《いちぶ》でのせようではないか」

のせる、とは、賭けをするということだ。

「なにをおっしゃいます。博打《ばくち》は天下のご法度《はっと》。それを法を司る町奉行が犯すとはとんでもない話ですぞ！」

「まあ、そういきりたつな。ただの戯れ、暇つぶしではあるが、戦場《いくさば》のごとく気を張るには、なにかがなくてはならぬ。陣地を取り合うかわりに、金を取り合う。それだけじゃ」

久右衛門としては、手元不如意のこともあり、ちょっとした小遣い稼ぎをするつもりだったのだ。

「一分は薄給の私にとっては大金でございます。負けても払えませせぬ」

「それはならぬ。賭けとは申せ、武士にとって一度取り決めたる事柄は金鉄《きんてつ》の如《ごと》しじゃ。もし、わしが負けたら、たとえ家屋敷田地田畑を残らず売り払《はろ》うても、支払いはいたす。そのかわり、おまえが負けてもきっと支払え。でないと、戦場の気分にならぬ」

喜内は真顔になり、うなずいた。

「よろしゅうございます。私が負けたらどんなことをしてでもお払いしましょう。それでよろしいか」

「うむ、それでこそ武士《もののふ》じゃ。──では、はじめるぞ」

「そういたしましょう。なれど、御前」

「なんじゃ」

「桂馬《けいま》と香車《きようしや》の場があべこべですぞ」

勝負はあっという間だった。赤子の手をひねる、というが、ひねるまでもないほどのたやすさだった。久右衛門の軍勢はたちまち駒を奪われ、気が付いたら王将は裸にされていた。そのあとは盤の端から端まで追いまくられ、遊ばれたあげくに詰んでいた。

「私の勝ち、でございますな」

「…………」

「御前の負け、ということでようございまするか。では、賭け金の一分を……」

「ま、待て。もう一番じゃ。今のは初手をまちがえた。今度はかならず勝つ」

王手!

それを聞いて、喜内は黙々と駒を並べ出した。そして……。

「これで詰み、でございますな」

「むむ……こっちへ逃げれば……」

「そこは金が効いております」

「ならばこちらは……」

「角道《かくどう》でございます」

「むむむ……ということは、だ」

「詰みでございます。さっきからそう申しております」

「もう一番じゃ。今度は、賭け金を倍にいたそう。そういたそう」

「私はかまいませぬが、御前の傷が大きくなりませぬか」

「わしはこういうとき、倍々に張って取り戻してきたのじゃ。賭け金が上がれば上がるほどやる気も出てくる。もう一番だけじゃ」

「それなら結構です。では……」

結局、もう一番もう一番と賭け金を倍に吊り上げては再戦を挑み、久右衛門はそのたびに負け続けた。そろそろやめましょうと何度も喜内は切り上げようとしたのだが、

「貴様、勝ち逃げは許さぬぞ」

とむりやり相手をさせる。一番鶏《いちばんどり》が鳴いたころには、久右衛門の負けはじつに百両ほ

どに膨れ上がっていた。そして、精も魂も尽き果てた久右衛門はばったりとその場に倒れ、

「なにゆえじゃ。なにゆえ貴様はそれほど強い」

喜内はからからと笑い、

「私は、ご当家に参りますまえ、江戸留守居役だった時分、大橋宗順《そうじゅん》さまに入門し、三段の免状もちょうだいしている身でございます。御前ごとき素人《しろうと》将棋へボ将棋に後れを取るようなことはありえませぬ」

大橋家というのは、将棋御三家のひとつで、将軍家の面前で対局する「御城将棋」を行うなど、将棋を家業とした家柄である。

「くそっ、だまされたわい！」

久右衛門は苦虫を嚙《か》み潰したような顔で将棋盤を叩いたが、喜内は素知らぬ顔で、

「御前の負けは百両でございます。どうぞ、さくっとお支払いいただきましょう」

「そんな金はない。そもそも三段の腕を隠し、わしをたばかったのだから、支払う義理もない」

「たばかったとは異なことを。何段だとおたずねにならなかったので言わなかっただけのこと。それに先ほど、武士にとって一度取り決めたる事柄は金鉄の如しと申されたばかりではございませぬか」

「ない袖は振れぬ。今、百両はおろか、三両もない。おまえも知っておろう」

「負けたら、たとえ家屋敷田地田畑を残らず売り払うても、支払いはいたす、そのかわりおまえが負けてもきっと支払え、とおっしゃいました」

久右衛門の額から脂汗が滲《にじ》みはじめた。

「とは申せ、もちろん、御前の懐具合は私がいちばんよう知っております。それゆえ……」

「まけてくれるのか」

「まけはいたしませぬ。分かつことにいたしましょう。月々三両ずつお支払いくださいませ。三十三カ月で九十九両でございます。あとの一両はおまけしてさしあげます」

「三両か……むむ……」

久右衛門は猛獣のように怖い顔つきで喜内をにらんでいたが、急にポン！ と手を叩き、

「そうじゃ。賭博は天下のご法度。町奉行たるわしが、みずから法を犯すというわけには……」

「御前、往生際が悪うございますぞ。武士に二言はない、と申します」

「どうしてもダメか」

「ダメでございます」

久右衛門は巨体を縮めてしゅんとうなだれた。

そんなことが数カ月前にあったのだ。以来、毎月、久右衛門は身辺の金を掻《か》き集めてなんとか三両工面し、それを用人に渡していたのだが、次第に腹が立ってきた。

「なぜ、わしがおまえに金を払わねばならんのだ」

「それは御前が賭け将棋にお負けになられたからでございます」

「そんなことはわかっとる。わしが言いたいのは、主のわしが、なぜ使用人の貴様に金を払わねばならんのかということだ」

「主が使用人に金を払うのは当たり前でございます」

「そうではない。わしが言いたいのは……ああっ！　もうよい！」

久右衛門がブチ切れても、慣れっこになっている喜内は笑いながら泰然としている。

そして、とうとう久右衛門の逆襲のときが来た。

「将棋を？　御前が？　私と？」

「悪いか。久しぶりにおまえと一番、指してみたいのじゃ」

「それはかまいませぬが……」

「毎月毎月三両工面するのに疲れた。あと八十両ほど残っておるが、それをすべて賭けての大勝負と参ろうではないか」

「借銭が倍になっても知りませぬぞ。なにか勝算がおありですか」

「無論、三段の腕のものとわしが真っ向から試合をしても勝てる道理はない。互角で戦えるように駒落ちをしてもらいたい」

ようやくそこに考えが至ったか、と喜内は思った。それにしても遅すぎる。

「おまえも三段じゃ。二枚落ちの三枚落ちのというのでは互角にならぬ。思い切って、飛車《ひしゃ》、角《かく》、桂馬、香車の六枚落ちでどうじゃ！」

久右衛門は叫んだが、喜内はあっさりと、

「承知いたしました。それだけ落とせば、駒が並べやすうございますな」

久右衛門は、最初のうちこそ優勢に勝負を進めていたが、しだいに大駒を取られていき、中盤以降は形勢が逆転した。

「むむ……むむ……むむ……むむ……」

「唸《うな》ってばかりおられずにつぎの手をお指しくださいませ。それとも投了なさいますか」

「ばばばば馬鹿を申せ。勝負はまだはじまったばかりじゃ」

「はじまったばかりなのに終わりが近いとも申せますな」

「待て。待て待て。なにか妙手があるはずじゃ」

「ありますかな」

「ある」

「どんな」

「今、それを考えておるのだ！」

　久右衛門が鬼の形相で盤面を見据えているあいだ、喜内はキセルをぱくりと一服し、白いけむを吐いた。

「考えがつきましたかな」

「まだじゃ。急《せ》かすな。ゆるりと考えれば知恵も出るわい」

「下手《へた》の考え休むに似たりと申しますぞ。そろそろ投了を……」

「ええ、やかましいわい！　暫時待てと申すがわからぬか！」

　そのとき、廊下で声がした。

「お奉行、ただいま裏門に、トキと申す老婆ほか一名がお頭《かしら》に面会したいと申して参っておりますが、いかが取り計らいましょうや」

　門番からの注進を受けた「取次」という家臣である。

「トキ……？　町人か」

「さようでございます」

「そんな名に心当たりはない。追い返せ」

「かしこまりました」

「いや、待て。用件はなんじゃ」

「ハゼが獲《と》れすぎたのでおすそ分けに来た、と……」

「なに、ハゼか……」

久右衛門は舌なめずりをした。この時季のハゼは彼岸ハゼと呼ばれる夏のものより形も大きく、味も良い。サッと煮付けにすればさぞかし美味《うま》かろう。

「ならば、ありがたくちょうだいしておけ」

「それがその……お奉行に直《じか》に渡したい、とこう申しておりまするが」

「わかった。直々に会《お》うてつかわす。これへ連れてまいれ」

「御前、いくらなんでも見知らぬ町人を奉行所の奥へ招き入れるというのは……」

喜内が口を挟むと、

「黙れ。わしは町奉行じゃ。親しく町人と触れ合うことのどこが悪い」

町人とではなくハゼと触れ合いたいのだ。しばらくすると、取次が戻ってきた。

「町人トキとその連れ一名、ここに控えさせております」

「うむ、入れ」

襖《ふすま》が開いて、そこに座っていたのは「業突屋《ごうつくや》」の主トキと釣り好き少年の三平だった。ふたりとも、取次にむりやり平伏させられたらしく、すぐに顔を上げた。

「なんじゃ、おまえたちか」

久右衛門が笑いかけると、

「お奉行さんにお目にかかるにはなんやかやと邪魔くさいだんどりがおまんのやな。かなわんわあ。気楽におすそ分けにも来られまへんわ」

トキがそう言うと、三平も負けじと、

「ほんまや。町奉行は偉そばったら終わりやて、うちのおじいがよう言うとるわ」

「これ！」

取次が叱ったが、トキも三平も平気の平左である。トキは与力・同心町からも西町奉行所からも近い天神橋のたもとで「業突屋」という一膳飯屋を営む口の悪い老婆である。客を客とも思わぬつっけんどんなあしらいをするが、盛り切り飯と汁、小鉢もの二品を揃えた『お決まり』が名物で、その安さと美味さが評判となり、久右衛門たちにとってもなじみの店である。三平は、新田の浜で陣平《じんぺい》という祖父と暮らしている少年で、大人顔負けの釣りの名人であり、釣った魚を料理屋などに売ることで生計《たつき》の道を得ている。

「両名はもとからの知り合いか」

久右衛門がたずねると、

「業突屋のおばあはまえまえからのお得意さんや。わてが釣った魚をいっつもええ値で買《こ》うてくれるねん」

「三平ちゃんとこの魚はイキがええし、市場で仕入れるよりも安いさかいな、うちみたいな貧乏飯屋にはありがとおまんのや。今日もハゼを三百ばかり持ってきてくれたんやけど、ちょっと多すぎる。百だけもらうわ、ゆうたら、このあと五匹、十匹と売り歩いてるうちにハゼが死んでまう。どこかで一遍にもろてくれるとこないやろかて三平ちゃんが言うんで、あてがふとお奉行さんのこと思い出してな」

「潮の加減か、入れ食いやった。お奉行さん、食い意地が張ってるさかい、ちょうどえやろ。今日はタダにしといたるわ」

そう言って、三平は廊下に置いた大きな手桶《ておけ》を皆に示した。そこには元気のいいハゼが塊になって泳いでいた。久右衛門は真剣に魚たちを見つめ、低く唸ったあと、

「二百匹全部を煮付けや甘露煮というのも芸がないのう……」

喜内は、奉行所のお役目もこれぐらい真面目《まじめ》に悩んでいただけたら……と思ったが、もちろん口にはしない。

「うむ、源治郎《げんじろう》を呼べ」

ほどなくして料理方の源治郎がやってきた。有名な料亭「浮瀬《うかむせ》」の板場を務めたこともあり、大包丁を使いこなすことから「だんびらの源治郎」という二つ名のある男だ。

「なんぞ御用で？」

「ここにハゼが二百匹おる。煮付けや甘露煮だけでは飽きる。ほかに料理はないか」

「そうだんなあ……」

源治郎は頭を撫《な》で、

「塩焼きと煮びたしも造りまひょか。刺身も、この大きさやったらできんことおまへんけど、手間がかかりますんで、ぎょうさんはむつかしおます。あとは……そやなあ……」

久右衛門の目が輝いた。

「そうじゃ、天ぷらにすればよいではないか」

「天ぷら？」

源治郎がきょとんとした顔で、

「すり身の揚げもんのことだっか？　ハゼの天ぷらなんぞ聞いたことおまへんけどな。だいいち、こんな小さい魚、すり身をなんぼかこさえるだけでもへとへとになりまっせ」

「そうか、こちらでいう天ぷらはそうであったのう」

上方では、魚のすり身に味をつけて揚げたもの、つまり、さつま揚げを「天ぷら」と呼ぶのである。

「わしが言うておるのはあれではない。魚や海老《えび》に、衣をつけて揚げたやつのことじゃ。知らぬか」

「ああ、つけ揚げだっか」

源治郎は合点をして、

「つけ揚げやったら知っとりま。うどん粉を水で溶いてぼってりとさせたやつを魚につけて、菜種油か胡麻油で揚げたやつだすわ。江戸ではあれを天ぷらて言いまんのか。せやけど、あれ、あんまり美味いもんやおまへんで」

業突屋のトキも横合いから、

「せやせや。あてもそう思う。衣がぐにゃぐにゃして気色悪いし、油っこいから胸焼けるし、魚の味もなにもあったもんやない。イキのええ魚を味わうんやったら刺身か焼くか煮付けやな」

「なにを申す。わしは江戸におった時分はよう食うたが、なかなかの美味じゃぞ。もちろんまともな料理屋では出さぬが、天ぷらを食わせる屋台がちらほらあってな、夜になると町人どもが食べに集う。こういう具合に串に刺して、魚でもレンコンでも芋でも海老でも四文であった」

「へええ、安うございますな」

喜内が言った。

「なんじゃ、おまえは食うたことがないのか」

「そのような下賤の屋台、武家が出入りするのはむずかしゅうございます」

屋台店や居酒屋などは、まともな武士が飲み食いする場所ではなかったのである。

「わしは出入りしておったぞ。頰かむりをしていけば、大事ない」

「なれど旗本というご身分では……」

「馬鹿者！　飲食《おんじき》を極めんとするに、身分も外聞もあるか！　わしは美味いものがあると聞かば、地の果てにでも赴くわい」

ほかのものが言ったなら冗談と思われただろうが、居合わせただれもが、久右衛門の言葉をそのまま受け取った。心からそう信じている御仁なのである。

「ことに日本堤《にほんづつみ》の土手の天ぷら屋が贔屓《ひいき》でな、一時は毎晩のように通うておった。貝柱にイカ、キスなども美味かった。衣に味をつけてある店と醤油《しょうゆ》を垂らして食わせる店の両者あったが、いずれも良い。なかには、つゆを工夫して、醤油とみりんと水を塩梅《あんばい》したものを壺《つぼ》に入れ、客がそこにどぷりと浸して食うというやり方の店もあった。揚げたてのアツアツを頬張るのはなかなかいけたぞ」

「たしかに美味そうですな」

喜内も唾を飲み込んだ。

「よし、決まった。天ぷらにせい。すぐにじゃ！」

源治郎はあわてて手桶を抱え、厨房へと向かった。久右衛門はトキと三平に、

「おまえたちも食うていけ。美味いぞ」

老婆と少年は顔を見合わせ、

「こら、ありがたいわ。一食浮いた」

「わても腹減ってたとこや。お奉行さんの話聞いて、ますますぺこぺこになってしもた」

そのとき、トキがふと、将棋盤に目をやった。

「お奉行さん、将棋指しはりますの?」

「まあな」

喜内がにやにやと、

「私と一勝負しておるところです」

「ちょっと見せてんか」

トキは盤面を覗《のぞ》き込み、プッと噴き出した。

「こっちが用人はんだっか。で、こっちがお奉行さんかいな。うわあ……えらいことになっとるなあ」

久右衛門は顔を歪《ゆが》め、

「えらいことになっとるのじゃ。この勝負に負けたらわしは、この腹黒い用人に百両払わねばならぬ」

「御前、百両ではございませぬ。百六十両でございます」

トキはしばらく興味深げに駒を見つめていたが、

「なあ、用人はん。あてが、お奉行さんに肩入れしてもええやろか」

「おまえも将棋を指せるのか」

「まあな」

「やめておけ。私は、大橋宗順さまから三段の免状を受けた、武芸者で言えばいわば免許皆伝の腕前。素人将棋で手向かえる相手ではないぞ」

「ということは、あてがお奉行さんに味方してもかまへん、ゆうことやな」

「いくらでも味方してさしあげろ。はじめは六枚落ちだったのだが、御前の側の駒たちがつぎつぎわが軍に寝返ってな、とうとうこのような有様になった。御前はよほど人望に欠けるとみえる」

「貴様の奸計《かんけい》にはまったのじゃ！」

久右衛門は吠えるように言った。

「トキ、おまえの力でこの戦をひっくり返してくれい。古来、少人数の勇士が名将のもと、大軍を打ち破るという例《ためし》あり。義経の鵯越《ひよどりご》えしかり、織田信長の桶狭間《おけはざま》の合戦またしかりじゃ」

「安堵《あんど》しなはれ、お奉行さん。あての見たところ、まだ武運は尽きてないでえ」

喜内は鼻で笑い、

「おまえの見たところではそうかもしれぬが、私の見たところでは、御前の王将はあと七手で詰む。援軍も間に合わぬわい」

「ぐふふ……そやろかなあ」

トキは含み笑いをして、端のほうの歩《ふ》を突いた。喜内はすぐさま歩を上げて応じた。トキは桂馬を動かした。喜内の顔に、

（おや……？）

というような表情が浮かんだが、まだまだ余裕はうかがえた。しかし、続いてトキが指した手を見て、喜内は両目を落ちそうになるほど見開き、盤をにらみつけた。そして、しばしの長考に入った。

「どうした、早《はよ》う指せ。下手な考え休むに似たりと言うぞ」

形勢が逆転したらしいことを薄々悟った久右衛門がからかうと、

「少しお静かに願います！」

そう言って、なおも盤を凝視している。

「この手しかないいか。いやそうするとこちらが……。銀で防いでも、うーむ……」

「七手で詰むはずではないか。ほれほれ、喜内、ほれほれ」

久右衛門があおっても無言のままだった喜内がようやく指した一手は、飛車を相手の陣地に成り込ませる、というものだった。トキはにたーりと乱杭歯《らんぐいば》を剝《む》きだして、

「それでええのか」

「かまわぬ。読み切った」

「ほな、王手」

「なに……？」

喜内は穴のあくほど自分の王将を見つめたあと、

「あれがああしてこうして……こう来てこう行って……ああしてこうしてこうなると……こうなればああなるから……ああでてこうで……」

「どうした喜内、早うああしてこうしたらどうじゃ」

「うるさい」

「なに？　なんと申した。主人に向かってうるさいとは……」

喜内は久右衛門を無視し、トキに向かって頭を下げた。

「待った」

「待ったなしや」

喜内の顔がみるみるこわばった。盤上に持ち駒を投げ出して、

「私の負けでございます」

久右衛門はきょとんとして、

「まだ詰んではおらぬぞ」

「さようですが、このあとどうやっても私は負けます。今の一手が失策でございました」

「ふむ……そんなものかのう。まあよい。——トキ、でかしたぞ！　ようやった。悪は滅びる。うははははは！」

久右衛門は喜内の背中をばしばしと平手で叩き、

「これで借銭は帳消しじゃ。めでたいめでたい、めでたいわい！」

喜内はトキの顔をまじまじと見つめ、

「おまえはだれかに師事したのか」

「シジてなんだす？」

「つまり……師匠はおるのか」

「師匠といえるかどうかわからんけど、店主のあてが客を怒鳴りつけたり、蹴飛ばしたり、追い出したりしとるようなあんな店でも、安うて美味いゆうて通うてくれる常連さんもおる。そんななかに、将棋のうまい爺《じい》さんがおってな。もう十年もまえのこっちゃけど、そのひとが、いつもひとりぼっちのあてに、退屈しのぎにええやろ、いうて手ほどきしてくれたんや。その爺さんだけを相手にずーっと将棋を指しとった。せやからおのれが強いんか弱いんかもわからんかったけど、あるとき、ほかのもんと指したら、これが百戦百勝や。知らんうちに強なっとったんやなあ」

「そ、その爺さん、名はなんと申す」

「えーと……ソウケイやったかな」

「間違いない。大橋宗桂先生だ。大橋本家の当主だから、いわば日本の将棋の神さまみたいなおかただ。婆さん、どえらいひとに手ほどきを受けたものだな」

喜内は感に堪えぬように言った。

「へえ、あのよぼよぼのジジイがなあ」

トキが、自分のことを棚に上げて言うと、

「宗桂先生は、近頃もお見えになられるのか」

「さあ……ここ何年も見てへんさかい、死んだんとちゃうか」

トキがあっさりとそう言ったとき、

「お待たせいたしました。でけましたでえ」

廊下で、源治郎の声がした。襖が開き、彼を先頭に膳を持った女中たちが入ってきた。そこには、ハゼの煮付け、煮びたし、塩焼き、刺身などとともに、茶色い衣をまとった天ぷらも並べられていた。膳は、久右衛門、トキ、三平の三人のまえに置かれた。どの料理もできたてで、湯気が上がっている。驚いたのはその分量で、トキと三平のものに比べて、久右衛門のそれぞれの皿に載せられたハゼの数は五倍ほどもある。

「うむ、美味そうじゃ。まずは、天ぷらからいただこうかの」

久右衛門は真っ先に天ぷらに箸を伸ばした。まずは、そのまま頬張る。久右衛門は少し首を傾《かし》げ、

「ふむ……」

そう言いながらまとめて二、三匹を口にした。もしゃもしゃもしゃ。つぎは醤油を掛けて。

「ううむ……」

ほかの皆は、久右衛門を注視している。久右衛門は皿にあったハゼの天ぷらをすべて食べてしまうと、なにも言わず、今度は煮付けに箸をつけた。

「美味い！　じつに柔らかく煮えておる。肉はほろりと口のうえで溶け、骨も気にならぬ。醤油とみりんの加減よろしく、ハゼの香りも殺していない。あっさりとしていくらでも食えるのう」

つぎに塩焼きを頭からむしゃむしゃと平らげ、

「これも上出来じゃ。塩の具合も良く、焦げたところに野趣がある。この微かなはらわたの苦みがなんともいえぬ。これは酒じゃな。――喜内、酒の支度をいたせ」

「はいはい、ただいま」

将棋のことはすっかり忘れてしまったらしい喜内が軽やかに立ち上がった。

トキと三平も、片端から美味い美味いとハゼをパクついている。

「ハゼて美味いもんやな。うちでもたまに煮付けにするけど、いっつも固《かと》うなって、こんな柔らこう炊けへんわ。おじいに食わしてやりたいなあ」

と三平が言うと、

「あてとこの店では、ハゼはウロコとはらわたを取ってから出汁《だし》と醬油、みりんを沸かしたところに生姜《しょうが》を入れていきなり煮るけど、これはひと手間かけとるな。先に湯通ししたやろ。骨が柔らかいから、頭から食えるわ。煮びたしも、焼き加減がええわ。香ばしいし、歯触りもしっかりして、嚙んだら美味い汁とハゼの旨味《うまみ》がじゅわーっと出てくる」

　絶賛である。

「源治郎、褒めてとらすぞ」

　源治郎は恐縮しながらも、

「お褒めいただくのはうれしゅうおますけど……」

「けど、なんじゃ？」

「けど……肝心のつけ揚げはどないだしたやろ」

「つけ揚げか……」

　久右衛門は困ったようにトキと三平を見た。トキが源治郎に向き直り、

「もひとつやったわあ。油っぽいし、衣がぐにゃっとして歯触りも悪い」

　三平もうなずいて、

「せっかくのハゼの味がわからんわ。これやったら煮たり焼いたりしたほうがずっとえ

え」

「こないに分厚う衣をつけてしもたら、中身がハゼでもキスでもタコでもネギでもおんなじや」

久右衛門も、

「わしが江戸で食うたものは、もっとカリッ、サクッと揚がっておったように思うがな。これでは獲れたてのハゼが台無しじゃ」

けちょんけちょんである。

「これはなんの油で揚げたのだ?」

久右衛門がにらみつけるように言うと、

「へえ、菜種油だす。近頃、品切れが多いんで、古い油を使いましたけどな」

「それがいかんのじゃ。古き油は食味も悪《あ》しく、身体にも悪い。菜種油がなかったら、榧油《かやのあぶら》か胡麻油を使わぬか」

「菜種油でもけっこう値ぇ張りまっせ。榧や胡麻の油なんか買えますかいな」

「馬鹿もの! そんな心がけでおるゆえ、まずい天ぷらしか揚げられぬのだ。料理人として横着であろう」

源治郎は半泣きになって、

「せ、せやけど、つけ揚げゆうたらこんなもんだっせ。最初《はな》からそう言うてますがな。

わても美味いと思たこと一遍もおまへん。一流の料理屋ではつけ揚げなんか出しまへんさかい」

トキが合点して、

「そやそや。あても、つけ揚げはこんなもんやと思う。あんまり美味《うも》ないさかい、うっとこの品書きにも入れとらん。江戸の連中はこんなゲテもんお好みかもしらんけど、食い倒れの大坂もんの口には合わんわなあ。源治郎さんの腕が悪いんやないで」

しかし、久右衛門はまだ首を傾げている。

「いや、わしの舌が覚えとる。江戸の天ぷらはもっと美味かった。わが裁きに間違いがあったとしても、わが舌に間違いはない」

そこにいるもの残らず、

（それはあかんやろ……）

と心のなかでツッコんだが、同時に、

（このひとなら……ありうるかもしれん）

とも思ったのである。

「よいか、おまえたち。わしが『美味い！』と思う天ぷらをこしらえてみせよ。江戸の連中にできるのだから、おまえたちにできないはずがない。工夫に工夫を重ねて、江戸を超えてみよ！」

久右衛門は熱を込めて言ったが、

「そうだんなあ……美味いつけ揚げなあ……あんまり自信ないなあ……。江戸のつけ揚げを食べさせてもらえるんやったら、その味に似せることはでけるかもしれんけど、一からこさえるゆうのは……」

源治郎が鬢《びん》を掻くと、トキも、

「あてもやわ。つけ揚げなんぞに手間かけるより、もっと美味いもん、なんぼでもあるさかい、それを食べとるほうが利口だっせ」

久右衛門の顔が朱を刷《は》いたようにみるみる紅潮した。喜内はそれが爆発の前触れとわかっていたので、座ったまますばやく後ずさりしたが、ほかのものは知らない。

「この横着ものどもめが！　恥を知れい！」

部屋の柱がびりびり震撼《しんかん》し、湯呑《ゆの》みの茶が揺れ、梁《はり》のうえの埃《ほこり》が落ちてくるほどの大喝が一座を見舞った。源治郎とトキは大音声《だいおんじょう》に上体が傾ぎ、両手を畳に突いて身体を支えている。かわいそうに三平は毬《まり》のように吹っ飛んで、座布団を頭に載せて、

「か、か、雷や。近くに落ちよったで……」

そうつぶやいている。

「貴様らの根性にはほとほと呆《あき》れ果てた。江戸のやつらに負けるか、なにくそ、という気概はないのか。仮にもおまえたちは食にたずさわるものどもではないか。江戸に負け

て悔しくはないのか。ああ、嘆かわしや。豊太閤《ほうたいこう》以来の上方の誇りはどうなったのじゃ。食い倒れだの天下の台所だのと申すは、あれは虚言か。わしは悲しい。わしは悔しい。おまえたちはもうちいっと骨のある料理人だと思うて、日頃から目をかけておったのに……」

久右衛門は顔を手で覆って、う……う……と呻《うめ》いた。その様子を見ていた源治郎が胸を張り、

「御前、わてが間違《まちご》うておりました。わても大坂の板場の端くれだす。見事、江戸を超えるようなつけ揚げをこさえて、御前を驚かしてみせますわ。それが料理人として御前の恩に報いる道だす」

トキも拳を振り上げて、

「あても、参戦するでえ。江戸がなんぼのもんじゃーい。大坂一、いやさ日本一美味いつけ揚げを作ってみせるさかい、腰抜かさんといてや」

三平も座布団の下から這《は》い出して、

「わても手伝うわ。ハゼでもキスでも海老でもイカでも、いるもんあったらなんぼでも釣ってきたる」

久右衛門は鼻水を啜《すす》りながら三人の手を取って何度もうなずき、

「わしは忠義なものたちが側《そば》にいて幸せじゃ。ありがたいありがたい」

三人は、きっと美味しいつけ揚げを作ります、と口々に言いながら帰っていった。それを見送ったあと、佐々木喜内は言った。

「御前はイカサマ師でございますな」

「なにがじゃ」

「泣いてなどおられぬくせに」

「歳を取ると涙の乾くのが早いわい」

「うまくあのものたちを焚《た》きつけて、大坂でも江戸並の天ぷらを労せずして召し上がろうという魂胆でございましょう」

「料理人にやる気を出させることのなにが悪い。うまくいけば源治郎の腕も上がり、トキの店の看板料理も増える。大坂で江戸のごとき天ぷらが味わえるようになれば、民も喜ぶ。良きことずくめではないか」

「物は言いよう」

「それに、おまえは今、労せずしてと申したが、わしとて骨身は削るつもりじゃ」

「なにをなさいますので」

「さよう。早速明日から、市中の主だった飲み食い処《どころ》にて天ぷらを食してまわろうと思う。源治郎やトキの参考にせねばならぬゆえ、な。忙しくなるわい」

久右衛門はいけしゃあしゃあと言ったが、まったくべつのことで忙しくなろうとはこのときは思ってもいなかった。

2

道頓堀の芝居小屋へ向かう千三と別れた勇太郎は、奉行所に戻ると、上役である与力の岩亀三郎兵衛《いわがめさぶろべえ》に大坂と河内の絞油屋の喧嘩について告げた。

「ふむ……それは捨て置けぬ。ほかにお役目がないなら、調べてみよ」

岩亀与力は五十五歳。勇太郎の父とも馬合いで、岩亀の名のとおり、謹厳実直のカタブツ親爺《おやじ》と思われているが、案外柔らかいところもあり、人情家でもあることを勇太郎は知っていた。

「どのあたりから手をつける」

「まずは大坂の絞油屋に赴くつもりです。三島屋の話では、中野村あたりに、道三屋煮《どうさんやに》右衛門《えもん》という絞油屋の元締めがいるとか」

「そう言えば、大坂の油問屋が油の値を吊り上げるために、江戸への船積みをわざと取りやめ、騒動になったことが幾たびかある。『油切れ』と申してな、わしが覚えているだけでも二度、江戸表から勘定奉行配下の支配勘定が詮議に参った。油がのうては、将軍家お膝元も真っ暗となるゆえ、な。宝井其角《たからいきかく》に『闇の夜は吉原《よしわら》ばかり月夜かな』という句があるが、花の吉原とやらも闇に沈むばかりだ。油切れの折、大坂の出油屋や油問屋は大儲けをしたと聞くぞ」

「三島屋が、まさかそのような悪事を企むとは思えませぬ。三島屋新兵衛は物堅く、まるでその……」

岩亀さまに輪をかけたようでした、とは言いにくかった。

「商人の真の腹は、われらにはなかなか探れぬものだ。たばかられぬように心してかかれ」

「かしこまりました」

勇太郎はその足で、中野村へと向かった。彼の住む同心町からは、源八の渡しを越えて北へあがればすぐだ。春先ならば、桜《さくら》ノ宮《みや》から毛馬《けま》へかけてのこの土手沿いには、一寸の隙間もないほどに菜の花が植えられて、一面、黄色い毛氈《もうせん》を敷き詰めたがごとき景色が果てもなく続いているはずだが、今はとうに刈り取りも終わり、茶色い草むらとなっている。絞油屋の元締めの仕事場はその外れにあった。かなり大きく、遠くからでも目立つほどの造りである。近づくにつれて、熱気が勇太郎にも伝わってきた。なかは相当暑いようだ。入り口に、下帯だけをつけた若者が、棍棒《こんぼう》を持って立っている。にきびだらけで、まだ十五、六だろう。話しかけようとすると、向こうから口火を切った。

「どこのどいつや！」

いきなり喧嘩腰である。しかも、武士に向かって荒すぎる言葉ではないか。

「西町奉行所のものだ。道三屋の煮右衛門に用があって来た」

「なんの用じゃい！」

勇太郎もさすがにカチンと来て、

「それは煮右衛門に話す。おまえは、奉行所の同心が来た、とだけ取り次げばよい」

「なんやと。おまえ、河内の回しもんやないやろな」

「その河内との揉めごとのことで参ったのだ。早々に取り次いでくれ」

ふたりのやりとりが騒がしかったのか、なかから年上の男が顔を出した。彼も褌《ふんどし》一丁の姿で、しかも汗みずくである。

「留《とめ》、なんぞあったんか」

「この侍が、河内との揉めごとのことで親方に用がある、いうて来よったんやけど、河内の回しもんが侍に化けてきたんとちゃうか」

「アホ！　どこから見てもお役人やないか。——堪忍しとくなはれ。河内のやつらが仕返しに来たと思いよったんです。さ、暑いとこだすけど、お入りください」

男は汗止めの鉢巻を取り、勇太郎をうちへと案内した。彼の言ったことは嘘ではなかった。入ったと同時に、勇太郎の全身から汗の玉が噴き出した。だだっ広いなかに五十人ほどの男たちが働いていた。皆、もろ肌を脱いでいるか、下帯だけになっているかのいずれかで、着物を着ているものはひとりもいない。菜種の種を鉄の釜で炒《い》りつけているものたち、濛々《もうもう》と湯気を上げながら炒った種を大きな蒸し器で蒸しているものたち、黙々と碓《からうす》を踏んで粉に引いているものたち、掛け声をかけながら巨大な搾押木《しめぎ》を数人がかりで押しているものたち、搾り出した油を甕《かめ》に貯め、それを運んでいるものたち……一寸先も見えないほどの蒸気が場内に立ち込め、その暑さで勇太郎は立ちくらみして、つんのめりそうになった。

「旦那、大事おまへんか。暑おまっしゃろ。水でもお持ちしまひょか」

「だ、大丈夫だ」

町方同心の沽券《こけん》というものがある。こんなところで倒れて介抱されるような醜態は晒《さら》せない。勇太郎は丹田《たんでん》に力をぐっと入れ、気持ちを引き締めた。それでも、汗は滝のように噴き出して衣服に黒い染みが広がっていく。

(よく、こんなところで働いているな……)

勇太郎は、絞油屋の雇い人たちにすっかり感心してしまった。自分なら、半日も耐えられないだろう。それを朝から晩まで、毎日休みなしである。大坂の町なかで油を手軽に使えるのは、彼らのこのがんばりあってのことなのだ。だが、これだけ油が作られているということは、市中で油切れが起きるのはおかしいのではないか……。

「親方、町奉行所のお役人が来られましたで。河内との揉めごとのことやそうですわ」

案内役は、仕事場のいちばん奥で、壺から小さな柄杓《ひしゃく》で油を汲《く》み上げ、それを壺に垂らすことを繰り返している男に話しかけた。男は手を休めて振り返った。体格の良い大男で、もちろん下帯ひとつの姿である。顔よりも先に、厚い胸板と、臍《へそ》のあたりまで生えている濃い胸毛が目に入った。頬が垂れ下がっており、額が狭く、眉毛はいわゆるげじげじ眉というやつだ。

「ここの主《あるじ》をしとります、道三屋の煮右衛門と申します」

大きな身体を縮めるようにしてお辞儀した。

「西町奉行所、定町廻り同心の村越勇太郎と申す」

煮右衛門は、勇太郎の頭の先からつま先までをじろじろ見ると、

「村越さまと申されましたな。もしかしたら、柔太郎さまのお坊ちゃんだすか」

お坊ちゃんと言われると面《おも》はゆいが、

「父は、村越柔太郎だが……」

「わし、おまえさまのお父上を知っとりますわ。若い時分、わしが悪さしとったときに、旦那に捕まったことがおまんのや。ほかのお役人やったら、そのまま牢屋に入れられたやろけど、柔太郎の旦那は説教だけで帰してくれはりました。旦那はお達者だすか」

「三年前に亡くなった。それで俺が跡目を継いだのだ」

煮右衛門は心底驚愕《きょうがく》した顔で、

「そうでおましたか。ちっとも知りまへんでしたわ。それはまたご愁傷さまで……」

煮右衛門は思い出をたぐるような目で両手を合わせた。そんな様子を見て、すぐに御用のことを言い出す気になれず、勇太郎は言った。

「おまえはここの主だそうだが、主がこんな暑いところで働かずともよかろう。若いものに仕事は任せて、もっと涼しい場所におればよいのではないか」

「はっはっはっ……主のわしひとりが涼しいところにおっては、若いもんにしめしがつきまへんわ。おんなじように汗水垂らしてこそ、あいつらがついてきますのや」

勇太郎は、夏場の真っ盛りに、与力・同心に炎天下を町廻りさせて、みずからは自堕落な恰好でずっと行水をしていたある御仁を思い出したが、口には出さなかった。

「はじめて見せてもらったが、油を搾るというのはたいへんなことなのだな。おまえはなにをしている」

「わしだっか。わしはこないして……」

煮右衛門は、小さな柄杓で壺から油を掬《すく》い、それをたらたらと壺に滴らせる。

「とうとうたらり、とうたらり、と油を垂らしましてな、その出来映えを見とります。ゴミや菜種の滓《かす》が混じっておれば、それを取り除かんと、きれいに燃えまへんさかいな」

そう言いながら、掬っては垂らすことを繰り返す。

「どうだす、このきらきらと光った油。ええ出来ですやろ。透き通っとるけど、深みがある。日がな一日見てても飽きまへんなあ」

勇太郎も、油の輝きに魅せられた。日頃、なにげなく使っているが、こんなに美しいものだったとは……。

「ところで、河内との争いのことでお越しやとか」

そう、そうだった。勇太郎は居住まいを正し、

「河内の絞油屋との揉めごとのせいで、油問屋が仕入れできず、町の衆が困っている」

煮右衛門は頭を下げ、

「ご迷惑をおかけして申し訳おまへん」

「どういう揉めごとなのだ」

「ようきいてくださいました。ご存知かどうかわかりまへんけど、わしらはああして擣押木を使《つこ》うて油搾りをしとりますが、向こうは灘から習うて水車を使うとるんだす。正直、あっちのやり方のほうが何倍もはかどります。けど、手でやったほうが油抜けがええんで、わしとこではこのやり方にこだわっとりますのや。それに、なんと言うたかて、油といえば昔から大坂だす。これまで長年、江戸へ送り出す油は大坂が一手に引き受けとりました。江戸の明かりはわしらが支えてましたんや」

煮右衛門の言うには、江戸での「油切れ」を防ぐため、公儀は摂津、河内、大和など

で作られた油も一旦大坂に集め、そこから江戸に運ぶという仕組みを定めた。また、大坂の絞油屋を守るために『明和の仕法』というお触れを出した。三十年ばかりまえのことである。それによると、摂津、河内、大和などから江戸への「直積《じかづ》み」は禁じられ、大坂の問屋を経ねばならないと定められている。近年、兵庫と灘だけは直積みが解禁となったが、大坂に近い河内や大和は禁じられたままだ。

「ところが、河内のやつらは、それでは儲けが薄いとか抜かしよって、内緒で直積みをやっとりますのや。船を雇って、お上の目をかいくぐり、江戸へどんどん積み出しとる。そのせいで、大坂に河内の油が入ってきまへんねん」

「市中で油が足りぬのはそのせいか」

「いや、それだけやおまへん。じつは……」

煮右衛門がそこまで言ったとき、表のほうから声が聞こえてきた。

「こらあ、なにさらすんじゃ！」

さっき、入り口で勇太郎をとがめた若者の声のようだ。

「おおい、皆、来てくれ。河内のやつらやでえ」

穏やかだった煮右衛門の顔つきが、にわかに険しくなった。そこにあった割り木をひっつかみ、

「急げ！　ひとりも帰すな。手足、叩き折ってしまえ！」

そう叫びながら駆け出していく。

(いかん……!)

勇太郎もあわててそのあとを追った。

甕や大釜のあいだを走り抜け、入り口まで行くと、表で二十人ぐらいの男たちが大喧嘩をしているのが見えた。裸のほうが道三屋の若い衆、野良着のようなものを着ているのが河内の連中だろう。はじめは棍棒や火搔き棒のようなものを武器にしていたが、そのうちに殴り合いになり、しまいには取っ組み合いになった。河内の連中のほうが喧嘩慣れしているらしく、道三屋の若者たちは押され気味だ。勇太郎は遠目に、ひとりの浪人風の男が、河内の連中の一番後ろで見え隠れに立っているのを見つけた。

(あの浪人……たしか三島屋で……)

そんなことを思っていると、

「こらあ、ド性根入れてやらんかい。負けやがったら、ただじゃおかんで」

煮右衛門が声を嗄《か》らすが、道三屋側はだんだんと仕事場のなかに押し戻されていく。

「おんどりゃ、いてもうたれ! このまま暴れ込んで、甕ぶち割って、道具潰してまえ!」

河内の男たちが口々に叫びながら、突入しようとしている。勇太郎は十手を引き抜き、

「控えよ! 西町奉行所のものだ。喧嘩口論は法度である。神妙にせよ!」

そう叫んで、双方のあいだに割って入ろうと、飛び出したとき。

ぬるっ。

足もとが滑った。おそらく床に油が染みていたのだろう。

あっ、と思ったときには、勇太郎の身体は宙に浮き、半回転してから墜落した。運悪く、そこには油壺があった。壺の端でしたたか頭の後ろを打っただけでなく、ひっくり返った壺からこぼれた大量の油を、勇太郎は頭から浴びてしまった。

◇

「すんまへんなあ」

「ほんま、すんまへん」

「申し訳ない」

「わしらのせいでなあ」

道三屋の連中も、河内の男たちも、勇太郎のまわりに集まり、かわるがわるへこへこと頭を下げている。

煮右衛門の指図で、若い者たちが油でどろどろの勇太郎の衣服を脱がせ、よく絞った

手ぬぐいで身体を拭きまくった。手ぬぐい十数本を費やしたが、なかなか油は取れぬ。勇太郎が、ようやく人心地ついたのは半刻《はんとき》（約一時間）も経《た》ってからだった。着替えを持ってきた若者に、勇太郎は言った。

「今は服はいらぬ。この暑さゆえ、しばらくはおまえたち同様、裸でいよう」

ねとねとした湯呑みで生ぬるい茶を飲みながら、勇太郎は両者の言い分を聞いた。それによると、ことの発端はこうだ。いくら油をたくさん作っても大坂に儲けを持っていかれる河内の絞油屋が、江戸へ直積みするためにひそかに出した舟を、道三屋の若い者が待ち伏せしたのだ。小舟を横付けして乗り込むと、油を入れた樽を海に放り込んでしまった。怒った河内の絞油屋の連中が、今度は道三屋に押し寄せ、油甕を金槌《かなづち》で叩き壊したり、汚いものを放り込んだりして暴れた。その仕返しにと、道三屋が河内に夜討ちを掛け、水車をぶち壊して、油搾りができぬようにした。そして今日、河内側が道三屋を襲った……ということらしい。お互いに昼も夜も、相手の仕返しに備えて喧嘩支度をしているため、仕事がまったくはかどらず、そのために荷出しもできないのだ。

「いつまでも仕返し仕返しではきりがなかろう。おまえたちのいざこざのせいで、大坂市中はおろか、遠く江戸にまで迷惑がかかっているのがわからないのか。灯りのない恨みが、おまえたちに向かうことになったら、町奉行所でもかばいきれぬぞ」

「すんまへん」

「すんまへん」

一同は素直に謝った。

「で、先に手を出したのは道三屋なのだな。直積みの舟から荷を放り出したのがはじめか」

「そ、それは、こいつらがご法度の直積みをしよるさかいですわ。掟《おきて》破りを黙って見過ごすわけにはいきまへん」

「わしらがなんぼ油をぎょうさん作っても、大坂に買い叩かれて、利を持っていかれる。こっちは死ぬか生きるかなんや。掟も法度もクソもあるか、われ！」

「それはわしらの知ったことやない。お上に言わんかい」

「お上には何遍も申し上げたけど、お取り上げにならんのや」

勇太郎はため息をつき、

「待て待て。また蒸し返しか。俺も、お頭に申し上げてみるが、大坂と河内がいがみあっていては、日本中が暗闇になる。まずはおまえたちが手を握り合い、互いの利になるような案を出し合って、お上に願って出れば、お取り上げになるかもしれぬぞ」

「なるほど、それは理屈やな」

煮右衛門が毛むくじゃらの太い腕を組み、大きくうなずいた。

「わかった。さすが村越の坊《ぼん》はええことを言う。わしも、河内と手をたずさえてみよう」

　若い衆が目を白黒させて、

「親方、河内のやつらを許す、言うんだっか」

「ドアホ！　いつまでも大坂や河内や灘や言うとってどないする。村越の坊《ぼん》が言うたのを聞かなんだのか。わしら油屋が揉めとったら日本中が暗闇になる。わしらは国中の夜の明かりを支えとるんや。それに、上方で喧嘩しとるときやない。江戸の地廻り油がこれからどんどんのしてきよる。それとぶつからなあかんのじゃ」

　それを聞いた河内の若者のひとりが進み出て、

「道三屋の親方、わしらが間違うてました。たがいに生き残れるようがんばりまひょ」

　そう言って頭を下げた。どうやらことは丸く収まったようだ。なにもしていないのに……と勇太郎は拍子抜けしたが、ひとりの縄付きも出さずにすんだのは満足すべきことだと思い直した。

「ところで、さっき黒い着流しの浪人がいたように思ったが、あれはどこのだれだ」

　勇太郎が河内の連中にたずねると、彼らはきまり悪そうに顔を合わせ、

「素性も名前も知りまへんけど、ついこないだ、わてらのとこにやってきて、大坂と灘、河内、大和の揉めごとについて根掘り葉掘りききだしよったんだす。今も、あいつが、道三屋に押しかけてみたらどうや、て言うさかいに来たんだすけど……あいつ、どこ行

きよった」

怪しいやつ、と勇太郎は思った。もしかすると、この油騒動を裏で扇動している黒幕ではないか、と勇太郎が考えたとき、

「旦那あああーっ！　村越の旦那、いてはりまっか！」

聞きなれた大声が、あたりはばからず、犬の遠吠えのように響き渡る。千三は、まっしぐらに入り口から飛び込んでくると、

「あっ、旦那、どえらいこと……」

そこで言葉を切り、まじまじと勇太郎を見つめて、

「なんで裸ですねん」

「いろいろあったんだ。話せば長いが……よくここがわかったな」

「岩亀の旦那が、たぶんここやろうと教えてくれましたんや。そ、そんなことより、どえらいことでっせ！」

「なにがあった」

「道々話しまっさかい、すぐに来とくなはれ！　天下の一大事だす」

「はははは……大げさなことを」

「ほんまですて。小濱町の岩橋屋ゆう旅籠《はたご》に、大きな幟《のぼり》が立ちまして……」

「それで？」

「そこに、『先代様御落胤《ごらくいん》徳川天六坊《てんろくぼう》様御宿所』と書いてありますねん」

勇太郎をはじめ、居合わせた一同皆が仰天した。

◇

ここで、話はかなりまえにさかのぼる。

生駒の山中で宗忍という若い僧が、みずからを徳川家治公の忘れ形見であると明かしたとき、ふたりの山賊、赤鬼の熊と青鬼の七五郎は容易《たやす》く信じなかった。

「あははは……あはははは……あはははは。な、な、なにを寝言言うとんねん、このくそガキ。先代さまの忘れ形見やと？　アホなこと抜かすな。役人に聞かれたら首が飛ぶで」

七五郎が笑うと、熊も負けじと、

「家治さまには男の子はおらん。せやさかいに、一橋《ひとつばし》さまからご養子をもろた。それが今の公方《くぼう》さま、家斉《いえなり》公やないか。そんなことも知らんのかいな」

宗忍は落ち着いた声で、

「上《かみ》の内情は貴様らごとき下郎の知るところにあらず。それでは教えてつかわすゆえ、両名よっく承れ。家治公、正室倫子《ともこ》女王とのあいだに男児なく、世継ぎを危ぶむ田沼意次《たぬまおきつぐ》の計らいで側室とのあいだに二名の男児をもうけたりしが、天運なくいずれもご逝去。

やむなく一橋家より豊千代君をご養子とした。ご正室も亡くなり、そののちは側室も置かず、独り身のまま四十九歳にて泉下《せんか》に居を移されたと申すは表向きのこと。実は、生来お好みなされた将棋の指南を受けるため伊藤宗印《そういん》邸にお成りあった折、伊藤家女中たずにお手付けあそばし、たずは懐妊。たずは、ただちに宿下がりして余を産み落としたのじゃ」

「ほ、ほんまかいな……」

赤鬼は信じられぬ様子で首をひねる。

「たずは、家治公に男児出産の旨お伝えした。家治公はお喜びなされたが、すでに今の将軍家斉公をご養子になされたあとゆえ、新たに男児出生とあっては世継ぎ争いが起こる懸念あり。家治公は、伊藤宗印邸を訪問のみぎり、わが母たず宛てにご伝言。もし、和子《わこ》の身が立たぬようなことがあれば、この品と書き付けをもってしかるべきところに申し出よ、かならず身の立つようにはからってつかわす……とのもったいないお言葉とともに、後日の証拠としてそれにあった将棋盤の裏に一筆し、事情を記した書き付けとともに宗印にお託しなされた」

「ふーむ……」

青鬼はまじまじと若者を見つめる。たしかに色白で、鼻筋が通り、目は涼しく、唇も小さい。公家《くげ》のような品が感じられる顔立ちだ。高貴の血筋と言われると、そうかもしれないと思わせる。右頬の六つの黒子《ほくろ》がその顔つきを引き締めて見せる。

「そのすぐのちにわが母たずはこの世を身罷《みまか》り、伊藤宗印、弟子の宗悟《そうご》なるものに余を預けた。宗悟は余を宗忍と名付け、親代わりとして養いくれ、余もまた宗悟を実の父と信じて過ごせしが、七年まえ、宗悟危篤となったるとき、余を枕元に呼び、今まで隠していたがおまえの父は恐れ多くも亡くなられた前《さき》の将軍家治公にして、その次第はかくかくしかじかと子細を告白したのちに世を去った。余はあまりのことに言葉もなかりしが、そのときに渡された将棋盤と書き付けを検分し、おのれが高貴の出生であると知った次第。養父宗悟は余に、十八歳になったら公儀に名乗り出させるべく、将軍家の縁に連なるものとしてどこに出しても恥ずかしくない学問と有職《ゆうそく》を身に付けさせてくれていたのじゃ」

「じゃあ、おまえ、いや、あなたさまは……ほんまにほんまの前の公方さまのご落胤……」

赤鬼が目を丸くした。

「そのとおり。その方らごとき下郎に親しく声かけられるような身分ではないわ。両名のもの、頭《ず》が高あい、控えおろう！」

「ははーっ！」

赤鬼は平伏したが、青鬼の七五郎はまだ納得していないようで、

「待て待て。なるほど、こいつの言うことはもっともらしいが、ただの能弁なやつが助かりたい一心で嘘八百並べてるだけかもしれん。それに、江戸で暮らしてたはずのこいつが、なんで生駒の山のなかをうろついとんねん。うかつに恐れ入るのはまだ早いで」

「そ、そやな」

宗忍はにやりとして、

「ならば証拠を示さん。下賤のものに見せるべきものにあらねども、その方らの疑いを晴らすために特別をもって見せてつかわす。――それっ！」

風呂敷の結びを解くと、そこに現れたのは本榧《ほんかや》で作られたとおぼしき立派な将棋盤と一通の書き付け。押しいただいて、まずは赤鬼の熊が将棋盤を裏返すと、そこには、ややかすれてはいるが、

出生したる男子我が子たる証としてたずに遣わすもの也
徳川家治

という言葉が読み取れた。続いて、青鬼の七が書き付けを開くと、たった今宗忍が述べたような事情が縷々《るる》記されたあと、十八歳になったら将棋盤と書き付けを携えて公儀に願い出よ、という文言に続き、

天明二年三月

たずに遣わす

右大臣源朝臣徳川家治

という署名と花押《かおう》が記されていた。

ふたりの山賊はがたがた震え出し、

「ほんまもんや。これは……すごい」

「えらいもん見せてもろた」

そして、土に面型ができるほどに顔をこすりつけて平伏し、

「かかる尊きお方とは存ぜず、刃物を向けたる段、平《ひら》に、平にご容赦くだされ」

「うむ、余の素性を知らなんだのだから、咎《とが》めだてはいたさぬが、以後慎むように。余は、養父の死後、仏門に入り、実父たる家治公と養父伊藤宗悟の菩提《ぼだい》を弔っていたが、十八歳になったるを機に江戸表へ参り、みずからの出生と身分を公儀に明かさんと心を決めた。今はその道中の途上である」

「そうでおましたか」

「どうじゃ、その方たち、この山中にて出会《でお》うたもなにかの縁。余も、江戸に参るに単

身では心もとない。わが家来となるならば、先ほど来《らい》の無礼は許しつかわすぞ」

「な、なんと、許していただけるうえに家来にしていただけますのんか。なんちゅう心の広いお方や。わしらふたりとも、主家がつぶれて浪人したもんですねん。武芸もできんし筆もたたんさかい仕官の道もなく、かと言うて、商人《あきんど》になるふんぎりもつかず、食い詰めたあげくに、こないして山賊しとりまんねん。世が世なら公方さまになられてたお方のお供に加えていただけるなら、こんなありがたいことはおまへんわ」

涙を流しているふたりに向かって、宗忍はにやりと笑い、

「――というのは真っ赤な偽りだ」

「へ……？」

「俺は、池田《いけだ》の百姓の子せがれで吉次《きちじ》というものだ。食い扶持《ぶち》を減らすため、幼いころから奉公に出されたが、手癖が悪いのが災いして、小遣い銭をちょろまかすのがバレるがゆえにどの店も長続きせず親元に戻される。しまいには親も扱いかねて、知り合いの寺に預けたが、賽銭《さいせん》や檀家《だんか》のものを盗むので、住持も俺を持て余す。とうとう寺を追い出され、それからのちは東海道を股にかけて賭け将棋でその日を送り、合間には盗人《ぬすっと》稼業に精出す暮らしさ」

「なんや、わしらと同商売かいな」

「半年ほどまえ、三島の宿で相部屋になったのが、年恰好が俺と同じぐらいで、名前は

宗忍という若いやつさ。菜にはつけ揚げが出た。俺が膳のうえで一杯飲んでいると、宗忍は『私はつけ揚げは食べられぬので、よかったら召し上がりませんか』と話しかけてきた。油っこいものが嫌いなんだろうな。それがきっかけで、歳が近い気安さから、盃《はい》のやりとりをしてすっかり打ち解けた。そいつが言うには、おまえさんにだけ教えるが、じつは前の公方さまのご落胤だ、と抜かす。そんなたわけた話があるか、と一笑すると、ここに証拠がある、と見せてくれたのが、この将棋盤と書き付けだ。私こそ前の将軍の忘れ形見と名乗って出れば、生涯優雅に暮らせるわけだ。俺はのけぞって、そいつの身の上を羨んだ。ところがそいつは、お上に名乗り出るつもりはない、ときた。ふた親もとうに亡くなり、兄弟親類もいない天涯孤独の身ゆえ、大勢にかしずかれるような堅苦しい暮らしよりも、好きな将棋を庶民に教えながら、気楽に生きていきたい……とか言いやがる」

「変わったやつやなあ」

「俺は思ったよ。将軍さまご落胤というせっかくの天からの授かりものを、ドブに捨ててしまうような罰当《ばちあ》たりなことは許せない。それならば、俺が拾ってやろうってな。このままじゃ地べたを這いずり回るままで終わっていく俺の一生。ここは一番大勝負に出よう……そう思った俺は、宗忍と俺の顔がどことなく似ているのを幸いに、翌朝、つぎの宿場まで、と連れだって出立し、箱根の山のなかで縊《くび》り殺した」

「ひどいことを……」

「宗忍の衣服を俺のものと取り換えると、死骸と俺の荷物は崖の下に蹴落として、何食わぬ顔で旅を続けたってわけだ。――どうだ、同じ一生なら、太く短く生きてみないか」

　赤鬼と青鬼は顔を見合わせて、

「へえー、驚きいったたな。若いのにたいした肝っ玉や」

「とんでもない悪党やなあ」

「おい、わしらもこの生駒の山のなかでいつまでも山賊の真似しとってもしゃあない。こいつに一生を賭けてみよか」

　赤鬼が言うと、

「せやけど、バレたら三尺高い木のうえで磔《はりつけ》やで」

「バレへんかったら、御殿みたいな屋敷に住んで、大勢の家来や腰元にかしずかれて、美味いもん食うて美味い酒飲んで、夜はふかふかの布団で寝て、金も使い放題や。たとえ一時《いっとき》でも葵《あおい》の御紋をつけて栄華の夢が見られたら、それでもええやないか」

「うーむ……」

　青鬼はしばらく唸っていたが、

「よし。わしも腹くくった。――宗忍、いや吉次、おまえに乗っかってみるわ。生涯賭けた大博打や」

宗忍はふたりの顔を見ながら、

「では、万事よろしく頼む。われらは生きるも死ぬも一蓮托生《いちれんたくしょう》だ」

「ほな、このまま三人で江戸に乗り込もか」

赤鬼の熊が言うと、

「待て待て。急いては事をし損じる。三島で証拠の品を手に入れた俺が、すぐに江戸入りせずに上方に戻ってきたのにはわけがある。寺を追い出された俺が大坂でかっぱらいをしながらぶらぶらしているとき、世話になった旦那がいる。そのお方は、表の顔は立派な商人だが、裏に回れば俺なんかよりずっとえげつない悪党だ。そのお方にまずは相談しようと思ってな」

「そりゃそうや。こういうことは押し出しが肝心や。わしらふたりの恰好では、上さまのご落胤の家来には見えん。せめて、そのお方とやらに金借りて、見栄えの立派な着物と刀を買い揃えよか」

「けど、そのお方が、わしらの話を聞いて、そんな無法に手を貸すことはできん、今から町奉行所にお恐れながらと訴え出る……と言われたらどないする」

宗忍は鼻で笑って、

「あのお方はそんなタマやないが、もしそうだったときは、俺たちの手でぶっ殺してしまえばいい」

　こうして三人は、大坂に赴き、「旦那」のところへ転がり込んだ。

「うっふふふん、久しぶりやないか、吉次。おまえにはさんざん目ぇかけてやったはずやが、急に姿を消したな。あのとき、おまえ、うちから百両ほどつかんでいったやろ」

「へへへ……行きがけの駄賃というやつで」

「どこで野垂れ死にしてるかと思てたが、五体満足で戻ってくるとはな」

「旦那に習った悪事のいろはが役に立ちまして、どうにかこの道で暮らしております」

「人聞きの悪いことを言うな。わしがいつ悪事を教えた。——とはいえ、おまえが今でもまともになっていないのは、ほれ、そこのふたりを見ればわかる」

　そう言われて、赤鬼と青鬼はぎょっとしたようだ。

「どう見ても悪人顔をしとる。大きなことはでけん、つまらん小悪党やが、ひとも殺しとるはずや。こんなやつらとつるんどるということは、うふふふん、おまえもいつまでたってもそこから足が抜けんようやな」

　赤鬼と青鬼は、気を飲まれてしまい、返す言葉もない。宗忍は、風呂敷包みを解いて将棋盤と書き付けを出し、「旦那」に見せた。

「ほほう……これはどえらいネタを仕込んだもんやなあ。間違いなく本物や。使い方によっては、ひょっとしたらたいへんなことになるかもしれんで」

「たいへんなことをおっしゃいますと、俺が大名にでも出世する、とか」

「なんの、望みが小さい。わしは、公方さまになるかもしれん、と言うてますのじゃ」

これにはさすがの宗忍も驚いた様子だが、

「考えてもみい。おまえがもし家治公のご落胤やと認められたとしたら、どこかの大名になるのも夢やない。そこでもし、今の公方さま……家斉公がお亡くなりになったとき、その世継ぎがひとりもいなかったら……」

後年、男子二十六人、女子二十七人という子宝に恵まれ過ぎた家斉公だったが、このころはまだ男子の数は六人、しかもそのうち五人は早逝しており、世継ぎとなりうるのは次男の敏次郎《としじろう》たった一人《いちにん》だったのである。

「恐れ多くもお世継ぎの敏次郎君《ぎみ》が病かなにかでお亡くなりになられたら、ということでしょうか」

「うふふふん、亡くならんかったら亡くしてしもてもええがな」

「それはどういう……」

「旦那」は応えず、

「わしもこの歳や。いつ死ぬかもわからん。こないしてちょっとした身代もできたが、人間というのはあかんもんやなあ。欲には限りがない。残りの命を、手の届かん夢を叶《かな》えることに費やしてみようか」

「では、俺たちの目論見《もくろみ》に一枚嚙んでいただけますか」

「嚙むもなにも、わしが胴を取ったる。わしは商売柄、表に出ることはかなわんが、後ろに控えて、計略からものの支度からひとの手配から、万事を整えて指図してやろう。金も存分に使うて、道具を買い揃えたり、ぶらぶらしとる侍を雇うたり……なにもかもわしに任せておけ」

「ありがとうございます。これで俺も天下の大名だ」

「それやそれや、それがいかんのや。これから万民をだまし、公方さまはじめ、老中、若年寄、諸奉行をだましていかなあかん。日頃から、おのれは前《さき》の将軍のご落胤や、という気持ちでおることが肝要やで。ひとまえはもちろん、わしらとおるときも、俺とかわしとかいう言葉は使うな。おまえが心からご落胤やと信じとらんと、まわりの扱いが軽うなる。でないと、ひとりでに地金が顕れて、バレてしまうで。わしも、今からおまえをほんまもんのご落胤や思うて接する。赤鬼と青鬼もそうするようにな」

赤鬼が感心したように、

「さすがは、悪《わる》のなかの悪は考えが行き届いとるなあ」

青鬼も、

「わしも、宗忍やのうて、宗忍さまと呼ぶようにするわ」

それを聞いた「旦那」が言った。

「その名前やけどな、宗忍では押しが効かん。天一坊《てんいちぼう》ゆう名前を聞いたことないか」

三人とも知らない名前だった。

「八代将軍のころ、天一坊という売僧《まいす》坊主が吉宗《よしむね》公のご落胤を名乗って江戸入りしたが、惜しいところで名奉行の大岡越前守《おおおかえちぜんのかみ》に見破られたけど、公方さまとご対顔の寸前までいったという、どえらい大騙《おおかた》りや。おまえも、天一坊にあやかって、いや、それを上回る気持ちで、その頬っぺたの六つの黒子にちなみ、天六坊とでも名乗ったらどや」

享保のころ、天一坊という山伏が、吉宗公のご落胤と称して、多くの浪人を集めたことがあった。天一坊は、自分は吉宗公が紀州家で源六郎《げんろくろう》と名乗っていた部屋住みのころに、側に仕えていた沢野という女に産ませた男子であるという触れこみだったが、実は、沢野の母親が住んでいた村の戒行《かいぎょう》という山伏だった。彼は、沢野の母親を殺し、持っていた書き付けと短刀を奪って、おのれがそのご落胤だと公言していたのだ。山内《やまのうち》伊《い》賀亮《がのすけ》という奸智《かんち》にたけた番頭役がうまく計らったため、大勢の役人が信じ込んでしまい、危うく親子の対面……というところまでこぎつけたが、当時の江戸町奉行大岡越前守忠《ただ》相《すけ》に見破られ、嘘偽りがことごとく暴かれたので、天一坊一味は獄門に処された。

「天六坊か。それはよい。余はこれから天六坊宗忍と名乗るであろう」

「うまいうまい、お上、その調子でございます」

「旦那」は天六坊を持ち上げる。

「せやけど、天一坊も最後には見破られて殺されてしもた。わしらはうまいこといくやろか」

青鬼が青い顔をいっそう青くしてそう言うと、「旦那」は胸を叩き、

「今はもう、大岡越前みたいな名奉行はおらんさかい大丈夫や」

「いてまへんか」

「おらんおらん。うっふふん、近頃の奉行は江戸も京も大坂もアホばっかりや」

四人はそれから酒を酌《く》み交わし、これからのことを話し合った。

「余はさっそく人数を揃えて江戸へ乗り込み、父上に対顔を申し入れようと思うが、どうじゃ」

天六坊が言うと、「旦那」がかぶりを振り、

「それは良き思案とはいえませぬな」

「なぜじゃ。存念を申してみよ」

「恐れながら申し上げます。たとえわが方に証拠の二品があったとしても、江戸表には老中、若年寄、寺社奉行、勘定奉行、町奉行などそれなりの眼力のある多くの役人がおりまする。いきなりそれらの吟味を受けるより、まずは大坂で大坂町奉行と大坂城代にご落胤であると認めさせ、つぎに京都所司代をへこませれば、われらより先に彼らが江戸表へ、ご落胤は本物ゆえ、決して粗相のないように扱うべし、と知らせてくれましょ

「う」

「なるほど。手近から籠絡していくわけだな。では、おまえの考え通り、大坂から攻める ことといたそう」

「それがよいかと存じます。なにしろ、今月の月番の大坂町奉行は、巷《ちまた》でも評判のアホでございまして……」

「大邉久右衛門とか申す男と聞くが、さようにアホか」

「はい、なにしろ政《まつりごと》そっちのけで、頭のなかは食いもののことと飲みもののことしかない、というたわけらしゅうございます。うっふふふん」

「それはちょうどよい。まずは大坂を口開けといたそう」

四人は深夜まで盃を重ねた。

◇

千三の知らせで、中野村から小濱町に駆け付けた勇太郎は、あまりに走りに走ったので、いつまでたっても息が鎮まらない。猫背になってぜいぜいと背中を上下させていると、

「あれですわ、旦那」

千三の声に、涎《よだれ》が垂れるのもかまわず顔を上げると、岩橋屋という大きな旅籠のまえ

に、「先代様御落胤徳川天六坊様御宿所」という幟が翩翻《へんぽん》と風にはためいている。入り口の左右には派手な幔幕《まんまく》が張り巡らされ、入り口には墨痕淋漓《ぼっこんりんり》たる筆致で「徳川天六坊」と記された、杉の一枚板の大きな看板が掲げられている。しかも、驚いたことには、看板の上部に葵の紋所が金箔押《きんぱくお》しで打たれている。

旅籠まえの路上には、急ごしらえの葭簀《よしず》囲いの小屋が置かれているが、これは番屋らしく、来訪者をここでいちいち詮議して、対面の認許を出すかどうか決めるのだろう。

物々しいことだが、すでに商人と思われる何名かの町人が小屋のまえに並び、呼ばれるのを待っている。手にはそれぞれ風呂敷包みを持っていることから、早速贈りものをして「ご落胤」に取り入ろうとしているのだろう。

また、入り口の横には、右に三名、左に三名、都合六名の武士が立っているが、いずれも槍《やり》を持ち、しごきを掛け、袴の股立《ももだ》ちを高く取り、頭には鉢巻という、まるで戦場《いくさば》のようないでたちである。

「なんだ、これは……」

勇太郎が啞然《あぜん》としてその光景を眺めていると、先に着いていたらしい西町奉行所の一行がやってきて、

「どう思う」

岩亀与力が言った。

「わかりませんが……まやかしものにしては念が入っておりますね。金もかなりかかっている様子ですし」

「そのようだな。みだりに葵の御紋を使うのは許されぬ。それをあえて堂々と用いるというのは、なにかしら拠《よ》り所があるのかもしれん」

「では、本物のご落胤ということも……」

「ないとは言い切れぬ。これはたいへんなことだ」

　彼らが話をしているあいだにも、物見高い大坂の町の衆が続々と見物に集まってくる、贈りものを持った商人の列が伸びている、浪人とおぼしき武士が出入りする……。

「市中を騒がす不届きもの。本人と対面して、真贋《しんがん》を問いただすべきではありませぬか」

「そうはいかぬ。もし、真のご落胤だったらわれらの首が飛ぶぞ」

「ですが……」

「焦るな。今、お頭に、いかがすべきか問い合わせておる」

「はあ……」

　勇太郎はじれったい気持ちを抑えるのに必死だった。

　ほどなく、奉行所から使いがやってきた。

「お奉行より、岩亀さま、鶴ケ岡《つるがおか》さま両名にて面会を申し入れ、ことの次第を問いただし、証拠の品があるならばそれを検分せよ、とのことでございます」

「そんなところだろうな」

岩亀は、盗賊吟味役与力鶴ヶ岡雅史《まさふみ》とともに旅籠の入り口に向かおうとして、

「村越、おまえも来い」

「わても行きまひょか」

千三が腰を浮かしたが、

「おまえはここにおれ。不穏な動きあらば、ただちに奉行所に報ぜよ」

「へ」

不服そうな千三やほかの同心たちを残し、岩亀たち三人はまっすぐ入り口に向かって歩んでいったが、

「あ、これこれ、その方たちはなにものだ。いずかたより参った」

いかめしい髭を生やした番侍のひとりが声を掛けた。

「われらは大坂西町奉行所のもの。徳川天六坊と申されるお方にお目にかかり、二、三、おうかがいしたき儀これあり、役儀によって罷《まか》り越し申した」

「そういうことならば、あそこに番所のあるが見えぬか。あの列に並び、取り次ぎを乞いなさい」

岩亀は、いつのまにか数十人に増えている商人の列をちらと見て、

「あれなるは、贈答の品を届けるために参った町人どもと推察いたす。われらは役儀で来ておるのだ。早々に取り次ぎを願いたい」

「役儀だと？　天六坊さまのご身分になんぞ不審でもあると申すか。この不浄役人め。恐れ多くも前の将軍家ご落胤天六坊さまに挨拶いたすなら、寺社奉行を通して参るが筋であろう。町方の出る幕ではないわ」

岩亀は一瞬たじろいだが、勇太郎がその後ろから、

「将軍家ご落胤とおっしゃいますが、われらこれまでそのようなお方の存することを聞かず。その真偽を確かめぬうちは、大坂の市中にて大勢を集め人心を騒がす不逞《ふてい》の輩とみなさざるをえません。まずは、町方であるわれらの扱いとするのが順当ではありませんか」

番侍はキリギリスのように髭をひくひく動かして、

「貴様、同心だな。恐れ多くも天六坊さまを人心を騒がす不逞の輩とは無礼千万。貴様ごとき同心風情の素っ首《そくび》、いつでも斬れるのだぞ。下がれ下がれ」

岩亀が、勇太郎をかばうようにまえに出て、

「これは異なことを仰せになられる。このものの申すこと、理に適《かの》うております。天六坊さまがご落胤ということは、そちらが片道に申し立てておられるだけで、今のところ証左など拝見したるものはございませぬ。それを確かめにきたわれらの面会を拒まれる

のであれば、ものごとはとどまったまま先に進みませぬぞ。われらが天六坊さまにお目通りし、その次第を町奉行に報じることで、つぎに町奉行か大坂城代が面会に参ります。万事はそれからでござろう」

　番侍たちは顔を見合わせていたが、

「わかった。今、天六坊さまお付きの方々におうかがいを立ててくるゆえ、しばらくここで待っておれ」

　髭の侍がそう言って、旅籠に入っていった。

　たっぷり四半刻《しはんとき》も待たされたあと、ようやくその侍が戻ってきた。

「天六坊さまがお会いになられる。どうぞこちらへ」

　三人は盛砂のあいだを通ってなかへと案内された。驚いたことに、旅籠のなかは勝手に作り替えられており、まるで陣屋である。壁には槍、刺股《さすまた》、突棒《つくぼう》、袖搦《そでがらみ》、弓などが麗々しく掲げられ、旅籠の主や番頭などは隅のほうに縮こまっている。廊下を通って、奥の一室まで行くと、髭の侍は襖のまえで四角く座り、

「お恐れながら申し上げます。天六坊さまに面会を望む大坂西町奉行所与力ほか三名、こちらに召し連れましてございます」

　なかからガラガラ声が応じた。

「うむ、入るがよい」

襖を開くと、なかには裃《かみしも》を着たふたりの武士がこちらを向いて着座している。ひとりは赤ら顔の大男で、もうひとりは青い顔ののっぽである。真正面に御簾《みす》が下がっており、おそらくそこに天六坊がいるのだろう。髭の侍が、岩亀たちに正座して頭《ず》を下げよ、と促したので皆はその通りにした。

「大坂西町奉行所与力岩亀三郎兵衛とはその方か」

赤ら顔の男が言った。

「さようでございます。それがしが西町奉行所……」

顔を上げて、岩亀が答えようとすると、

「頭が高い。そのままでお答えするように」

しかたなくもう一度平伏する。これでは天六坊の顔を見ることができない。

「本来なれば貴様たち不浄役人とお会いなされるようなご身分ではないが、本日は格別の思《おぼ》し召しを持ってお会いくださる。ありがたく思うように」

「へへーっ」

「なれど、尊きお方ゆえ、御簾内にてお話しになられる。よろしいな」

それでは、いずれにしても顔はわからない。

「また、岩亀殿一人《いちにん》のみにておたずねなさるよう。ほかの二名は、話すこと相成らぬ。わかったな」

どうにもしかたがない。岩亀は頭を下げたままで、

「恐れながらおたずね申し上げます。前の上さまにご落胤のおられた旨、我々寡聞にして知らず、どのようないきさつあってのことかひととおり伺いとう存じます」

「その儀なれば、答えてつかわす」

御簾のなかから、透き通るような凛とした声が響いた。その声の威厳に打たれ、しんがりに控えていた勇太郎は思わずぶるっと身体が震えた。

「余は、高名な将棋指し伊藤宗印の弟子、宗悟なるものの子宗忍として養育を受けたが、七年まえ、父宗悟逝去に際して余を枕頭《ちんとう》に呼び、わが素性を打ち明けた。わが父は、前の将軍徳川家治公にて、宗印邸にて将棋の指南を受ける折、わが母たずと契りを結び、母はほどなく懐妊。宿下がりして余を産み落としたのじゃ。養父は、余が十八歳になったら公儀へ願い出るつもりだった。そのため、幼きころより余に、将棋の手ほどきとともに将軍家縁者としての学問、有職などを叩き込んでくださっていた」

弁舌すぐれ、よく通る、しっかりした声音《こわね》でよどみなく語っていくその話には、勇太郎には一点の疑義も見いだせなかった。どこかにおかしな箇所やつじつまが合わぬ箇所があるのではないか、作りごととわかるところはないか、と耳を澄まし一言一言吟味しながら聞いていたが、細かい食い違いすら見当たらない。岩亀も同じ思いだったらしく、一言も口を挟まず、黙って聞き入っている。

「家治公が、わが母たずに残した証拠の品々が、ほれ、そこにあろう」

その言葉を聞いて、赤ら顔の男がうやうやしく持ち出したのが、将棋盤と書き付けである。

「拝見してもよろしゅうございますか」

岩亀の口調も丁寧になる。

「その方どもの目に入れるべきものにはあらねど、わが身に疑いあるとあってはいたしかたなし。わが父、前の征夷大将軍徳川家治公が余に残したる大事の形見ゆえ、くれぐれも粗相のないように検分いたしくれるよう。——青田」

青い顔の侍が、将棋盤に向かって深々と頭を下げたあと、それを裏返した。岩亀はそこに書かれている文字をじっくりと見つめている。勇太郎も、少しだけ顔を上げて、必死にその文言を頭に叩き込んだ。

青い顔の侍は、続いて書き付けを広げ、岩亀に示した。岩亀の目玉がものすごい速さで左右に走っている。勇太郎は、冒頭部から丸ごと覚え込もうとしたが、途中で書き付けを畳まれてしまった。

「あっ……」

と思わず声を出すと、

「しっ！」

青田ににらまれたが、勇太郎はひるまず、

「申し訳ございませんが、お書き付けの仕舞いのほうがいまだ読み取れず、恐れながら今一度、拝見……」

「たわけめが！　貴様は話すこと相成らぬと申したはずだ。それに、畏《かしこ》くも前の上さまのご直筆、その方ら町方役人にとって、ちらと見られるだけでも目の法楽であろう。それを仕舞いまで見せろのなんのと、あつかましいにもほどがある。身の程を知るがよい」

青田が嵩《かさ》にかかって勇太郎を怒鳴りつけたが、

「われらは目の法楽のために参ったのではございません。われらの役目は証拠の品々の検分でございます。それが果たせませんでしたので、今一度拝見させていただきたいと申したのです」

「読み取るのが遅いのは当方の責ではない。貴様らが悪いのだ」

「ならば、わたくしはこの場で切腹いたします。その代わり、今一度お書き付けを……」

鶴ヶ岡与力が勇太郎に、

「腹ならわしが切る。おまえは黙っておれ。――このもの申すとおり、なにとぞ今一度、お書き付けをお見せくださいませ」

「なんと言われようと、見せること相成らん」

するとと、御簾のなかから、

「待て、青田。このものたちの申すこといちいちもっとも。たしかに検分役として、書き付けを最後まで調べねば、役目を果たしたことにはならぬ。早くに仕舞《しも》うたその方にも落ち度がある」

さっきとは違い、優しげな口調であった。

「はは……なれど……」

「死を覚悟して職務を果たさんとしたのはあっぱれではないか。町奉行大邉とやらは、良き家臣を持たれて幸せじゃ」

岩亀が真っ先に平伏し、

「もったいないお言葉、帰って奉行に申し伝えます」

あわてて鶴ヶ岡と勇太郎も頭を畳に擦《こす》りつけた。

青田はふたたび書き付けを広げ、勇太郎もじっくりと文章を覚え込むことができた。

赤ら顔の侍が、将棋盤と書き付けをもとのところに仕舞い込むと、御簾の方に向き直り、

「これにて証拠の品検分の儀、相済みましてございます」

「さようか。ならば、岩亀とやら、早々に奉行所に立ち戻り、ありのままを町奉行に伝

えてくれよ。余は早う江戸表に参り、家斉公と対面したいのじゃ。余の気持ち、わかってくれい」

「お察し申し上げます。われら三人、ただいま検分つかまつりましたこと細大漏らさず奉行にお伝えいたします」

「む。大儀じゃ」

そのとき、勇太郎は意を決して立ち上がった。すばやい動きで塗り框《がまち》のところまで走り、御簾を持ち上げた。

「天六坊さま、お顔拝見！」

「なにをいたす！」

赤ら顔の男が、すぐに勇太郎の両肩に手をかけ、その場に引き倒した。

「慮外《りょがい》ものめ！」

男は腰から刀を鞘《さや》ごと引き抜き、それで勇太郎の背を打ち据えた。

「まて、赤田。——その方、なにゆえ余の顔を見んと欲したのだ」

「恐れながら、高貴のお血筋、ご尊顔に表れておられるかと愚考いたし、失礼をも顧みず、役目によってそれを確かめんといたしました」

「うむ、それでその方の見立てはどうじゃ」

「生まれ持っての品格、威厳、聡明さがお顔から滲み出ておられると感じ、感服仕《つかまつ》りました」

「ならばよい。此度《こたび》は差し許す。今後は慎むよう」

「ははっ」

赤ら顔の男の案内で、三人は旅籠を出た。途端、勇太郎は身体中の力が抜けていくようで、その場にしゃがみ込んでしまった。よほど気が張りつめていたのだろう。岩亀たちも同様らしく、大きなため息をつき、顔を手のひらでぱんぱんと叩いている。

「鶴、おまえの見立てを聞こう」

岩亀与力が、鶴ヶ岡に言った。

「ようはわからぬが、将棋盤と書き付けは本物だと思う」

「わしもそう思うた。ようわからぬが、盤は高そうな塗りがほどこされておったし、書き付けの花押ももっともらしいものであった。――だが、本人はどうだ」

「あれだけの威厳、風格……付け焼刃で出せるとは思えぬ。わしは本物のご落胤だと思うたが……」

「ううむ……たしかに高貴な公達のような品というか格式というか、そんなものを感じた。こちらをぐいぐい押してくるようで、ひとりでに頭がさがったわい。――村越はどうだ」

勇太郎はしばらく考えたすえ、

「将棋盤と書き付けの言葉づかいや筆致は本物に見えましたが、詳しくは前さまの筆跡と照らし合わせねばわかりません。ですが……御簾越しのお声もご立派なうえ、むりやりお顔を拝したときにも、まったく動じない威儀を感じました。あと、右頬に六つの黒子があって、それがかえって顔を引き締めておいでで……」

三人は顔を見合わせて、

「本物……」

「かな……」

◇

岩亀たちの報《しら》せを聞いて、大邉久右衛門はたちまち不機嫌になった。

「本物かもしれぬ、とな」

「はい。少なくとも、将棋盤と書き付けはまがいものとは思えませんでした」

「で、どうせいと言うのだ！」

なぜ奉行が機嫌を損ねているのかわからぬまま、岩亀は言った。

「大坂城代さまとお話し合いのうえ、どちらかが天六坊さまと対顔なさり、真贋を見極めて、江戸のご老中にお申し伝えされるのが筋かと存じます」

「そうしたとしたら、そのあとはどうなる」

ぶすっとした顔で久右衛門は言った。

「もし真のご落胤とご老中がお認めになれば、まずは身分にふさわしい位を朝廷より賜り、いずれかの大名家のご養子になり、ゆくゆくは一国を任せられる……となるのではありませぬか」

「くだらぬ！」

久右衛門は吐き捨てるように言った。

「そんなことはどうでもよい。わしは今、忙しいのだ」

鶴ヶ岡が血相を変え、

「忙しい？　なにに忙しいのです」

「なんでもよい。とにかく忙しゅうて、そんな世事に構ってはおれぬのだ」

「世事？　前の上さまご落胤と称するもの現れたることが世事とおっしゃいますか。天下の一大事ではございませぬか」

横から用人の佐々木喜内が囁《ささや》くように、

「御前、天下の一大事をお待ちかねだったのではございませぬか」

「やかましい。貴様は黙っておれ。——本人がご落胤だと申しておるのだから、それでいいではないか。なにがいかんのだ」

岩亀が呆れたように、

「万が一、偽者だったとしたら、取り返しのつかぬことになります」

「おまえがたった今、証拠の品はまがいものではない、と申したところではないか」

「品ものはさようでございますが、本人がどうかはわれらでは鑑定いたしかねます」

「天六坊とやらがご落胤だろうがなかろうが、どうということはない。いや、将軍家の血筋でもないものが大名となる。たいへんな立身出世じゃ。却《かえ》って目出度《めでた》いではないか。本人の望むようにさせてやれ」

頭を抱えた岩亀に代わって、鶴ヶ岡が言った。

「もし、彼がご落胤を騙る大悪党だったなら、ほかに余罪も数ございましょう。われらの見立て違いにて、そのような極悪人を大名にしてしまうようなことになったら、まさに痛恨の極み。下々《しもじも》のものの苦しみはいかばかりでございましょうか」

「ふむ……」

久右衛門はぼりぼりと頬を搔きながら、

「それではきくが、おまえたちは、将軍家のご落胤と、貧乏旗本のこどもと、将棋指しのせがれと、漁民の息子と、ひととしてなにか違いがあると思うか」

「そ、それは……」

「罪あるものが大名になってはいかんと言うなら、今おる大名どもの半数は改易じゃ。わしは、だれが大名になろうが、だれが八百屋になろうが、一向にかまわぬと考えておる。将棋指しの子が、だれかの眼鏡違《めがねちが》いや運命のいたずらで大名となる、というのも面白かろう」

暴論だが、勇太郎には久右衛門の言わんとするところがなんとなくわかった。

「鶴よ」

「はっ」

「大坂城代の青山《あおやま》殿のところに使いに参れ。さきほどの見聞をすべて申し上げ、天六坊との対面をお願いするのじゃ。真贋を見極めてもらい、老中にそちらからお知らせくださされ、とお頼み申せ。よいな」

鶴ヶ岡は久右衛門をとがめるような目で見つめると、

「責めを逃れようというおつもりでございますか」

「青山殿は、若年ながらわしなどよりずっとしっかりした御仁じゃ。さぞかし、天六坊の真贋も立派に見極めてくれるであろう。もっとも、わしはたかだか五百石の貧乏旗本、あちらは五万石のご大身。もろうておるものがちがうゆえ、当たり前のことだがのう」

露骨な嫌味を言ったあと、大きな油臭いげっぷをひとつした。

「鶴、頼んだぞ。——さあ、忙しいと申したであろう。おまえたちは下がれ」

久右衛門に急かされて、一同が釈然としないまま腰を上げかけたとき、

「おまちどうさんでした」

そう言いながら、料理方の源治郎が膳を運んできた。皿のうえにどっさりと、つけ揚げが載っている。ハゼ、キス、海老、レンコンなどのようだ。いずれも串に刺して揚げられており、大皿からこぼれんばかりに積まれている。どう見ても五人まえはあるだろう。

「うむ、待っておったぞ」

それまでどんよりとしていた久右衛門の両眼がにわかに輝きを帯びた。

「熱々やさかい、気ぃつけとくなはれ。それから、これは醤油、これは江戸流に醤油とみりんを水で割ったのを煮て作ったつゆでおます」

「あいわかった。此度の工夫はなんじゃ」

「衣にするうどん粉を、まえよりもひたすら、ダマが残らぬように混ぜ続けました。手が痛《いと》うなりましたが、なんとかやりきりました。どうぞ、お召し上がりください」

久右衛門は唾を飲み込みながら箸を手に取り、まずは海老をつゆにつけ、一口で頬張った。もむもむもむ……という咀嚼《そしやく》の音だけが聞こえる。源治郎が、その口の動きをじっと見つめている。

「いかがでおますやろ」

もむもむもむもむ……。

「美味しおますか」

もももむももむもも……。

「それとも、不味《まず》おますやろか」

久右衛門は、なにも言わず、海老だけを食べ続けた。海老がなくなると、つづいてキスに醤油をかけて食した。ももむももむもむ……ももむもむもむ……。キスを全部食べ終えると、今度はハゼ。二匹一度に食べる。最後にレンコンを、これも片っ端から食べ、山のようになっていた皿はあっという間に空になった。

「どうでおます」

おそるおそるではあるが、やや自信ありげでもある源治郎の問いに、

「不味い」

久右衛門は言い切った。

「え……不味おますか」

「不味い。こんなものが食えるか」

勇太郎は、空の皿を見つめた。

「衣がぼてぼてしていて、そこに油が溜《た》まっておるゆえ、油っこくてかなわぬ。わしが求めておるのは、もっとカラッと揚がったやつだ。食うても食うても嫌にならず、いくらでも食える天ぷらだ。たかだかこれぐらい食うただけで、胸やけがするではないか」

「がんばって混ぜましたんやけど……」

「まだまだ混ぜ方が足らぬのではないか。わしも手伝うぞ」

天下の一大事のほうはどうなったのだ、と勇太郎は思った。

「歯触りも悪いし、中身もぐにゃぐにゃしておる。先日来、おまえとトキの天ぷらを毎日朝昼晩と食うておるが、まるで改まらぬのう。それに、油じゃ。これは菜種油、それも、かなり古いものであろう。なにゆえ、新しい油を使わぬ」

「それがその……油がおまへんのや。いつもの出入りの油屋にきいてみたら、問屋も油を切らしとるらしいですわ。しゃあないさかい、古い油で揚げた、というわけで……」

「油がないだと？ そんなはずがあるか。貴様、古い油を使うた言い訳にそのようなことを申しておるのであろう」

「ち、ち、ちがいます。ほんまに今、大坂市中は油が足りまへんのや。せやさかい、夜の出商売の食いもん屋は商いを休んだり、居酒屋は早仕舞いしたりしとります」

「廓《くるわ》はどうなっておる。毎夜、大量の油を使うはずじゃ。ああいうところは鯨油も臭うて使えぬし、真っ暗というわけにもいくまい」

「白髪町の西沢屋ゆう油問屋だけは、どこから仕入れとるのかわかりまへんけど、菜種油を売っとりまんねん。ものごっつ高《たこ》おますけど、背に腹は替えられん、ゆうて、皆、西沢屋から買うとるみたいでっせ。西沢屋はんは救いの神や、と遊郭の連中はありがたがっとりますわ」

「そのようなことが起きていたとは知らなんだ。――おまえたち、なにか存知おるか」

久右衛門は岩亀と鶴ヶ岡にきいた。岩亀与力が、

「その儀なればわれらも聞き及んでおります。河内の絞油屋と大坂の絞油屋のいさかいがもとらしく、これなる村越が詮議いたしております。――村越、申し上げよ」

勇太郎は、道三屋での見聞を逐一話したあと、

「油切れに困ったものどもが、市中の油問屋に押しかけるなどいたしましたが、大事には至りませんでした。河内と大坂の絞油屋は手打ちをいたしましたので、ほどなく油の仕入れはもとに戻るかと思われます」

「さようか。源治郎、油が旧に復したら、すぐに新しいものを仕入れて参れ。――油がなくなっては天下万民が困惑いたす。これこそまさに天下の一大事じゃ。天六坊などよりもこちらのほうがずっと重いことではないか。わしは、当面のあいだ、油の件にかかりきりになるゆえ、ご落胤の一件は大坂城代に託すといたそう。うむ、そうせざるをえぬな」

「ですから、なにもしなくとも、油の仕入れはもとに……」

「黙れ！　灯火は庶民にとってなくてはならぬもの。その庶民を守るべきは町奉行所ではないか。だれがなんと言おうと、わしは天ぷ……いや、油の件に心血を注ぐ。わかったか！」

無茶なことを無理矢理言い立てているのがおのれにもわかっているらしく、言葉の終わりに久右衛門は両の鼻の穴から「ふんっ！」と息を吹いた。つまりは「面倒くさい」のだろうと勇太郎は思った。

3

久右衛門に天六坊の真贋の吟味を押し付けられた大坂城代だったが、たった一度の対面で、あっさりと「本物」との裁きをつけてしまった。大坂城代は、天六坊を大坂城に呼びつけ、証拠の二品の吟味をはじめ、さまざまに詮議したが、天六坊の答弁はその生い立ちからなにからいちいち当を得ており、瑕疵《かし》はひとつもなかった。また、大坂城代の招いた将棋盤の鑑定人によると、梨子地《なしじ》塗りのたいへん高価な品であり、側面に葵の上紋がついているが、これは御三家などではなく徳川本家、それも吉宗公までの紋とは違うので、おそらくは家治公の紋と考えられるという。また、大坂城に取り置かれていた家治公筆の書状なども持ち込み、照らし合わせたところ、書き付けの筆跡とまったく同じだったそうだ。花押も本物と一致した。

「もろもろ考えあわせると、天六坊さまが家治公ご落胤であること、間違いないかと思われる」

大坂城代はそのような所見を西町奉行所に送ってきた。月番の町奉行として、その所見を肯《うべな》ったという署名をせよ、というのだ。久右衛門は、容易くおのれの名前を書き入れようとしたが、

「お待ちくだされ」

佐々木喜内がとめた。

「御前が署名なされますと、大坂城代ならびに大坂町奉行が天六坊をご落胤と認めたということになり、そのまま江戸表に伝わります」

「当たり前だ。そのための所見ではないか」

「御前は、おのれが会うてもおらぬ御仁のことをお認めになるのですか」

「わしが会わずとも、大坂城代が会うた。証拠も確かめた。それで事足りよう」

「大坂城代が確かめたのは将棋盤と書き付けのみです。天六坊はただ、それを持っていたというだけではございませぬか」

「持っておるゆえ証拠なのじゃ。ほかにどう確かめようがある」

「大坂城代の眼力を信じまするか。あのお方にひとの真贋を見抜けるとでも」

「言うたではないか。人間に真やら贋やらはない。将軍家であれ帝《みかど》であれ町人であれ、皆、ひとりひとりはただの『ひと』じゃ。あとは、そのものが持っておるもので判別するしかなかろう。書き付けを持っておればご落胤。それでよいとわしは思う」

「御前はよくとも、世間はようございませぬ。それに、あとで真っ赤な偽者とわかったときは、腹を召さねばなりませぬぞ」

「偽者？　大名がひとり増えるというだけであろう。それが本物か偽者かなどくだらぬことじゃ。戦国の世にまで遡《さかのぼ》れば、たいていの大名は成り上がりの偽者ではないか」

喜内はため息をついたが、久右衛門はためらうことなく所見の末尾におのれの名前を書き、印も押した。

「わしは忙しい。大坂の油切れについて調べ、庶民の難儀を救わねばならぬからのう」

天ぷらに使う油のことが心配でならないのだろう。久右衛門はそそくさと立ち上がり、どこかへ行ってしまった。喜内はもう一度、大きなため息を漏らした。

◇

「まだ、油が入ってこない？」

勇太郎は驚いて声を上げた。夜番に当たっている彼は、市中見回りの途上、千三とともに三島屋に立ち寄ったのだ。三島屋新兵衛はいつになく険しい顔で、

「菜種油の樽はどれも空です。油がなくてお困りの方があってはならぬと、一滴残さず出入りの油売りたちに売ってしまったので、うちで使う分が足りず、困っております」

「おかしいではないか。道三屋に行ったとき、大坂と河内の絞油屋は仲直りをしていた

ぞ」

「それが……」

新兵衛の話では、大きな買い占めの動きがあるらしい。

「だれがそんなことを……」

「はっきりとはわかりまへん。向こうもなかなか尻尾《しっぽ》を出さへんのだす。けど……それだけやおまへんのや」

三島屋が買い付けた摂津の菜種油を運んでいた荷船が、転覆したのだそうだ。船頭たちの話では、突然、漁船がぶつかってきて、気が付いたら船はひっくり返り、皆は波間に漂っていた。漁船はそのまま、彼らを助けることもなく行ってしまった。船頭たちはなんとか船をもとに戻し、壊れた油樽を集めたが、どう勘定しても数が合わない。どうやらほとんどはその漁船が持ち去ったようだ。

「まるで海賊やおまへんか！」

千三がそう叫ぶと、

「うちだけやおまへん。よその問屋の荷も襲われとりますのや」

「そういうことをやりそうなものに心当たりはないか」

しばらく考えた新兵衛が口にしたのは、まえにも出た「西沢屋」という名前だった。

「同じ株仲間だすさかい、悪口は言いとうおまへんが、西沢屋五助《ごすけ》というのはまえまえから碌《ろく》な噂《うわさ》のないおひとで……」

出油屋の丁稚から身を起こした、といえば聞こえはいいが、主と一番番頭が急死し、二番番頭が喧嘩沙汰に巻き込まれて大怪我をした隙に、半ば強奪のようにして跡目を継いだ。そののち、商いの幅を広げ、出油屋から問屋になり、株仲間にも加わったが、いつもよその店を蹴落とそう、出し抜こうとしており、そのためにはやり口を選ばぬ。また、なにか企んでいるようで、腹を割った話ができない。

「此度の菜種油の品薄においても、おのれの店だけはどこからか油を調達しておりまして、それをよその何倍もの値で売る。廓などはどうしても油がいりまするゆえ、やむなく西沢屋から買い入れているようでございます」

「仕入れ先は明かさぬのか」

「商いのうえの秘密やそうでございます。日頃はさておき、大坂はおろか江戸の皆さままでも難渋しておられるかかる折、姑息《こそく》に儲けようと考えるのは商人《あきんど》の風上にも置けぬやり方かと……」

珍しく、新兵衛がきつい言葉を口にした。

「どんなときでも儲けを一番に考えるのが上方の商いではないのか」

「損して得取れと申します。目先の利のみに走っていては、長続きする大商いはできません」

なるほど、と勇太郎は思った。

「それはそうと、村越さま、ご落胤さまにお目にかかられたそうで」

「早耳だな」

「本物だと思われますか。今、巷では寄ると触るとその話でもちきりでございますよ」

「俺の手応えでは、真のご落胤だと思うが……ちらと見えたお顔は公達のように整っていたぞ」

「人相見ならばわかるかもしれませんな」

「そうそう、右頰に六つの黒子《ほくろ》があった。あれが天六坊の名の由来かもしれん」

「右頰に六つの黒子、でございますか……？」

新兵衛は首をひねった。

「なにか心当たりでもあるのか」

「はて……どこかでそのような……」

思い出そうとしても出てこないようだ。

勇太郎と千三は三島屋を辞して、天六坊一行が宿泊している岩橋屋へと向かった。奉行がなんと言おうと、ご落胤が泊まっているあいだに万一のことがあれば、町奉行所が責めを負わねばならぬ。

途中、通りを歩きながらあちこちの様子を見たが、なるほどいつもより町が暗く見える。灯《とも》っているはずの行燈《あんどん》が消えている。提灯《ちょうちん》の数が少ない。町家から漏れる夜なべの明かりもかなり減っている。

「皆、苦労しているようだな」

「へえ、うちの芝居も、夕方までで閉めとります。大昔に戻ったみたいな暮らしですわ」

菜種油が今ほど広まっていなかったころは、油はとても希少だった。当時は、夜になったら寝る、というのが当たり前だったのだ。夜は今よりもずっと暗かった。盗人や人さらい、魑魅魍魎《ちみもうりょう》が我が物顔に跋扈《ばっこ》していた。菜種油は、そんな闇を蹴散らし、大勢の暮らしを変えたのだ。

「あそこだけは景気よう明るうしとりまんな」

千三が皮肉めいた言葉を吐いた。大坂城代が本物だと認めたことを祝うように、旅籠はそのまわりを多くの灯《ひ》で明々と飾られ、まるで昼間のようだった。夜だというのに、相変わらず番所のまえには贈りものを持ったものたちが長蛇の列を作り、入り口は番侍で固められている。勇太郎が近づいていくと、

「なにものだ。いずかたより参った」

番侍のひとりが声をかけてきた。このあいだの、あの髭の侍ではない。

「西町奉行所のものです。天六坊さまご宿所につき、見回りをしております。お変わり

はございませぬか」

「なにもない。ここは、不浄役人が立ち寄るようなところにあらず。早々に立ち去れ」

「はいはい、わかりました」

なにもなければそれでよいのだ。通り過ぎようとした勇太郎が、何気なくほかの番侍の顔に目をやったとき、

（あれ……？）

一番左に立っている侍の顔に見覚えがあった。三島屋に押しかけた町の衆のなかに見かけた、着流しの浪人だ。そのあと、道三屋に仕返しに来た河内の絞油屋をそそのかしたこともわかっている。

意を決して、勇太郎はその男に近づいた。近くで見ると、三十歳ぐらいの、苦み走った顔つきの侍だ。髭剃《そ》りあとが青々としている。

「あなたとは、三島屋でお会いしましたね」

そう声をかけると、男はぷいと横を向いた。

「河内の絞油屋を煽《あお》りつけているのも見ましたよ。こんなところに潜り込んでおられたとは……」

「なんのことかな」

男は低い声で応えた。

「しらを切りますか。あなた、いったいなにものです」

「それがしは、恐れ多くも天六坊さまの身辺をお守りする大事のお役目。町方風情に詰問される覚えはない」

「あなたのような胡乱《うろん》な方が守《も》り役にまぎれていては、天六坊さまの身が危うく思えますね。どちらのお方かお調べしたいので、会所までお越しいただけますか」

「それがしの身の上は、天六坊さまお付きのご家来衆にきちんと申し上げておる。貴様らの指図は受けぬ」

隣にいた大柄な番侍がカッとしたらしく、

「なんだ、津田《つだ》、町方に難癖をつけられておるのか。——おい、不浄同心、貴様らは町人を取り締まっておればよい。武士を詮議するのは筋違いだろう。それとも、今飛ぶ鳥を落とす勢いの天下のご落胤天六坊さまを警護するわれらに刃向かうつもりか」

「そんなつもりはさらさらありません。俺はただ、この方にだけ不審があると……」

「やかましい。われらの仲間への侮辱は、天六坊さまを侮辱したも同様だ。許せぬ、そこへ直れ」

その番侍が刀の柄《つか》に手をかけたのを、津田と呼ばれた侍が制し、

「こいつは私に文句を言うておるのだ。尊公をわずらわせるまでもない」

そう言って塗りの剝げた鞘から刀を抜き、いきなり斬りつけてきた。

（無茶な……）

飛びしさりながら十手を抜く。

（やはり、なにか後ろ暗いところがあるのか……）

勇太郎はそう思った。千三も十手を抜いたのを、

「おまえは下がっていろ。こいつ……かなりできる」

千三はおとなしく後ろへ引っ込んだ。近頃は、勇太郎の腕を信頼しているのか、チャンバラになると彼に任してしまう。

津田はしゃにむに斬りかかってくる。その動きは大きく派手だが、隙だらけだ。勇太郎は、いちいち十手で受けながら、おかしい、と思った。この侍、腕は立つはずなのだ。ちゃりん、ちゃりん、と刀と十手がぶつかり合う音が響き渡る。津田は、斬りつけながら、右脚で勇太郎の太ももを蹴飛ばした。よろめきながら下がる勇太郎を力でぐいぐい押しながら、津田は小声で、

「このまま逃げてくれ」

そう言った。聞き違いかと思った勇太郎が、

「なんだと？」

と問い返すと、

「声が大きい。逃げてくれぬと、私はまことにおまえを斬らねばならなくなる。それは

困るのだ。あと、油のことは見逃せ」

「どういうことだ」

「私の言うとおりにしてくれたら、ひとつ良いことを教えてやろう」

「なんだ」

ふたりはだれにも聞こえぬほどの小さな声で話し合っているのだが、まわりのものには無言で命のやり取りをしているようにしか見えなかっただろう。

「天六坊……あれはまやかしものだ」

「――え？」

「私が夜中にこっそり部屋に行くと、赤鬼、青鬼という腹心の家来と鶏鍋《とりなべ》で大酒盛りをしていた。高貴な生まれで、公儀お声掛かりの将棋指しとして育ち、仏門にも入ったものが、そんな真似をするか。あの三人はとんだ大騙りだぞ」

「なに……？」

「町奉行に、伝えよ。近頃、市中でつけ揚げを食べ歩いているようだが、真面目に天六坊の件を詮議せぬと、好きなものも食えぬようになるぞ……とな」

「貴様、なにもの……」

「でぇええいっ！」

男が太刀《たち》を大仰に薙《な》いだので、勇太郎も大仰に飛び跳ねてかわしたあと、

「くそっ、おぬし、味をやるな！」

そう叫んでから、くるりと向きを変え、その場から逃げ出した。

「だ、旦那、ちょっと……どこ行きまんねん！」

後ろから千三の声が追いかけてきた。

◇

「まやかしもの……そう申していたのだな」

岩亀与力が頭を抱えた。

「はい、真面目に詮議せよと町奉行に伝えよ、と」

「ううむ……なにやつだ」

「わかりませぬ。なれど、かのものの申すことが正しいとすればたいへんでございます」

「われらの目が節穴であったことになるな」

「このままでは、騙りものが大坂城代と大坂町奉行のお墨付きを得て江戸に参り、公方さまに拝謁することになります。なんとか再吟味をお頭にお願いして……」

「それはどうかな。お頭はもう、大坂城代の所見に署名してしまったそうだし、今さら再吟味したいと天六坊に申し入れても、向こうが承知するまい」

「所見など破り捨てて書き直せば済みます。天下の一大事でございます」

「わかっておる。わかっておるが……」

岩亀は、うん……と唸ったきり、しばらく下を向いていたが、やがて顔を上げ、

「無駄かもしれぬが、お頭にお願いしてみる。おまえも来い」

ちょうどそのころ、久右衛門は部屋で夕餉を食べようとしていた。菜《さい》は、落ちアユの塩焼きとさつま芋のなんば煮、大根の葉のおひたし、大根の浅漬け、豆腐の味噌汁である。

「油っこい天ぷらばかり食うておったゆえ、胃の腑《ふ》がもたれておる。これぐらいのあっさりとしたものがよい」

喜内を相手にそう言いながら箸を動かしているところへ、ばたばたたっという大きな足音がして、

「とうとうできましたでえ！」

廊下で源治郎の声がした。

「御前の部屋のまえで、騒々しいぞ！」

喜内が叱りながら襖を開けると、盆のうえにまたしてもたくさんのつけ揚げを載せた源治郎が座っていた。そのうしろにはトキの姿もあった。

「やかましゅうてすんまへん。せやけど、これをお奉行さまに一刻も早う食べてもらい

とうて……」

「御前はあっさりしたものが……」

と言いかけた喜内を押しのけ、

「よこせ！」

盆を奪うように受け取ると、盛られたつけ揚げをじろりと一瞥《いちべつ》し、なにもつけずにまずは海老を口に放り込む。

「――うむ！」

久右衛門の目が輝いた。続けざまに海老を二匹、三匹と食べ、

「熱々で、衣はさくさくした歯触り、なかの海老はぷりぷりして、噛み切ると美味い汁がじゅっと出る。これは……」

つぎにキスに箸をつける。これも醤油もなにもかけぬ。頭から口に入れると、瞬く間に数匹を平らげた。

「柔らかで上品な身がほくほくとして、口のなかでほどけるわい。骨も食えるし、油分がキスの旨味を増しておる。これもよし」

ひとりでうなずくと、続いてレンコンを攻める。

「ううむ……衣のサクサクとレンコンのしゃくしゃくの妙。また、レンコンからほとばしる熱々の汁気。いくらでも食えるわい。醤油を少し垂らすと、美味さが倍になるの

う」

みるみるうちに山のようだったつけ揚げは、海老ひとつを残してすべてなくなってしまった。それを箸でつまもうとした久右衛門は、喜内が彼をじっとにらみつけていることに気づき、箸を置いた。

「なんじゃ、その目は。わしが、胃の腑がもたれる、と言うたのに天ぷらを食いまくっておるから怒っておるのか。食いものというのは、美味ければ、とにかく、理屈などなく、いくらでも食えるものなのだ。悪いか！」

「そうではございませぬ。私もその天ぷらを……」

言うが早いか、喜内は指で一匹だけ残った海老をつまみあげ、ぱくりと口中に入れた。

「あっ、わしが締めに食おうと楽しみにしておいた海老を……こ、こやつ、許さぬ！」

喜内の顔が、行燈に火を入れたように輝いた。

「美味い！　私がこれまでに食べた天ぷらのなかで一番美味い」

久右衛門が顔を怒りに歪めて、喜内の頭をげんこつで殴ろうとしたとき、

「佐々木さま、大坂城代さまより火急の書状が届いております」

「なに、それはいかん。すぐに取りにまいる」

げんこつの下を慣れた動きでかいくぐると、喜内は廊下に出て行った。久右衛門は咳《せき》払《ばら》いをひとつすると、源治郎とトキに向かって、

「どのような工夫をしたのじゃ」

「工夫てなことやおまへん。じつは……」

源治郎とトキは、久右衛門の言うようなつけ揚げが揚げられないことに嫌気が差していた。いくらうどん粉を念入りに混ぜても、うまくいかない。水の量を変えたり、油を熱くしたり、ぬるくしたり……およそ思いつくことはなにもかもやってみたが、しくじり続きだった。いい加減面倒くさくなったトキはやけくそで、うどん粉に水を入れたあと、ほとんどかきまぜず、粉が水に溶けていないうちに種を放り込み、揚げてみた。油の熱さも確かめもしなかった。すると……。

「うまいこといきましたんや」

そう言ったトキの顔もいきいきしていた。つまり、うどん粉をあまり混ぜぬようにするのがコツなのだ。

「あとは、いっぺん揚げたあと、おしまいにちょっと油を熱うしてやると、こんな具合にカラッと揚がります」

「でかした。おまえたちふたりの食に賭ける熱には、わしも心を打たれた。明日から当面、この天ぷらを食わせてくれい」

「それが……」

源治郎とトキは顔を見合わせた。

「どうしたのじゃ」

源治郎がため息まじりに、

「もう菜種油がおまへんのや。何度も使うたやつを漉《こ》して漉して使てましたんやが、とうとう真っ黒になってしもて……。このあたりの油売りも問屋も、どこも品切れでした。西沢屋いう油問屋が小売りもしてる、ていうんで行ってみましたが、とてもとても……手が出る値やおまへん。このつけ揚げも、油が良かったら、もっともっと美味いはずですねんけど……」

「ううむ……さようか」

久右衛門が天を仰いだとき、喜内が戻ってきた。長年用人を務めているだけあって、喜内は、熱しやすく冷めやすい久右衛門がもう怒っていないことを承知していた。大坂城代からの火急の書状を手渡すと、久右衛門はその中身を一読して、鼻を鳴らした。

「わしの言うたとおりになったぞ。大坂城代が老中に、前《さき》の上さまにご落胤がありうるや否やと内々に問い合わせたところ、返事が参ったそうじゃ。将棋盤と書き付けを持ったものが名乗り出てきたときは、しかるべき処遇をいたせという、家治公のご遺言があるらしい。これで一件落着ではないか」

「さようですなあ。ですが、私はどうも釈然と……」

そのとき、廊下から声がした。

「申し上げます。ただいま、表門にお頭宛ての投げ文がございました。門番が気づき、同心部屋に持ってまいりましたのでお届けに参上つかまつりました」

喜内はその投げ文というのを受け取り、さっと目を走らせた。その顔色が変わり、

「御前……」

「なんじゃ」

手渡された久右衛門は、面白くもなさそうにその文面を斜め読みしていたが、その手が次第に震え出した。顔が赤い絵の具を塗ったように赤くなった。顔の大きさも倍ほどに膨れ上がったように、喜内には思えたほどだ。その憤激ぶりが伝わり、源治郎とトキは抱き合って頭を低くした。久右衛門はその紙をくしゃくしゃと丸めると、

「そうか……そういうことであったか。許さぬ……あの天六坊め……」

急転である。

「所見を持ってまいれ」

喜内がすぐに、文箱《ふばこ》から書状を取り出して久右衛門に渡した。久右衛門は開けてみようともせず、それをびりびりに引き破った。そして、花吹雪のようにそれを座敷中にばらまくと、

「喜内、馬引け！」

「え？　どこへ行かれるおつもりで」

「知れたこと。天六坊のところへ参り、あの騙りものをわが槍で串刺しにしてくれるわ」

そう言うと、長押《なげし》の長槍に手を掛けた。

「お待ちくだされ。あちらには将棋盤と書き付けという証拠がございます。彼奴《きやつ》が偽者という証拠がなければ、ご落胤に手向かいした不届きものとして御前が罰を受けますぞ」

「そんなことはどうでもよい。わしは天ぷらを、いや、大坂の灯りを暗くするものは許せぬのじゃ！」

「あのー……」

そこへおずおずと声をかけたのは、勇太郎だった。部屋で久右衛門が大声で暴れているので、入ってよいものかどうか決めかねていたのだ。

「村越、なにごとじゃ」

「急ぎお頭のお耳に入れたき儀あり、罷り越しましたが……お取込み中でしょうか」

「よい。申せ」

勇太郎は四角く座り、

「さきほど天六坊さま宿所である旅籠に参りますと、津田という用心棒風の侍が、わたくしに教えてくれました。夜更けに天六坊の部屋では、赤鬼、青鬼という腹心の家来と鶏鍋で大酒盛りが行われている由。高貴な出自の公儀お声掛かりの将棋指しで仏に帰依《きえ》していたものにあるまじき様だそうでございます。お頭の、天六坊様はご落胤であるとのお考えは承知しておりますが、今ひとたびのお調べを願わしく……」

「わかっておる」

「――え？」

「わしはまえまえから、天六坊なるものはまやかしであろうと思うておった。将棋盤と書き付けが本物だとしても、本人が本物とは言えぬ。大坂城代は目が節穴ゆえ、それを見抜けなんだのじゃ。おまえの報せで、わが存念に確証を得た」

「はあ……」

「村越、天六坊が騙りものだとよう気づいた。あっぱれじゃ。褒めてつかわす」

「ですが……なにゆえわれらには、天六坊さまは本物だとおっしゃっておられたのです」

「ふふふ……ははははは……それが計略よ。敵をあざむくにはまず味方から、と申すであろう」

なぜ味方をあざむかねばならなかったのかさっぱりわからない。

「では、天六坊の化けの皮を剝がすための計略だが……どうすべきか、村越、言うてみい」

「わ、わたくしがですか」

急に振られて勇太郎はおろおろし、なにも応えることができなかった。

「しっかりしなはれ。こういうときにええ知恵出さなあきまへんがな。将棋で言うたら、定石を外した妙手を思いついたもんが勝ちや」

煽るような、援《たす》けるようなことを言うトキの顔を見ているうちに、勇太郎はふと思いついたことがあった。

「このようなやり方はいかがでしょう」

勇太郎の考えに、一同は大きく合点した。

◇

「さっき、大坂城代から書状が参り、町奉行と連名で、天六坊さまご落胤に相違なしとの所見を老中に送った旨を知らせてまいりました。江戸からも、将棋盤と書き付けの持ち主にしかるべき扱いをせよとの家治公のご遺言あり、と内々の報せがあったとのこと」

赤ら顔の侍が言った。堅苦しい裃は脱ぎ捨ててしまって、だらしない恰好であぐらをかいている。

「これで一安堵《ひとあんど》。つぎは京へ上がり、京都所司代を恐れ入らせるだんどりでございます。

ゆるゆる京見物などしながら、江戸にて老中、若年寄との対面をどうはからうか策を練りましょう」

青い顔の侍が言った。天六坊も御簾から出て、法眼袴《ほうげんばかま》や上衣を脱いでくつろぎながら、

「大坂城代はちょろいものだった。この分だと、京や江戸も恐るるに足らず。それもこれも、万事を整えてくだすった旦那のおかげだ。俺たちだけではこうは運ばなかった」

そう言って、「旦那」の盃《さかずき》に酒を注ぐ。

「調度やら武具やら衣装やらを買い揃え、家来として浪人どもを雇うなぞ、いろいろと金はかかりましたが、天六坊さまにはそれを一気に取り戻せるぐらいの出世をしてもらいたいもんですな。うっふふふん」

「取り戻すどころか、大名にでもなれば、何百倍、何千倍にしてお返しいたしますよ。ですが、旦那も油のほうではずいぶん儲けておられるでしょう」

「まだまだ値は吊り上げてやりまっせ。今の世のなか、灯りなしで夜を過ごすわけにはいかん。いくら高くても買うものはいくらでもいる。菜種のように、搾れば搾るほど儲かる仕組みでおます」

赤い顔の男が感心したように、

「西沢屋の旦那はわしらより何枚も上手《うわて》の悪党やな」

「旦那」は下卑《げび》た顔つきになり、

「しっ。声が高い。わしがここにおることがバレたら、ややこしいことになるからな。わしはあくまで裏方。役者はおまえらや」

「裏口から入って、裏口から出ているから見つかることはおまへんやろ。それに、もうじき天六坊さまが何万石かの大名になり、旦那がその国の商いをなにもかも一手に引き受けることになれば、堂々と表門から入ってもらえまっさ」

「あとしばらくの辛抱、ゆうことや」

そのとき、廊下に足音が聞こえ、

「恐れながら申し上げます。ただ今、大坂西町奉行大邉久右衛門殿、ご機嫌伺いにとご家来衆を連れて参っております」

「——なに？　町奉行？　今ごろなんだ？」

天六坊が、眉毛を片方だけ持ち上げた。

「もう、大坂城代と町奉行の所見は定まっとります。たぶん、京へ出立するまえに一度拝謁して、贈りものでも渡しといたほうがあとあとにつながるやろ、と算盤《そろばん》を弾《はじ》きよったんでおまひょ。気にせず会うてやりなはれ。どうせ食うことしか関心のないアホや」

「わかった。——そうと決まれば、このままではいかん。酒肴《しゅこう》を取り片づけ、衣装も着なおさねば……」

「せっかくいい心持ちやったのに……」

赤鬼と青鬼はぶつくさ言いながらあたりを片付ける。

「では、裏方は退散します。おあとはよろしゅうに」

西沢屋は次の間に入っていった。赤鬼、青鬼は紋付き袴を着け、天六坊も御簾に隠れた。

ほどなくして、番侍に先導されて、大邉久右衛門がやってきた。後ろに、岩亀与力と勇太郎を従えている。着座した久右衛門はぴたりと両手をそろえ、扇をまえに置き、

「西町奉行大邉久右衛門釜祐《かますけ》でございます。天六坊さまにはご機嫌麗しゅう、恐悦至極に存知たてまつります。先日は、大坂城代とともにご拝謁いたすはずでございましたが、何分病がちにて失礼仕りました。そろそろ京へご出立近きと聞き、そのまえにひと目ご尊顔を拝したてまつらんと、夜半を顧みず罷り越したる次第。これなるはほんの心ばかりの品。なにとぞお納めくだされ」

そう言って、水引きを掛けた進物をそれに出した。御簾のなかから、透き通るような声が聞こえた。

「大邉久右衛門とやら、大儀である。――赤田、御簾を上げい」

赤鬼が御簾を巻き上げた。公達のように凜々《りり》しい顔立ちの若者がそこに座していた。

「余が、前の将軍家の忘れ形見、天六坊宗忍である。見知りおきくれい」

「ははーっ」

久右衛門は巨体を窮屈そうに丸めて頭を下げた。

「大坂は天下の台所と聞く。その方が、町奉行として大坂の民を守りくれること、亡き父上と今の公方に成り代わり、礼を申すぞ」

「過分なるお言葉でございます」

「褒美として、この脇差《わきざし》を取らせる。近《ちこ》う寄れ」

青鬼が、

「大邉殿、天六坊さまが褒美を下される。お受けなさりませ」

天六坊は手ずから、金細工が施された脇差を久右衛門に渡した。久右衛門はそれを押しいただいた。

「久右衛門、本日はわざわざの挨拶、うれしく思うぞ。余は連日の大坂見物やもてなしで疲れておる。このあたりで休ませてもらう」

赤鬼が久右衛門に、

「では、これにて天六坊さまはお休みになる。大邉殿も下がられるがよかろ……」

「しばらく……しばらくお待ちくだされ」

久右衛門は右手を差し出し、御簾を下ろそうとする赤鬼を制した。

「まだなにかおありか」

不快そうに顔をしかめながら赤鬼が言うと、

「天六坊さまが前の上さまから賜りし形見の将棋盤、ぜひとも拝見したいものでございます」

「将棋盤は、先日の大坂城代の検分にて本物と定まったはず」

「それは承知しております。古道具好きとして眼福に与《あずか》りたきのみでございます」

「天六坊さまはお疲れだ。またの日にいたすがよかろう」

「じつはそれがし、古き道具に目がござらぬ。三度の飯を食わずとも書画骨董《こっとう》を見ておれば満足という男でございましてな、先日、病にてその将棋盤、拝見できなんだのが口《く》惜《や》しゅうて口惜しゅうて、夜も眠れぬほどでござった。本日はまたとない機会。ぜひともお見せいただきとうございます」

「大邉殿、くどうござるぞ。つぎの機会もあろう。本日のところは……」

「そこを、たって拝見しとうござる。天六坊さまならおわかりいただけましょう」

赤鬼は、困ったように天六坊を見た。天六坊はしかたなく、

「そこまで申すならば……よかろう。青田、将棋盤を持て。町奉行に見せてつかわせ」

青鬼は、傍らに置かれていた脚つきの将棋盤を久右衛門のまえに運んできた。

「ほほう、これが噂の……なるほどなるほど。さすがは上さま御所持のお品。柿地塗りですばらしゅうござるなあ」

「梨子地塗りでござる」

「あ、梨のほうだったか。――この駒がまた、なんとも言えぬ。さぞかし高価なものでござろうな」

「象牙の駒でござる」

「ところでのう、それがしも下手の横好きにていささか将棋をたしなみまするが、かようなる盤と駒を見ては辛抱たまらぬ。ぜひとも天六坊さまと手合わせがしたいと存ずるが、いかがでござろう、一手教えていただくというのは……」

「大邉殿、天六坊さまはお疲れと繰り返し申しておる。そのうえ、将軍家ご落胤に将棋の対局をねだるとは無礼であろう。控えなされ！」

青鬼が声を荒らげた。

「無礼と申されるが、これはほんの座興でございます。どうかお手合わせをお願いいたします」

「ならぬ。世が世であれば将軍家お世継ぎだった天六坊さまに、将棋などくだらぬことをさせるなど失敬千万だ」

「ほほう、それは聞き捨てならぬ」

久右衛門は青鬼に向き直り、

「将棋がくだらぬとな。それがし聞き及ぶに、将棋は盤上の戦にして、武士《もののふ》の良くたしなむところとか。また、天六坊さまのご尊父、徳川家治さまは大の将棋好きと承っておりまする。おんみずから詰将棋もご考案になられ、また、棋譜も残されておられるほどのお方。また、天六坊さまの母君とは、伊藤家での将棋指南が縁で知り合われたと聞きまする。さすれば、将棋はくだらぬどころか、天六坊さまには武芸者にとっての剣術や弓の術にもあたる大事な芸。武芸者が立ち合いをのぞまれて後ろを見せるはこれ卑怯《ひきょう》なり。天六坊さまがあくまで手合わせを拒まれるならば、その旨、ご老中に申し上げ……」

天六坊はため息をつき、

「大邉とやら。その方、将棋は下手の横好きと申したな」

「恥ずかしながら、用人にも負ける腕でござる」

「わかった。手合わせいたそう。それでその方の気が済むならばな」

ふたりの家来が驚いた様子で、

「お待ちくだされ、天六坊さま。それはご短慮かと……」

「大事ない。余は、伊藤宗印の弟子でわが養父の宗悟に幼きころより将棋の手ほどきを受けておる。よもや負ける気遣いはあるまい」

天六坊は御簾から出て、将棋盤のまえに座った。

「天六坊さま、もうひとつだけお願いがござる。わが知己に将棋がなにより好きというものがおりましてな、どうしても対局が見たいと言うので本日連れて来ております。いかがでございましょう。そのものをこの場に呼び寄せ、見物させてもかまいませぬかな」

青鬼が、

「あいや、大遣殿。ここは旅籠の一室とは申せ、恐れ多くも将軍家ご落胤天六坊さまの座敷。身分違いのものを呼ぶことは許されぬ」

「その儀ならばご安堵くだされ。いたって身分の高いもの。京の公家の息女にて、時子《ときこ》姫《ひめ》と申されるお方でござる。――時子姫をこれへ」

天六坊たちの応えを聞かぬうちに、久右衛門は廊下に向かって大声で呼ばわった。すぐに、金銀の豪奢《ごうしゃ》な模様のある腰巻に白い帷子《かたびら》、赤い提帯を締めた女がしずしずと入ってきた。トキだ。

赤鬼の口が「ババアやないかい」という形に動いたのを、勇太郎は見逃さなかった。

「わて……わたくしが時子でございます。ごめんをこうむりまして、お将棋拝見つかまつりまする」

そう言うと、トキは図々《ずうずう》しく将棋盤の横に座り込んだ。天六坊は、居心地悪げにトキをちらちら見ていたが、

「青田、駒を並べよ」

青鬼はしぶしぶといった体で盤上に象牙の駒を並べようとしたが、トキが言った。

時子姫
参上!!

「駒はそれぞれが手ずから並べるものやと聞いております。戦場《いくさば》において兵を陣に配するのと同じゆえ……と」

天六坊は、青鬼の手から象牙の駒をひったくると、みずから並べはじめた。すべて並べ終えたとき、またトキが口を挟んだ。

「ありゃ、おかしいなあ。天六坊さまは伊藤家のお方やそうですが、わて……わたくしの知るかぎり、伊藤家では右の桂馬を置いたあと、左の歩から並べていくのが決まりやと聞いとりますが……」

「う……」

天六坊は顔をしかめ、

「久しく将棋を指さぬゆえ、ちと忘れておったわい。——大邉、その方が先手じゃ。遠慮せず、存分にやってみせい」

「天六坊さまのお相手ができるなど、末代までの名誉でございまする。では……」

こうして天六坊と久右衛門の対局がはじまった。天六坊は、トキが気になるらしく、一手指すごとにトキの顔を横目で見ている。もちろん久右衛門はあっという間に劣勢になった。大駒をひとつずつ奪われ、気が付いたときには王は裸にされていた。そして、さんざん逃げ惑ったあげく、王手をかけられた。

「そこまで」

トキが声をかけた。

「なぜじゃ。勝負はまだ決しておらぬ」

久右衛門は憤慨の声を上げたが、

「こんなクソ将棋、いつまでやっててもおんなじことや。この勝負は天六坊さまの勝ち。けどなあ……」

トキはじっと天六坊を見つめると、

「えらい荒い、がめつい将棋やな。勝つためならなんでもする。伊藤流とは思えんお行儀の悪さや。まるで……賭け将棋ばかりしとる旅の将棋師みたいだすなあ」

「無礼を申すとそのままには捨て置かんぞ！」

天六坊がひきつった声を上げて、脇差に手をかけたのを見て、赤鬼が押しとどめた。

「天六坊さま、落ち着かれませ」

久右衛門はにやりと笑い、

「さきほども申しましたとおり、ただの座興。それよりもそれがし、天六坊さまのために支度をさせていることがございましてな」

「まだなにかあるのか」

天六坊はげんなりした顔で言った。

「ほんのお口汚しではございますが、鯛《たい》の天ぷらを揚げさせておりまして……時子姫」

「はいはい、ただいま持ってきまっさ」

トキは、ずぼっと立ち上がると部屋を出て行った。ほどなく、トキは源治郎とともに膳を持って戻ってきた。膳のうえの大皿には、鯛の切り身を揚げた天ぷらがうずたかく盛られている。揚げたてらしく、まだじゅうじゅうと小気味よい音を立てている。

「ほほう……」

天六坊の目が天ぷらに引きつけられた。赤鬼と青鬼も、唾を飲み込んでいる。

「奉行所の料理方を務める板場が工夫研鑽《けんさん》して、江戸と同じくカラリとした天ぷらを作れるようになったのでござる。ぜひとも、一箸だけでもおつけくだされ」

「うむ。せっかくの好意を無にするのもよくない。では、一口……」

天六坊は鯛の天ぷらをつゆにつけた。じゅっ、という音がした。それを口に運び、

「おお……これは美味い。衣が歯に当たると、さくり、さくりと割れていく。熱々の白身が口のなかでほろりと崩れ、鯛の旨味が奥から染みだしてくる。かかる天ぷら、余は食したことはないぞ。大邉、天晴《あっぱ》れじゃ」

いつものおかぶを奪われて久右衛門は頭を下げ、

「恐れ入りましてございます」

「その方たちも相伴いたせ。これは……ううむ、美味い」

赤鬼と青鬼も待ち焦がれていたらしく、争って箸をつかんだ。

「まさしく美味じゃ！」

「これは酒が欲しゅうなる」

そう言いながら、鯛の天ぷらを食べている三人のまえで、久右衛門は言った。

「やっとボロを出したのう」

「――なに？」

久右衛門は突然立ち上がると、

「天六坊とやら、頭が高い！」

「な、なんと……」

「どこの馬の骨かは知らぬが、前の将軍家ご落胤を名乗るとは上を恐れぬ所業。憎き振る舞いの数々許し難し。この場にて召し捕り、厳しき詮議のうえ、罪状明らかになったるあかつきにはご老中に申し上げ、きっと重き仕置きしてくれる。覚悟いたせ」

「無礼者、下がれ！　証拠もなしに、尊き身分の余を貶《おとし》めんとするとは……当方こそ老中にこのこと訴えて、貴様を打ち首にしてくれる」

「証拠ならある」

久右衛門は一歩も引かなかった。

「恐れ多くも東照神君《とうしょうしんくん》……」

そう言って頭を垂れた。東照神君とは、初代将軍徳川家康のことである。乱世を終わらせ、徳川家の盤石の土台を築き、死後は東照大権現という「神」として日光東照宮に祀《まつ》られている。

「元和《げんな》二年、江戸城にて夕餉に鯛の天ぷらを食され、それに当たられて病を発し、ご逝去なされた。そのため、江戸城内では天ぷら料理を作ることは禁じられ、歴代の将軍家は天ぷらを召し上がられぬ。そのことを慮《おもんぱか》り、公方さまご親族も天ぷらは食されぬのが決まりじゃ。——家治公ご落胤が、天ぷらを、それも鯛のものを喜んで食するなど、ありえぬこと」

天六坊は、しまったという顔つきになったが、

「よ、よ、余は、将棋指しの家で育てられたゆえ、その禁忌を知らなかったのだ」

「わしでも知っておることを、養父は教えてくれなんだのか。十八になったら公儀に名乗り出るよう学問と有職を身に付けさせたはずではないか」

「………」

「貴様の顔を見知っておる、というものがいる。——三島屋をこれへ」

勇太郎は、一旦廊下に出ると、そこにかしこまっていた三島屋新兵衛を部屋に導いた。

新兵衛は、天六坊の顔を見るや、

「おお、西沢屋はんにいてた若い衆やないか。たしか吉次やったな。問屋の集まりで何遍も見かけたことあるわ。えらい立派な恰好して、どないしたんや。その右頬の六つの

黒子、覚えてるで」

「し、知らん。余は吉次などではない。余は、ご落胤天六坊宗忍……」

「だまれ！」

久右衛門の大喝が轟《とどろ》いた。その声のあまりの大きさに、天六坊はふらっとよろめいた。

「その方がご落胤だろうが吉次であろうが、そんなことはどうでもよい。わしが許せぬことはほかにある。——これだけの大人数を雇い、武具、衣装、調度を揃えるにはよほどの金がかかっておろう。旅籠を一軒借り切り、居続けるだけでも莫大《ばくだい》な費《つい》えがいるはずじゃ。それは、どこから調達したのだ」

「そ、それは……」

天六坊は舌打ちをして、苦々しげに久右衛門をにらみつけた。上品だった顔が醜く歪み、悪党面が丸出しになっている。

「貴様らのことを陰で支える黒幕がおるはずじゃ。そやつは表に出ず、危ない橋を渡らず、後ろで甘い汁だけを吸っておる。そして、ことのなりゆきがどうなるかを気にして、ずっと聞き耳を立てておるはずじゃ。——亀！」

岩亀が襖を開くと、今の今まで襖に寄りかかっていたらしい男がそこにスイカのように転がり出た。岩亀がむりやり座らせ、顔を上げさせた。

「貴様が、西沢屋五助か。天六坊が偽りのご落胤と知りつつその後ろ盾となり、天下をたばかろうとした罪は逃れられぬぞ」

「し、し、知らん。わしゃなにも知りません。天六坊さまに贈りものをしようと、たまたまこの旅籠に来ておりましただけでございます」

「まだ、白《しら》を切るか。なれど、貴様の罪はもうひとつ……菜種油の絞油屋同士を揉めさせたり、油を買い占め、また、船から油樽を奪うなどして、わざと菜種油を品不足に導き、どうしても油がいる庶民に高値をもって売りつけて金銭をむさぼりたること、奉行の調べにてすべて明白である」

「絞油屋の揉めごとは、大坂と河内が勝手にやったことでおます。それに、なんぼなんでも同業の方々の荷を取ったりするような阿漕《あこぎ》な真似はいたしまへん」

「今やわが国の夜に灯火はなくてはならぬものじゃ。夜商いのものにとってはもちろんのこと、明かりがあれば眠るまえのひととき一家がなごむ。また、近頃はさまざまな料理にも欠かせぬものとなっておる。とくに天ぷらを作るにはどうしても入り用じゃ。油問屋は、暮らしの根にかかわるものを扱う大事の商い。その役目を忘れ、道に外れた金儲けに耽溺《たんでき》するとは、真面目に商いに精出す同業のものの迷惑、庶民の迷惑いかばかりかと思うぞ」

「わしやない。わしは……知らん」

西沢屋は顔を激しく左右に振った。天六坊が西沢屋のまえにあぐらをかき、

「旦那……これはもう言い逃れできません。俺はあきらめた。旦那も、悪党らしく潔く最期を迎えましょうや」

「う、うるさい！　わしを巻き込むな。あきらめるということは、磔《はりつけ》獄門やぞ」

「三尺高い木のうえの景色を眺めて散るのも一興。――赤鬼と青鬼もそれでいいだろ」

しかし、赤鬼と青鬼は目配せをし合ったあと、刀を抜きざま立ち上がると、久右衛門に斬りかかった。勇太郎がすばやく十手を抜き合わせ、たちまちふたりを叩き伏せた。

「だから言ったんだ。これ以上手向かいしたって無駄だよ」

西沢屋はまだあきらめられぬようで、

「そ、そうや、用心棒たちを呼べ。うっふふん……この人数なら押し包んで斬り殺してしまえば、あとはなんとでもなる。そのために日頃、大金を払って雇っておるのだろうが」

するとと、隣の部屋から声がした。

「用心棒たちは呼んでも来ないよ。もう、私が取り押さえて、引っくくってしまった」

その言葉とともに現れたのは、髭剃りあとの青い、あの津田という侍だった。

「お、お、おまえはだれや！」

「私は、勘定奉行配下、支配勘定の原田真一郎と申すもの。近頃、大坂から江戸への下りものの油が滞っていることから、調べに参った。油のことを詮議しているうちに、どういうわけか天六坊一味のところにたどりついてな、どちらも裏で西沢屋が糸を引いているとわかったが、私の役目は油に関わることのみ。天六坊がらみのことは町奉行所に投げ文をして伝えておいた。私の仕事を邪魔せぬように釘《くぎ》を刺したうえでな」

「くそっ……」

西沢屋は匕首《あいくち》を抜き、原田に斬りかかったが、腹を蹴り飛ばされ、みぞおちを押さえてうずくまった。すでに動かなくなっている西沢屋の背中を、久右衛門は右足で踏みつけ、扇子を広げた。

「天下の奸物《かんぶつ》ども、召し捕ったぞ。天晴れ……天晴れじゃあっ！」

しかし、西沢屋は踏みつけられた足をはねのけると、匕首を久右衛門の首筋に突き立てようとした。勇太郎が咄嗟《とっさ》に、そこにあった将棋の駒を投げつけた。

「痛っ！」

駒は西沢屋の手首に当たり、彼は匕首を取り落とした。トキが西沢屋の顔面を蹴り飛ばし、盆を頭に叩きつけた。西沢屋は「ぎゅう」と言って、その場に伸びてしまった。

久右衛門の扇子には、
油断大敵

と書かれていた。

◇

一夕《いっせき》、西町奉行所の書院をいっぱいに使って、天六坊の件と油買い占めの件落着の祝賀の宴が催された。天下を揺るがしかねない大事件だったので、数人の当番をのぞき、非番のものも含めて町奉行所に関わるほとんどのものが集まっている。もちろん、大功のあった源治郎、トキ、三島屋新兵衛、そして、道三屋煮右衛門と主だった奉公人、河内の絞油屋たちも招かれていた。勘定方の原田という武士は、勘定奉行へ報せのために江戸に戻り、ここには加わっていなかった。

「今宵は、皆のものの尽力により、大坂の油が守られた、その祝いじゃ。存分に飲め。存分に食え。飲めぬものには菓子もある。無礼講じゃ。陽気に騒ぐがよい」

久右衛門はこのうえなく上機嫌だった。一同のまえに置かれた膳には、魚のつけ揚げや精進揚げが盛られていた。

「菜種油が大坂、摂津、河内、大和からどんどんと市中に運ばれる。さすれば、どんどん天ぷらが食える。カラッと美味く揚げる術《すべ》もわかった。皆、遠慮せずに食うてくれ」

一同は、さっくりと揚がった天ぷらの美味さに声を上げていた。

「これはええわ」

「なんぼでも食える」

「油っこくない」

「こうしたほうが、かえって魚やレンコンや南京《なんきん》の味がようわかる」

「醤油もええけど、つゆも甘《あも》うて美味い」

「塩もええで」

「つけ揚げゆうのは、油っこいばかりやと思うてたけどな」

「菜種油は、灯りだけやのうて料理にも使えるんやな」

だれもが夢中になって天ぷらを食べている。しかし勇太郎はひとり、浮かぬ顔をしていた。

「村越の旦那、どないしはりましたんや。めでたい席だっせ」

隣席の千三がそう言うと、

「俺は、天六坊が偽者だと見抜けなかった。俺の目は甘い。まだまだ御用の役には立たんな」

「そんなことおまへんで。ここだけの話、岩亀さまや鶴ヶ岡さまも騙されましたがな」

「それはそうだが……」

「大西の芝居で『女殺油地獄《おんなころしあぶらのじごく》』をかけとるあいだ、うちの水茶屋でもこの天ぷらを売ろうと思てまんのや」

「それはいいが……天ぷらという言葉は大坂にはまだなじみがないな」

その話が耳に入ったらしく、久右衛門が言った。

「天ぷらという言葉は、此度の天六坊一件を機に、つけ揚げに代わって大坂でも流行《はや》るであろう。これを食うた天六坊がふらふらとふらついておったではないか。略して、天ぷらじゃ」

佐々木喜内が、

「たしかに、天六坊の厚い衣でごまかされた節はございますな」

「うまいことを申すわい。うはははは」

久右衛門は高笑いしたあと、勇太郎に言った。

「どうじゃ、村越。わしと一番、将棋を指してみぬか。タダでは面白みもないゆえ、一局一分でのせる、というのはどうかのう」

勇太郎は全力でかぶりを振った。


（将棋監修／桂　九雀）

第二話

浮《うかむ》瀬《せ》騒《そう》動《どう》

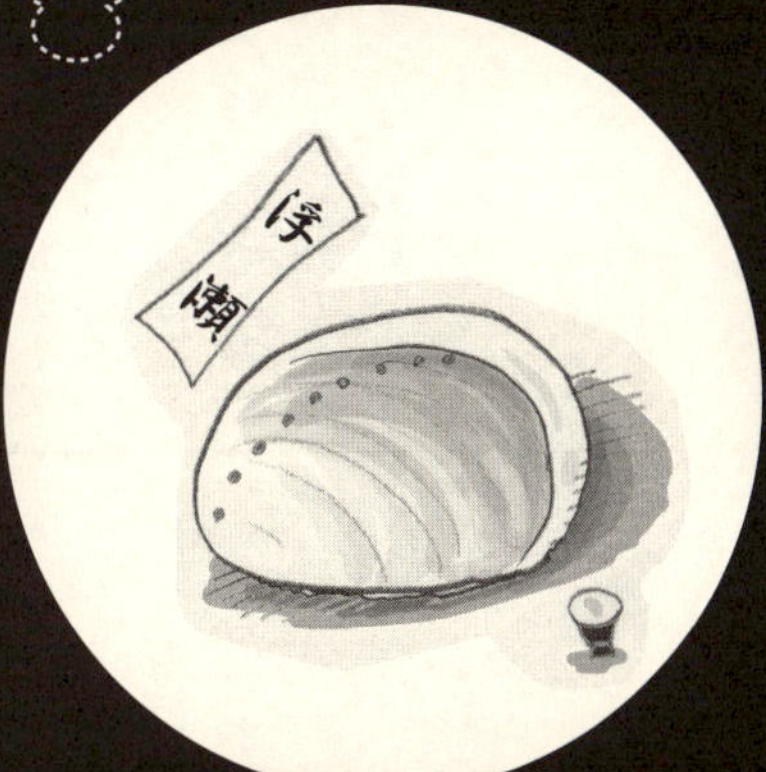

1

すゑは、悔やんでいた。行きがかりとはいえ、同心の母としていささか軽はずみではなかったか。店を助けようとしてやったことが、かえって店の迷惑になろうとは……。

（人助けというのは、よくよく考えたうえで行うべきなのね……）

常日頃は、そういうことを勇太郎やきぬに言い聞かせているすゑだったが、まさかおのれの身にその言葉が沁《し》みようとは思ってもいなかったのである。

帰宅してのちも、おとがいを右手の甲に乗せ、ぼんやりと物思いにふけっている。その横顔を見ていた家僕の厳兵衛《げんべえ》が、

「あの四天王寺《してんのうじ》さんでなんぞおましたんか」

「なんにもおまへん」

「けど、えらいふさぎこんではるみたいで……」

「ふさいでるわけやないけどな、ま、気にせんといて」

そう言ったまま、続きを語ろうとしない。そのうちに、

「ちょっとそこまで出てくるさかい、お留守頼みます」

「それやったらお供を……」

「いらんいらん。ひとりで結構。すぐ戻るよって」

急にやつれたような後ろ姿を見送りながら、厳兵衛の気がかりは増すばかりだった。

◇

久右衛門は、悔やんでいた。行きがかりとはいえ、大坂町奉行としていささか軽はずみではなかったか。昼間から料理屋でタダ酒が飲めると思ってのことだったが、かくも長く待たされるとは……。

（大坂一の料理屋かもしれぬが、わしをなめておるのではないか）

二階の座敷のひとつに案内され、分厚い座布団のうえに柱を背にして座り、茶と茶菓子をいただくところまではよかったが、

「主《あるじ》はもうじき参りますので、それまでごゆるりと……」

と狐《きつね》のように細い女中が出て行ったあと、その「主」なるものが一向現れぬ。もう半《はん》刻《とき》、いや、一刻（約二時間）にもなるだろう。業を煮やして幾度も手を叩《たた》いて女中を呼び、主はまだか、とたずねたが、

「まもなくでございます。もうしばらくお待ちを……」

ここでことを荒立てては、あとのタダ酒がご破算になる。

「さようか。では、待つといたそう」

その繰り返しだ。しまいに腹が立って、

「そちらから呼びつけておいて、約束の刻限を守らぬというのはいかなる所存じゃ」

女中を怒鳴りつけると、

「主は、ただいま大事のお客さまの相手をしておりまして……」

それがまたむかついた。

「貴様、大坂町奉行が大事の客ではないと言うのか!」

女中は跳び上がって出て行った。しかし、そのあとうんともすんとも言ってこない。

ここで帰ってもよいのだ。だが、未練が残った。四天王寺に近い清水坂《きよみずざか》のうえにあるここ「浮瀬《うかむせ》」は、大坂一の料理屋として名高かった。元禄《げんろく》の末の創業というから百年の老舗《しにせ》である。はじめは「清水の茶屋」と呼ばれていたが、のちに浮瀬という名前になったのだ。鬱陶《うっとう》しい店ではあるが、料理はなかなかのものである。昨日、使いのものが来て、明日の昼九つ(正午)にお出ましを願いませんか、お願いしたい儀がございます、余人を交えず、昼餉《ひるげ》でも召し上がっていただきながらゆるゆるとお話ししたいのですが、いかがでございましょう、という浮瀬の主からの言づてを伝えたので、料理食べたさ、酒飲みたさで思わず承知してしまったのである。

久右衛門は窓からの景色を見渡した。

（たしかに、良い眺めだのう……）

ここは上町の崖のうえで、遮るものはなにもなく、松原の向こうに、海をゆく白帆が遠望できる。沈む夕陽《ゆうひ》はことのほか美しく、浪花《なにわ》の地の絶景の一に数えられている。浮瀬の主人は代々、四郎右衛門《しろうえもん》と名乗り、当代の四郎右衛門はなかなかのやり手だという。西照庵《さいしょうあん》や福屋を抑えて大坂料亭番付の筆頭に掲げられるほど名が知られるようになったのは、料理の美味《うま》さや遠く淡路島《あわじしま》までも見はるかす立地もさることながら、主の喧伝《けんでん》上手が大きかろう。大勢の文人墨客《ぶんじんぼっかく》や通人を招き、店について文を書かせて、広めてもらう。また、引き札を刷り、ひとを雇って大通りで撒《ま》く。「浮瀬」という謡《うたい》を作らせ、みずから板行《ばんこう》する。およそ思いつくかぎりの披露目《ひろめ》に努めているようだ。

なかでも四郎右衛門が力を入れているのが、店の名の由来ともなった「浮瀬」という大盃《おおさかずき》の喧伝である。巨《おお》きなアワビの貝殻の十一の穴を塞いだもので、七合五勺《しゃく》の酒が入る。これで酒を一息で飲み干したものは「暢酣帳《ちょうかんちょう》」という帳面に名を載せることができる。その帳に名がなきものは、およそ酒飲みと称することあたわず……とばかり、大坂、京、奈良はおろか、遠く江戸や長崎などからも続々と呑《の》み助《すけ》たちが集まってくるらしい。

久右衛門も、堺《さかい》奉行だった折に二度ばかり来たことがあるが、そのころに比べても座敷が建て増しされ、庭も広げられており、えらい勢いだということがわかる。また、まえにはなかった松尾芭蕉《まつおばしょう》翁桃青《おうとうせい》の句碑が建立されていた。聞けば、元禄のころにこの店で催された句会の席で芭蕉が、

「松風の軒をめぐりて秋くれぬ」

という句を詠んだという。それを記念して、茅渟奇淵《ちぬのきえん》という俳諧師《はいかいし》が建てたのだそうだ。

（物好きなやつがおるわい）

久右衛門には俳諧や和歌のことはさっぱりわからないが、そのようなものを建てたところでこの店の料理が美味くなったり、支払いが安くなったりするわけではない。芭蕉だけでなく、与謝蕪村《よさぶそん》やらなにやらといった名高い俳諧師もここを訪れているそうだが、どちらかというと俳諧より狂歌のほうを好んでいる久右衛門にとっては、四方赤良《よものあから》こと大田南畝《おおたなんぽ》の、くちなわの瓢吉《ひょうきち》という盗人《ぬすっと》を召し捕ったときに扇に書いた、

あなうなぎ何處《いづく》の山の妹《いも》と背を
さかれてのちに身をこがすとは

少々下《しも》がかるが、

お端女《はしため》の立たが尻をもみぢ葉の
うすくこく屁《へ》に曝《さら》す赤恥

酒礼賛《らいさん》の歌である、

世の中は色と酒とが敵《かたき》なり
どうぞ敵にめぐりあひ度《た》い

といったわかりやすい歌のほうに心惹《こころひ》かれる。もしくは、

年毎に咲くや吉野《よしの》の桜花
木を斬りてみよ花のあるかは

とか、

武士《もののふ》の酒を過ごすぞ不覚なる
無下《むげ》に飲まぬも又おろかなり

といった、いわゆる「道歌《どうか》」のほうがずっとためになると思う。桜だ桃だ梅だ月だウグイスだホトトギスだ鹿だ蛙《かえる》だと、どうでもいいことにうつつを抜かしている歌人や俳諧師はアホだとさえ思う。

十年ほどまえだったか、さる大名の江戸屋敷で催された句会なるものに招かれたことがある。会のあとで酒宴があると聞いて、

(俳諧か。まあ、なんとかなるだろう……)

ぐらいの軽い気持ちで臨んだのだが、それが間違いだった。「雀《すずめ》」という題が出されたので、四苦八苦して、

雀をつかまえて　焼き鳥にしたら　美味いのか

という句を作ったら、

「こんなものは俳諧ではない」

「五七五になっていない」

「そもそも切れ字が入っていない」

などとボロクソに言われたので、

「切れ字とはなんのことで」

と問い返すと、

「俳諧には、かな、や、らん、けり……などの言葉を入れるという仕来たりがござる」

と言われたので、

雀をつかまえて　焼き鳥にしたら　美味いのかな

と書き直し、万座の失笑をかったことがある。あれ以降、俳諧や和歌なるものには近寄っていない。

（まさか今日も、俳諧の会ではあるまいな……）

やや心細くなってきたところへ、

「よろしゅうございますか」

襖《ふすま》が開き、頭に白髪がまじった五十歳ぐらいの男が現れた。形ばかり手を突いたのを見て、

「そのほうが主、四郎右衛門か」

当然、さようでございます、という答が戻ってくると思ったが、

「いえ、主はまだ、手の離せぬ用談中にて、わたくしは番頭の唯七《ただしち》と申します」

「なにい……？」

「さきほどのお客さまが思いのほかの長尻《ながじり》にて、ようやくお帰りになり、やれうれしや、ようよう大遷さまにお会いできる、と思うておりましたところへ、すぐに慈放院《じほう》のご住職天翫《てんがん》さまがお忍びにてお見えになられましてな、天翫さまといえば名高いお方でございます、粗略には扱えませぬ。さっそく主がおもてなしにあがりましたところ、話がはずみまして……」

立て板に水のごとくよくしゃべる。

「ということでございまして、主の申しますには、まことに申し訳ないが、私に替わっておまえのほうから大遷さまに用向きをお伝え申せとのことでございまして、くれぐれもよろしくと……」

「よう舌が動くのう」

「――へ？」

「よう舌が動くと申したのじゃ。行燈《あんどん》の油でも吸うたのか」

「い、いえ、手前は……」

久右衛門はぎろりと白目を剝《む》き、両足を畳のうえに投げ出すと、

「貴様、よい度胸だのう。大坂西町奉行たるわしを愚弄いたす気か」

「いえ、決してそのような……」

久右衛門は目のまえにあった茶碗《ちゃわん》を番頭の顔面目がけて投げつけた。かろうじて避けた番頭の背後で茶碗は木端微塵《こっぱみじん》に砕け散った。震えあがった番頭を久右衛門ははったとにらみつけ、

「ただちに主をこれへ連れてまいれ。さもなくばこの座敷に火を放ち、建物もろとも焼き払うぞ！」

「あわわわわ……」

とても町奉行の言葉とも思えぬ。驚いた番頭は転がるように座敷を出ていき、すぐに廊下をばたばた走る足音が聞こえたかと思うと、袴《はかま》姿の初老の人物が座敷のまえで平伏していた。

「貴様が主か！」

「へえへえ、えろうお待たせして申し訳ございまへん」

軽い調子で言いながら顔を上げた。あれだけ番頭を脅しつけたので、さぞかし動転しているだろうと思っていたら、案外平然としており、口もとには笑みさえ浮かべているのだ。垂れ目で、両眉も垂れており、ちょろけんに似た顔立ちだ。

「待たせるにもほどがあるぞ」

「ふほっほっほっ、さぞかしお腹が減ったことでござりましょう。すぐに支度させますので……」

久右衛門はムッとした。それでは、まるでここに飯を食うためだけに来たようではないか。まあ、食うけれども。

四郎右衛門が手を叩くと、女中が連なって膳部を運んできた。並んでいるのは山海の珍味である。久右衛門はつい喉を鳴らしてしまい、聞かれてしまったかと横を向いた。

「大邉さまが召し上がるということで、普段の倍の盛りにしておりまする。それでも足らねば、どうぞお申し付けくださりませ。ふほっほっほっ」

またしても久右衛門はムッとした。それでは、まるで大食らいのようではないか。まあ、大食らいだけれども。

「さ、どうぞ。わたくしどもの心づくしでござります」

たしかに金のかかった料理である。海老《えび》の吸い物、茶碗蒸し、カワハギの刺身、ウナギの蒲焼《かばや》き、落ちアユの煮びたし、里芋のすっぽん煮、焼き松茸《まったけ》、蒲鉾《かまぼこ》、凍《し》み豆腐……どれも美味そうだ。舌なめずりをこらえながら箸を持ったが、

（待てよ……）

その箸を膳に置き、

「まずはわしへの用向きを聞かせてもらおうか」

「いえ、せっかくの料理が冷めますゆえ」

「かまわぬ」

どうせならば、心置きなく味わいたいではないか。

「さようでございますか。では……」

四郎右衛門は居住まいを正し、

「わたくしどもからお奉行さまにお願いがひとつございまする。お聞き届け願えますでしょうか」

「句会ではあるまいな」

「は……？」

どうやらちがったようだ。

四郎右衛門はふたたび手を鳴らした。女中たちが大小の木箱を運び入れ、そっと座敷に並べた。四郎右衛門は木箱のひとつを開けると、なかにまた木箱がある。それを開けるとまたまた木箱である。三重の木箱のなかからうやうやしく取り出したのは、一抱えもあるような大きなアワビの貝殻だった。

「ほう……」

久右衛門は、怒っている体《てい》なのも忘れて思わず身を乗り出し、

「これが噂《うわさ》に聞く大盃『浮瀬』か」

四郎右衛門はうれしそうに、

「さよでござります。浄瑠璃《じょうるり》や歌舞伎にも取り上げられておかげさまで大評判でござりましてな、ふほっほっほっほっ……」

女中たちが残りの箱も開けていく。それぞれからアワビの貝殻で作られた盃が出てくる出てくる、その数は十ではきかぬ。大きさも、一合ほどの小さなものから、「浮瀬」と同じぐらいのもの、そして、それを超える一升は入るだろうものまでさまざまだ。

「これが『幾瀬《いくせ》』、これが『滝の音』、これが『君が為《きみため》』、これが『鳴戸《なると》』、これが『梅枝《うめがえ》』……」

盃ひとつひとつに謡からとった名がついているらしく、四郎右衛門はひとつずつ指差しながら名前を挙げていく。主の思惑がわからず、久右衛門が首を傾《かし》げていると、

「これだけではござりませぬ。もうひとつ……」

四郎右衛門が合図すると、ふたりがかりでこたつぐらいある大きな箱が運び込まれた。蓋を外すと、そこにはふた抱えほどありそうな馬鹿馬鹿しいぐらい巨大な朱塗りの盃が入っていた。ゆったりした狩衣《かりぎぬ》のようなものを着た、猩々《しょうじょう》と思われるひとたちが大甕《おおがめ》から酒を長柄柄杓《ながえひしゃく》で酌《く》んでは飲み、舞い、鼓《つづみ》を打ち、手を叩いている姿が描かれている。猩々というのは、唐土《もろこし》に棲《す》む怪物で、「体は狗《いぬ》や猿の如《ごと》く、声は小児の如く、毛は長く朱紅色で、面貌人に類し、よく人語を解し、酒を好む」という。

「これが『七人猩々』でございます。六升五合入ります」

自慢そうにそう言ったが、久右衛門にはまだ合点が行かず、

「盃を並べ立てて、わしになにをせよと言うのじゃ」

「そのことにございますが……」

四郎右衛門はにやりと笑い、

「大邉さまは音に聞こえた大酒豪とうけたまわっております。その大邉さまに、これらの盃すべてを使って、お酒を召し上がっていただきたいのでございます」

久右衛門は仰天した。

◇

同心町の拝領屋敷を出たすゑは、天神橋を渡り、一路南に向かった。西町奉行所のまえを通るとき、門のほうに足を向けかけたが、すぐに思いとどまり、横目で行き過ぎた。そのまま松屋町筋《まつやまちすじ》を下がっていく。気軽な装いだったので、厳兵衛は近所に出かけるものと思ったようだが、すゑは松屋表町、南瓦屋町《みなみかわらやまち》も過ぎ、二つ井戸を右に曲がった。道頓堀の南側を西へ西へ。相も変わらぬ賑《にぎ》わいである。芝居見物の客とそれを取り巻く芸子《げいこ》・舞妓《まいこ》・幇間《ほうかん》たち、駕籠《かご》で来るものあり、仕立て船で来るものあり、そして彼らを迎える水茶屋のお茶子、五座の呼び込みなどが押し合いへし合いしながら道を行き交っ

ている。すゑは人ごみを縫うようにして、大西の芝居のまえまでたどりついた。

「さあー、評判評判。まだ切り狂言には間に合いまっしぇ！　見なんだら損、見なんだら損。入ったり入ったりぃ」

木戸で声を張り上げているのは、千三ではない。散助《さんすけ》という老人だ。頭に黄色い手ぬぐいで鉢巻をしているのが妙に似合う。

「散助はん、お久しぶり」

近づいて声をかけると、散助はあわてて鉢巻を外して頭を下げ、

「これはこれは村越の奥さま、ようお越しでおます。芝居だっか」

「いえ、千三さんを探してますの」

「千三やったら今日は来てまへん。『蛸壺屋《たこつぼや》』とちゃいまっか」

「蛸壺屋」というのは、千三が営んでいる水茶屋である。

「おおきに、はばかりさんだす」

すゑは腰を折ると、戎橋《えびすばし》を渡り、道頓堀の北側の浜へと向かった。「蛸壺屋」の場所はよく知っている。「道頓堀一小さいのが自慢」だというが、たしかに居酒屋や煮売屋とさほど変わらぬ。入り口を箒《ほうき》で掃いているのが当の千三だった。

「千三さん、ご精が出ますなあ」

「あ、奥さま、お買いもののおついでで？」

「いいえ、千三さんに用があって来たんだす」

「へへ……奥さまにそない言うていただいたら、お世辞でもうれしゅおますわ」

「ほんまですて。今日は、千三さんに折り入っての頼みごと」

「ひえー、それはそれは。わてでよかったらどんなことでもしまっせ。あ、お金貸してくれ、いうのだけはあきまへん。こっちが頼みたいぐらいでおますさかい」

千三とすゑは、勇太郎の父である故柔太郎のころからの付き合いだから、こんな軽口も叩けるのだ。すると、すゑは真顔になり、

「なあ、千三さん。あんたは……町奉行所のもんか？」

「――へ？」

すゑの問いかけの意味が千三には測りかねた。

「それは、どういうこっておます」

「与力《よりき》や同心は、お奉行さんと主従の契りを結んでますよって、お奉行所のもんだっしゃろ。けど、あんたらはどうなんやろ、と思てな」

千三は少し考えてから、

「そうだんなあ。――そら、わてら下聞きも、お上《かみ》から十手・捕り縄をお預かりしとりますさかいに、町奉行所のもんかもわかりまへんな。けど、わてらはお奉行所から一文ももろとるわけやおまへん。役木戸《やくきど》という役目を務める代わりに、水茶屋の商いをする

許しをもろとりまんのや。茶屋の上がりと、木戸銭のなかからの下り銭だけで暮らしとります。与力・同心の旦那方に直《じか》に雇われとるわけでもない。先代の柔太郎の旦那にえろう可愛《かわい》がられた縁で、今わては村越の旦那に仕えてるようなもんだすけど、本業は大西の芝居の木戸番やと心得てまっせ。もちろん、村越の旦那のためやったら、たとえ火のなか水のなか、この千三、身体《からだ》張らせてもらいまっさ。――ま、こんなことは奥さまも先刻ご承知だっしゃろけど」

「そうやわなあ。あんたは、お奉行所に雇われてるわけやない。お芝居の木戸番や水茶屋、戯作《げさく》書きなんぞのかたわら、お上の御用も務めてもろてるんやわな」

「そういうことだすけど……それがどないかしましたんか」

「あんたへの頼みというのはな……」

すゑは左右を見回した。表では話しにくいことと覚《さと》った千三は、

「うっかりしとりました。こんなとこで立ち話もおみ足が疲れます。むさ苦しいとこだすけど、どうぞ座敷に上がっとくなはれ」

「ほな、そないさせてもらうわ」

千三は、奥の静かな間にすゑを案内すると、女中にはお茶を持ってこさせ、あとは顔出しをするなと命じて襖を閉めた。

「さ、これで聞かれる気遣いはおまへん。――この千三に折り入っての頼みごと、聞か

せてもらいまひょ」

すゑは茶を一口啜《すす》ってから、話しはじめた。

今日の昼まえ、すゑは綾音《あやね》を誘って四天王寺に行った。ついで、といっては罰《ばち》が当たるが、途中で村越家代々の墓がある下寺町《したでらまち》の菟念寺《ずくねんじ》で線香を手向《たむ》け、眉光和尚《びこうおしょう》に無沙汰を詫《わ》びたあと、さらに南に向かう。四天王寺に着いたときにはすっかり足がくたびれていた。彼岸はとうに過ぎているので境内にひとはまばらだ。蓮池《はすいけ》や石舞台などあちこちを見物したあと、茶店で一服して羊羹《ようかん》を食べ、西大門から外へ出た。通りを一本入ると、あたりは閑静でひとどおりも少ない。

「すゑさま、あんなとこに小間物屋がおますわ」

綾音が目ざとく、小さな木看板を見つけた。

「ほんに……いつも通ってたのに気づかんかったわあ」

それほどこぢんまりとした店構えなのだ。古びた看板には「万《よろず》小間物所　浮瀬」という文字が彫られていた。

「浮瀬て、料理屋はんとおんなじ名前やねえ」

「へえへえ、新清水さんの隣の……ご親戚筋ですやろか」

「さあ……向こうはえらい羽振りのええ、大きなお店《たな》だっせ。芸子の時分に何遍かお座敷務めたことおますわ。――綾音ちゃん、入ってみよか」

「そうしまひょか」

ふたりはいそいそと店に入った。先客が三人いる。稽古ごと帰りの商家の娘たちと思われた。上品そうな若者が奥から現れ、愛想よく迎えてくれた。へこへこと頭を下げ、やけに腰が低いが、こういう商売にはありがちである。

「ご番頭さんだすか」

「いえ、若年ものだすけど、わてが主だす」

「それは失礼しました。見せてもらえますやろか」

「へえ、どうぞ。ごゆるりと見とくれやす」

女は、小間物屋が好きである。なかには、鬢出《びんだ》し、鬢付け油、櫛《くし》、簪《かんざし》、笄《こうがい》、手鏡、白粉《おしろい》、紅《べに》といった化粧に使うものから鋏《はさみ》、針、糸といった裁縫道具、爪楊枝《つまようじ》、歯磨き粉といったこまごましたもの、ちょっとした袋物などがきれいに並べられており、目移りするほどだ。

「うわあ、この小袋、綾音ちゃんに似合うんとちがう?」

「わてには派手ですわ。すゑさまこそ、そのお召《めし》によう映えるわあ」

小娘のようにきゃっきゃっと言いながら、ひとつずつ品定めをしていると、

「邪魔するで」

野太い声とともに入ってきたのは、豆絞りの手ぬぐいで頬かむりをした二十半ばぐら

いの男だった。すぐに頰かむりを取る。無精髭《ぶしょうひげ》を生やし、左頰に十文字の傷跡がある。なかなか凄《すご》みのある顔立ちだ。胸もとをわざとはだけて着崩したうえに、なめし革の羽織を着て、尻端折《はしょ》りをした、とうてい小間物屋の客にはふさわしくない見かけである。

その男を見て、店のものの顔がたちまち曇った。

「また、あんさんだすか」

「またとはなんや。こっちは商いで来とるんや」

「うちはもう十分商うていただきました。よそを当たってもらわれしまへんやろか」

「あかん。今日はこの店一本で来とるんや。買うんか買わんのか。返答次第では店、叩き潰すぞ」

大声でそう言うと、男は土間をつま先で何度も蹴った。

「えらいいかいお声だすな。まわりに聞こえますよって、も少しお静かにお願いいたします」

「これがわしの地声や。お望みなら、なんぼでももっと大きい声出せるで」

三人の客は関わり合いにならぬようすぐに店を出て行った。すゑと綾音は、寄り添うように店の奥へ逃れた。

「さあ、買《こ》うてもらおか」

男が取り出したのは、銭緡《ぜにさし》である。藁《わら》の紐《ひも》を切り揃《そろ》え、端を丸く縛っただけのもので、穴あき銭に通して、百枚とか三百枚とかを持ち歩くときに使う。江戸のほうでは、これを帯に挟み、捕り物のとき銭を一枚ずつ抜いて礫《つぶて》代わりに投げつける目明しがいるというのを聞いて、天下通用のお宝をなんと罰当たりな、とすゑは思ったものだ。男が持っているのは、その銭緡の藁を十本集めて一把《いちわ》とし、十把を集めて一束にしたもののようで、つまりは百本である。

「今日は何束買うてくれるんや」

「何束て……おとといも五束買いましたがな」

「十束置いていくわ。一束二百文やさかい、しめて二貫やな」

「そらおかしおますわ。おとといは、一束百文でしたがな」

「おとといのよりも、品がええねん。つべこべ言わんと買わんかいや」

「妙太《みようた》はん、堪忍しとくなはれ。銭緡なんぞ、そないに使うもんやおまへん。親方から買うた銭緡、うちの二階に売るほどおますのや。そろそろ天井が抜けそうになっとります」

「そんなん、わしの知ったことかいな。さあ、早《はよ》う金払わんかい」

江戸では火消屋敷に雇われている臥煙《がえん》や鳶《とび》職、京大坂では所司代屋敷や城代屋敷に雇われている中間小者《ちゆうげんこもの》が、小遣い欲しさに銭緡を作り、居酒屋や煮売屋に入り込んで、ゆすり同様に押し売りをするというのはすゑも耳にしたことがあったが、見るのははじ

めてだった。たいがい狙われるのは新店で、なかにはそのために潰れてしまう店もあるというが、

（こんな老舗も狙われるとは……）

すゑは呆《あき》れると同時に腹が立った。見過ごしにはできない、と思いながら、なおもふたりの様子を見ていると、店の主人は銭函《ぜにばこ》を開けて金を取り出そうとした。すると、男は函に手を突っ込み、あるだけの金をつかんでふところに押し込んだ。

「無体な。なにをしますのや」

「かめへんやないか。どうせ明日も明後日も来るんや。その分を先払いしたと思うたらええやろ」

「無茶苦茶ですがな。それ、全部持ってかれたら暮らしがたちまへん。半分でええさかい、返しとくなはれ」

「やかましいわい。わしをだれやと思うとる。文字猫の妙太と聞いたら、この界隈《かいわい》ではちっとは知られた名前やで。もろ肌脱いで、背中の紋々《もんもん》、拝ましたろか！」

今にも、肩脱ぎをしようという男に、

「お客さんがいてはります。そればかりはやめとくなはれ」

「そうか、せっかくやからご開帳したらかしらんと思うたが、おまえがそこまで言うのやったらやめといたろ。そのかわり、一両だせ」

「い、一両。そんな金はおまへん」

「嘘《うそ》つけ。そこの車簞笥《くるまたんす》に入っとるはずや」

「こ、こ、これはあきまへん。仕入れの金だすさかい」

文字猫の妙太と名乗った男は、手近にあった化粧道具を手で払った。簪や笄、手鏡などが土間に落ちた。主は蒼白《そうはく》になり、

「商売物だす。堪忍しとくなはれ」

「外に出て、みんなに刺青《いれずみ》見せて、ここの店は土間に落ちたもんを売っとるて、大声で触れ回ったろか。わし、今日は暇にしとんのや。おまえが金出すまでいつまでも居座るさかい覚悟せえよ」

主はため息をつき、車簞笥を開けて一両を取り出し、紙に包んで差し出した。文字猫の妙太と名乗った男は、当たり前のようにひったくると、

「はじめから素直にこないしたらええのや。——これから毎日、一両ずつ支度しとけ。わかったな」

「それでは潰れてしまいます」

「潰れたら潰れたでええがな。わしゃ知らん。商売替えするか、どこぞに引っ越しせえ。ふふふふ……おまえも悪いもんに見込まれたなあ。これも因果やと思てあきらめんかい」

「一両は渡しましたで。今日はもう用はないはず。早《は》よ帰っとくなはれ」

「えらい冷たいやないか。けど、たしかに金はもろたさかい、去《い》ぬわ。明日も今時分来るさかいに、よろしゅう頼むで。それと、わかっとるやろけど、このこと町奉行所に一言でも言うたら、金では済まんで。仲間集めて、この店はおろか、まわりの店までめちゃくちゃにして、商売できんようにしたるさかいな」

文字猫の妙太は肩を怒らせて出て行こうとした。とうとう我慢ができなくなったすゑは、

「そのお金、返しなはれ」

妙太の背中に声をかけた。

「なんやと……？」

妙太はぎくっとして振り返り、

「わし、耳悪うなったんかいな。金を返せとか聞こえたけど……」

「耳は悪うなってまへん。そう言いましたんや」

妙太はにやりと笑い、身体を揺すってすゑに近づくと、

「おまはんか。お武家はんのご新造《しんぞ》みたいやけど、わしがお侍には恐れ入ると思たら大間違いやで。わしは今までに、ゆすり、たかり、かっぱらい、ひったくり、追い剝ぎ、人殺し……およそ悪事という悪事に手を染めてきた。どうせ畳のうえでは死ねん。つぎ

に捕まったら磔《はりつけ》獄門まちがいなしという身のうえや。怖いもんなんぞこの世にない。たとえ同心・与力が相手でも、一歩も引かぬ文字猫の妙太や」

すゑは、おのれが町奉行所同心の母であることを明かすつもりだった。そうすれば、店の主も安堵《あんど》するのではないかと思っていたのだが、妙太にいきなり機先を制されてしまった。しかし、ここで負けてはおれぬ。

「猫か犬か知らんけど、ひとの心があるのやったら、こちらのご主人に今奪《と》ったお金を渡しなはれ」

「奪った金？　なんのことやらわからんなあ」

「とぼけなはんな。あんたが今、無理矢理出させたのを見てましたんや」

「無理矢理とは人聞きの悪い。見てたんやったらわかるやろ。二貫のほうは、商いをしてそのお代として受け取っただけやで。品物もちゃんとそこに置いてある。一両のほうも、車簞笥を開けたんはわしやないで。ここの主人が勝手に開けて、わしに小遣いとしてくれたんや。——なあ、ご主人」

「へえ……そうだす」

すゑは愕然《がくぜん》として、穴の開くほど主の顔を見た。「そんなことはおまへん」と言うだろうと思っていたのだ。

「ほら、みてみい。ご主人もこない言うとるやないか。今やったら許したる。このまますぐに出て行け。でないと、おまえもそっちの女も痛い目に……」

すゑは妙太に近寄ると、その右腕を摑《つか》み、くい、と背中側に曲げた。

「ひえええええっ！　痛《い》たたたたた……こここの女《あま》！」

酔客にからまれたときの用心に、芸子のころに習い覚えた護身の技である。

「お金を返しなはれ！」

「く、くそったれ、放さんかい！」

「お金を返して、二度とこの店に来んと約束したら放します」

「わわわかった。返す返す。この店にも出入りせん」

妙太はふところから出した金を土間に叩きつけた。すゑが手を放し、

「約束守っとくなはれや」

そう言うと、

「やかましいわい！　約束なんぞした覚えない」

吐き捨てるように言うと、主に向き直り、

「ようも恥かかしてくれたな。この礼はかならずするからな。覚えとけ。今度は金では済まんで。おまえの嫁はんと、おてつゆうたかなあ、女の子がおるやろ」

「どうしてそれを……」

「ひひひっ、わしはなんでも知っとるんじゃ。あのふたりがどうなってもわしのせいや

ない。そこのご新造に恨みを言うてくれ」

「そんな……どないでもして謝りますさかい、どうかご機嫌を直しとくなはれ。それと、このお金は差し上げたもんだすよって、持って帰っていただいて……」

「いまさらいらんわい。――こうなったらわしもあとへは引けん。とことんやるからな。――奉行所に指《さ》しやがったら……わかっとるやろな」

　妙太は痛そうに右腕を回し、怯《おび》えたような目でちらとするゑを見ると、暖簾《のれん》を吹き飛ばすような勢いで出て行った。

　店のなかは梅雨時《つゆどき》のように重苦しかった。主は土間にしゃがみ込み、頭を抱えている。どう声をかけてよいかわからず、するゑが下を向いていると、

「なんで、あんなことしなはったんや……」

　主が絞り出すように言った。

「すんまへん。見てられんようになって、つい……」

　するゑがおろおろ言うと、

「ずっと唇噛《か》んで我慢してきたのがあんさんのせいで無駄になってしもた。なんのための我慢やったんや。無駄どころか、よけいに悪うなってしもた」

　綾音が主に、

「このひとは、ご主人のためを思うてやりはったんだっせ。それをそんな言い方……」

そう言いかけたが、すゑは綾音を見つめてかぶりを振って黙らせ、

「私がでしゃばったんです。なにもかも私が悪おます」

「そんな……すゑさまは良かれと……」

「綾音ちゃん、ええから。——なんと謝ったらええかわかりまへん」

すゑが深々と頭を下げると、主もハッとして、

「す、すんまへん、お武家さまのご新造さんにえらい失礼なこと言うてしもて」

「よろしおます。——今の男は、ヤクザだすか？」

「さあ……とにかく無茶もんの極道だす。背中一面に化け猫のガマンを入れとるのが自慢らしゅうて、ことあるごとにそれを見せようとしまんのや。ほんま……どうしようもない悪党だすわ。あいつさえ来なんだら……」

少し落ち着いたらしく、主はぽつりぽつりと話し始めた。彼の名前は、藤兵衛《とうべえ》。小間物屋「浮瀬」の四代目である。初代の藤兵衛は、剣術をもってさる大名家に仕えていた武士だったが、延宝《えんぽう》のころに両刀を捨て、小間物商いをはじめた。そのとき屋号を、

切り結ぶ太刀《たち》の下こそ地獄なれ
身を捨ててこそ浮かぶ瀬もあれ

という、剣士の心得を詠んだ道歌から「浮瀬」とした。以来ずっと当地で商いを続けてきた。彼が店を継いだのは四年まえで、そのときはまだ二十歳だった。嫁を迎え、こどももできたので商いに精を出し、真っ黒になって働いたせいか、近頃では得意先も増え、噂を聞きつけて遠方から来てくれる客もいて、小さいながらもそれなりに繁盛していた。ところが三月ほどまえに、あの「文字猫の妙太」という男がふらりと現れて、銭緡を買えと言い出した。不要のものだし、あまりにも高いので断ると、店先で大声を上げ、商いものや客あしらいにケチをつけはじめたため、居合わせた客は皆、帰ってしまった。女子《おなご》相手の商売である。いくら良い品を並べても、店の雰囲気が悪いと客は寄りつかない。

「高いとは思いつつしかたなく、一度きりだっせと買ったのが運の尽きでおました。ええカモやと思ったんだっしゃろなあ。十日ほどしてまた来よったんで、銭緡なんぞそないに使うもんやないと言いますと、また店で暴れよる。お客さんが逃げる。しゃあないさかいまた銭緡を買う。そんなことが長いあいだ続きました。新規に店出した居酒屋のほとんどは、ああいう手合いに目ぇつけられるらしいけど、うちみたいな老舗が、それも小間物屋がなんでやねん……とは思いましたけど、どうにもこうにも不運やと思うしかおまへん。それが、十日が七日になり、七日が五日になり、三日になり……とうとうほとんど毎日になりました。これがもとで潰れる店が多いゆうのもわかりますわ」

「なんでお奉行所に訴えまへんのだす」

「あいつは、町奉行所に指したらどえらいことになるで、といつも言いよりますねん」

「けど……ただの脅かしとちがいますか。そういうことを言うのはお奉行所が怖いのかもしれまへんで」

「たといそうやとしても、そんなことしてなにになります。ご新造も聞いとりましたやろ。あいつはこれまでさんざん悪事を働いて、今度捕まったらどうせ三尺高い木の空や、この世に怖いもんはなにもない……そう抜かす輩《やから》だす。お奉行所に訴えても、うちの店に毎日、四六時中どなたかが張りついてもらえますのか。そやおまへんやろ。町廻《まちまわ》りの途上でどなたかが、たまに顔出してくださるぐらいだっしゃろ。あいつらはいつ来るかわかりまへん。商売もん無茶苦茶にされて、あの店はヤクザが来るでとかなんとか噂を立てられて、だれが償《まど》うてくれますのや。どうせお奉行所なんぞ、われわれ下々《しもじも》のもののことをほんまに親身に思うてはくれまへん」

「いや、そんなことは……。親身になってくれる与力・同心衆もいてはるそうだっせ」

「そら、そうかもわからん。けどな……もし、訴え出て、嫁はんとこどもをあいつに殺されでもしたら、だれに文句が言えます？ 申し訳ないけど、あんさんがたでもそや。見るに見かねて、わてを助けようとしてくださった……そのお気持ちは痛いほどわかります。けど、あいつを痛めつけて、一遍は帰ったとしても、そのあとお礼参りに来るかもしれん。そのときは知らん顔だすやろ。しまいまで面倒見てくれるわけやない。一時《いっとき》の義侠心《ぎきょうしん》でいらんことをしてくれはるぐらいなら、なんもせんと逃げてもろたほうがなんぼかありがたい」

「…………」

「もう、わてもこりごりしてな、長いあいだ続いた店だすけど、そろそろ潮時かな、とは思とります。正直、疲れました。よそでなにか違う商売……ああいう手合いが来ん商売をはじめたほうがええんとちがうか、と嫁はんとも言うてたとこですのや。たぶん、来月あたり、この店はたたむつもりでおます」

「そこまでお考えだしたか」

「わてには女房こどもという、守るもんがおます。ああいう、失うものはなにもない、いつ死んでもかまわん、という手合いが一番始末に困りまっさ」

藤兵衛は、下に落ちた品物を拾って、ひとつひとつ土を払いながら、

「せっかくお越しいただいたのに楽しゅうお買いもの願えず、すんまへんでした。気ぃつけてお帰りやす。あいつが待ち伏せしとるかもしれまへんよって」

それはありえそうな話だった。店を出しなに、すゑは藤兵衛に腰を折ると、

「私が言えた義理やおまへんけど……ええお店だすさかい、辞めたらあきまへん」

藤兵衛はにこりと笑って頭を下げた。

しばらくのあいだ、すゑと綾音は無言で道を歩いた。綾音は、あたりに目を光らせたが、妙太の姿はなかった。下寺町まで来て、ふたりはようやく胸を撫《な》でた。

「あのヤクザもん、ほんまに腹立つわあ。あのご主人が可哀《かわい》そう。やられっぱなし、払いっぱなしはおかしいわ。ああやって潰れていく店、きっとぎょうさんあるはずや。やっぱりお奉行所に届けなあかんと思うけどなあ。――すゑさま、そう思いまへんか」

しかし、すゑはじっと考えたまま口を開かなかった。綾音は重ねて、

「勇太郎さんのこと、言うてやったらよかったのに、私は町奉行所同心の母親です、て。そしたら、ああいう手合いも恐れ入るにきまってますわ」

すゑは立ち止まり、

「綾音ちゃん……それはあかん」

「なんでだす？　わてらみたいな町人を守るのが町奉行所の役目やおまへんか」

「あのご主人も言うてはったやろ。町奉行所の今の人手では、一度や二度ならともかく、毎日ずっとあの店に張り付いていられるはずもない。奉行所に告げ口した、ゆうて火に油になるんとちがうかな。捕まって死んでもかまへん、て思てるひとほど手に余るもんはいてまへん。それにな……」

すゑは憂いを帯びた顔で、

「あんな風に、ごろつきに迷惑してはる店、大坂にもごまんとありますやろ。私はたま

たま同心の母親やけど、ほとんどのかたはそうやない。私らだけが得するような、かたよりのあることは許されまへん」

「そらそうかもしれまへんけど……ほな、あの店の災難は見て見ぬふりをせえということですか」

「そんなこと言うてえしまへん。同心や与力、お奉行さんに頼らずに、なんとかしたらええのや」

「それは、どんな具合に？」

「さあ……そこまでは……」

吉左衛門町《きちざえもんちょう》に帰る綾音と別れてからも、すゑは今日のできごとについて考え続けた。帰宅して、ゆっくり思案して、そして、千三ならば……と思いついたのだ。

「よろしゅおます」

千三は胸を叩いた。

「よう、このわてを思い出してくれはりました。この蛸足の千三、骨折らせてもらいます」

「おおきに……おおきに」

すゑは千三の手を取り、

「あんたに断られたらどないしよかしらんと思てましたんや。ほんまありがたいわ」

「わてが奥さまの頼みごと、断ったりしますかいな。亡くなった柔太郎の旦那に叱られますわ。とにかく、そのヤクザもんが店に来んようにしたらよろしおまんのやな」

「そやけど……どないしたらええのやら」

「そのあたりはわしに任しとくなはれ。伊達《だて》に長いあいだ役木戸を務めてきたんやおまへんで。奥さまは大船、いや、まあ、中船に乗ったぐらいの気持ちで……」

「お願いします。けど、くれぐれもお奉行所の名前は出さんように……」

「心得とります。ほな、わてはこれで……」

千三の自信ありげな様子に、すゑはようやく安堵することができた。

2

「これらの盃を皆使《つこ》うて酒を飲め、だと？　なにゆえじゃ」

「手前ども『浮瀬《うかむせ》』は、おかげさまでご身分あるお武家さまや、裕福な商人衆、名高い文人墨客、人気の役者連中などにご贔屓《ひいき》いただき、大坂一の料理屋との呼び声も高く、連日大賑わいでござります」

「ならばよいではないか」

「いえいえ、このぐらいではまだまだ足りませぬ。手前はこの店をもっともっと大きくしたいと思っております」

「欲深じゃな」

「商人というのは欲深なもの。ふほっほっほっ……いずれは『八百善《やおぜん》』をしのぐ日本一の料理屋にするつもりでございます」

「京や江戸にも『浮瀬』があると聞いたが……」

四郎右衛門は苦々しい顔になり、

「あれは、手前どもの名前を勝手に使って商いをしておるまがいものでございまして、たいへん迷惑しております。まあ、今、いろいろと手を打っておる最中でございますので、ふほっほっほっ……そのうち店を閉めることになりましょうな。向こうが潰れたら、手前どもが直々《じきじき》に京や江戸、長崎などにも出店を作るだんどりになっておりまして……」

「ほう……」

おそらく金を使ってお上に手を回したり、嫌がらせをしたりしているのだろうが、久右衛門にとってはそんなことはどうでもよかった。ここの料理さえ美味ければ、それでよいのだ。

「ところが近頃は、ここ大坂でも、福屋、西照庵はもとより、木津仁《きづじん》、伊丹屋《いたみや》、三文字屋《さんもんじや》、八百源《やおげん》、生洲《いけす》……などという店がのしてまいりましてな、上客をそちらに取られているというありさまで……」

「はっはっはっ……京や江戸に目を配っているうちに膝もとが危うくなってきたというわけか」

「笑いごとではござりませぬ。そこで、ふたたび客を取り戻すための話の種作りとして、大坂一の酒豪大邉久右衛門さまに、手前どもの大盃に注いだ酒を片っ端から飲み干していただくという催しを行いたいのでござります。その様子を名のある絵師に描かせ、狂歌師には歌を詠ませ、戯作者には一部始終をおもしろおかしゅう書き立てさせて、引札にして上方中に配ります。これはきっと大評判になりましょう。西町奉行大鍋食う右衛門、浮瀬の盃をことごとく飲み尽くす……いかがでござりましょう」

「馬鹿か……」

「――へ？」

「貴様は馬鹿かと申しておる。天下の大坂町奉行に向かって、料理屋の喧伝のためにひとまえでさらし者になって酒を飲めと申すか。そんな暇と金があったら、よい板場を雇うとか、よい魚を仕入れるとかすべきであろう。そうすれば、ひとりでに名も揚がる」

「ふほっほっ……失礼ながらお奉行さまはなにもご存知ない。今の世は喧伝がもっとも大事でござります。味や出来映えなどどうでもよい。料理の腕より喧伝の腕。その料理屋の評判に、ひとは群がるのでござります」

「貴様がそう思うならそれでもよい。——が、わしはそうは思わぬ。この話は断る。よいな」

「えっ？　なにゆえでございます」

「わからぬか。わからぬならば……よう考えよ」

「それは困ります。すでに、狩野永俊さまも絵を描くことを、慈放院の天甄さまもご揮《き》毫《ごう》をご承諾いただいております。——あ、そうそう、肝心要《かなめ》のことをお話しするのを忘れておりました」

四郎右衛門は追従《ついしょう》笑いを浮かべて、

「失礼いたしました。まずはこれからお話しすべきでしたな。此度《こたび》のこと、お引き受けいただけましたら、三十両差し上げまする。お奉行さまも知行五百石ではなにかと手元不如意でございましょう」

「ふむ……」

少し心が動いた。諸人の面前で見世物にされるのは不愉快だが、たしかに懐はさびしい。金をくれるのなら、それぐらいのことはやってもよい。町奉行としての体面について大坂城代あたりから文句を言われるかもしれないが、久右衛門はそういうことを気にせず振る舞うべきだと思っていた。なかなか面白そうではないか……。

「そもそもこの盃はいくつあって、そこに入る酒を皆足したら何升になるのじゃ」

「アワビ盃の数は十二で、すべて合わせると六升四合八勺にございます。そこに『猩々』を足すと、一斗二升九合八勺になりまする」

久右衛門は飲みかけていた茶を噴き出した。

「たわけが！　いくらわしとて、鯨ではないぞ。酒を一斗も飲んだら死んでしまうわい。そのぐらいのこと、考えればわかろうが」

「そこはそれ、飲んでいる体《てい》でよろしゅうございます」

「――なに？」

「手前どもも、真に一斗二升九合八勺を飲んでいただこうとは思っておりません。酒に水を混ぜておくのでござります。それならば、いくらでもお飲みになれましょう。いかにも酒を飲んでいるように、しだいに酔っていくふりをしていただき、途中で、もう飲めぬ……というような様子を見せたり、また、飲み出したりと大いに盛り上げたあげく、しまいにすべて飲み干せば、喝采まちがいなしでござります。なあに、見ているものには酒か水かなどわかりませぬわい。大酒豪大鍋食う右衛門ここにあり、とお奉行さまのご令名も上がりま……おや、どうかなされましたか」

話しているあいだに久右衛門の顔がまるで酒に酔ったかのように赤くなり、肩がふるふると震えはじめたのだ。

「貴様はそのようなやり口で大坂の民をたばかるつもりか。喧伝のためならなにをしてもよいと思うておるのか。この大遠久右衛門に騙《かた》りの片棒を担げと申すか。この……このおおたわけめが！」

　叫ぶ、というより、吠《ほ》えるような怒声を張り上げたと思うと、目のまえにあった「浮瀬」を手に取って四郎右衛門目がけて投げつけた。

「ひえええっ！」

　四郎右衛門はあわてて膝を立て、その盃を摑もうとしたが無理だった。女中のひとりが身体を寝かせるようにして、かろうじて受け取った。

「なななななにをなさります。店の名の由来ともなった大事の盃でござりますぞ」

「知るか、間抜けめ！」

　久右衛門は立ち上がると、

「二度とわしにかようなふざけた話を持ちかけるでないぞ。わかったか！」

　そう吐き捨てて、座敷を出て行こうとした。

「ちょ、ちょ、ちょっとお待ちくださりませ。なにかお気に障りましたか」

「障ったわい。えら障りじゃ。料理屋ならば料理で評判を得よ」

「三十両では不足でござりまするか。ならば四十両差し上げます」

「ド阿呆《あほ》！」

「五十両ではいかがでござります。いくらお奉行さまでもこれより上は出せませぬ。欲をかずにここで手を打ったほうがよろしゅござりまするぞ」

「金はいらぬ。わしは、食い物や酒のことでひとを騙《だま》すのが嫌いなのじゃ」

「大澄さまはわかっておられない。嘘も方便でござりますぞ」

もう応えは無用であろう。久右衛門はどすどすと部屋を出た。並んでいた料理にちらと目を向けたが、惜しいとは思わなかった。

ちょうど廊下に出たとき、向かいの座敷からもひとりの武士が憤然として出てきた。

「こんなくだらねえ店にゃ二度と来ねえ。飲み食いした勘定は、あとで払いに来させるからな。くだらねえ、ああ、くだらねえ！」

さっきの番頭に向かってそう毒づくと、久右衛門にひょいと会釈して、先に階段を降りて行った。着流しに黒の羽織を粋に着こなしており、歳は五十ぐらいか。久右衛門は、

（まさに我が意を得たりじゃ……）

うなずきながら一階へと降りた。店を出るときに、その侍は久右衛門を振り返り、

「俺に、店の喧伝のために、浮瀬を褒めて褒めて褒めちぎる狂歌を百首詠めとさ。べらぼうめ。俺ぁ、狂歌の売り買いはしねえんだ」

「うむ、その意気やよし」

「一首思いついたから聞いてくんねえ。『うかうかと口のうまさに乗せられて布施ももらえず来たかいもなし』……とはどうだ」

「上手《うま》い！」

久右衛門は思わずうなった。主の企みに乗せられて来てみたが、布施、つまり金をもらえなかった、ということを詠んだだけでなく、うか……布施で「浮瀬」、「口のうまさ」で料理屋であること、「かい」でアワビの貝盃にかけているのだ。

「ご貴殿はいずれのおかたかな」

武家は頭を下げて言葉を改め、

「銅座役人の大田南畝と申します。以降、お見知りおきください」

久右衛門は驚いた。

「狂歌で名高い四方赤良殿でござったか」

「銅山のことを唐《から》で蜀山《しょくざん》と申すそうで、近ごろは蜀山人《しょくさんじん》と称しております」

「さようであったか。わしは西町……」

名乗ろうとするのを制して、

「大鍋食う右衛門さまでございますな。江戸の洒落者《しゃれもの》にもお名前は聞こえております」

「たしかに大邉久右衛門だが……なぜわかった」

蜀山人は、くくく……と笑い、

「見ただけですぐにわかりました。大邉さまは、熊そっくりだという話でしたからな」

ふたりは大笑いした。

◇

千三はまず、小間物屋「浮瀬」の店まわりでの聞き込みからはじめた。そういう手合いはほかの店、たとえば居酒屋などにも押し売りをしているはずだ。ところがどの店も、

「銭緡《ぜにさし》売りなんぞ来たことがない」

「文字猫の妙太なんぞ知らない」

と声をそろえる。隠し立てしているようでもなく、千三は途方に暮れた。「中船に乗った」気持ちでとすゑに見得《みえ》を切ったてまえ、なんとかしなくてはならぬ。千三は、「浮瀬」に張り付き、出入りを見張ることにした。だが、「毎日来る」と言っていたわりに、翌日は姿を見せなかった。それが二日目、三日目となると、千三は弱り果てた。木戸番もしなくてはならないし、水茶屋もほったらかしにはできない。なにより役木戸としてのお上の務めがあるが、奉行所には内証にする約束なので、勇太郎に話すわけにはいかない。また、千三は案外顔も名も知られている。役木戸であることを知るものも少なくない。しかたなく彼は、奉行所料理方の源治郎に頼むことにした。源治郎なら心安いし、お上の御用を務めているわけでもないからうってつけである。

「かまへんで」

案の定、源治郎は二つ返事で引き受けてくれた。

「すゑさまには日頃お世話になっとるさかい、わてもひと肌脱がせてもらうわ」

　こうして源治郎は、料理の合間を見て、千三と交互に店の張り込みをすることになった。

　四日目の昼過ぎ、源治郎が小間物屋のはす向かいにあるうどん屋でかけうどんを啜りながら様子をうかがっていると、豆絞りの手ぬぐいで頬かむりをした男が店に入っていった。

（こいつやな……！）

　心躍らせながらうどん代を払い、表に出る。「浮瀬」にできるだけ近づき、話し声に聞き耳を立てた。

「しばらく顔見せなんだから、もう来んやろと高くくってたんと違うか。わしはしつこいでえ」

「それはもう重々承知しとります」

「おまえもあきらめの悪いやっちゃな。よその店ならたいがい、そろそろ引っ越そか、とか、商売替えしよか、て言い出すころあいやで」

「そのことでおますが、手前も親方のしつこさに根負けしましてな、四、五日したら店を畳もか、ということになりました。銭緡も増える一方だすし、あんさんに渡すお金ものうなりました。親方のお顔を見れんようになるのもさびしおますけど、嫁と決めたことでおますので……」

「ほう……それは……残念なこっちゃな。けど、悪い思案やないと思うで。わしも、金づるがひとつ減るのはかなわんが、おまはんにはおまはんに向いた商売があるやろ。せいだいがんばりや」

「今日は銭緡は……」

「店閉めるようなやつに押し売りはできん。おとなしゅう引き上げるわ。そのかわり、かならず店は畳めよ。ええな」

情のあるようなないような言葉をかけると、妙太は店から出てきた。その顔を見た源治郎は、

（——あれ……？）

と思った。見覚えがあるような気がしたのだ。もともと「文字猫」という二つ名を千三から聞いたときから、なんとなく引っかかっていたが、なぜ見覚え・聞き覚えがあるのかをいくら考えても思い出せない。

懐手をして歩き出す妙太の後ろを源治郎は見え隠れに尾《つ》けていった。こういうことをするのはもちろん生まれてはじめてだったが、千三からいろいろと「あとを尾けるコツ」を聞いていた。

（あいつがどんなに遠くまで行こうと、かならず行き先をつきとめたる。せやけど、途

中で小便しとなったらどないしょ。くたびれ果てて、歩けんようになったらどないしょ。

――ええい、ままよ。行くとこまで行かんかい！）

ところが、源治郎の気合いにもかかわらず、妙太の行き先は驚くほど近くだった。四天王寺から坂を新清水のほうに下り、ほんの少し歩くと、妙太は立ち止まった。そこは、源治郎にとっても懐かしい場所だった。

（これは……「浮瀬」やないかい！）

そこは、源治郎が西町奉行所の料理方になるまえ、板前修業に励んだ店だった。もっともあまりよい思い出はない。主が金の亡者で、料理は二の次、三の次だったため、板前は苦労したが、それでも学ぶことも多かった。

妙太は路地へ入り、「浮瀬」の裏口からなかへ入っていった。

（『浮瀬』から『浮瀬』……これはどういうこっちゃねん……）

そのとき、源治郎は不意に、妙太の素性を思い出した。

（あ、あいつか……！）

どうしよう……彼はただの板前である。奉行所の下聞きの真似《まね》ができるだろうか。だが、今から道頓堀に向かい、千三につなぎをつけている暇はない。ためらいは一瞬だけだった。源治郎は妙太を追って「浮瀬」の裏木戸を押した。なんといっても、勝手知ったる敷地である。見つからぬように腰を屈《かが》めながら、植え込みから植え込みへと移り、庭を大回りして、その奥に建つ離れまでたどりついた。ここは主四郎右衛門の住まいなのである。源治郎は縁側から上がり、そっと廊下を歩いた。一室から「ふほっほっほっ……」という笑い声が聞こえる。忘れもしない、四郎右衛門のものだ。

「そうか、あいつもようやく音ぇ上げたか。手間かけよったが、終わり良ければすべて良しや。つぎは、京と江戸の浮瀬を潰してこましたる。おまえはしばらくしたら京へ行け」

潰してこます、とは大料理屋の主とも思えぬ柄の悪さだ。

「長いことかかりましたわ。屋号がおんなじやいうだけで、ヤクザのふりして嫌がらせを続けて、店を畳ませるやなんて、まわりくどいにもほどがおまっせ。それやったら、のっけから、屋号を変えろ、ゆうて脅したほうが話が早かったんとちがいますか。わし、途中で何遍も、金もいらんし店も閉めんでええから、屋号を変えんかい！　て怒鳴りそうになりましたわ」

「阿呆！　そういう頭やさかい、おまえはいつまでたっても皆に馬鹿にされるんや。あのガキに『屋号を変えろ』て言うたら、うちの差し金やいうことがすぐにバレてしまうやろ。屋号のことは一言も言わず、ただねちねちと金を引き出し続けるだけで、こないして向こうから店を閉めよる」

「けど、後味が悪うおますなあ。向こうはなんにもしてないのに……たぶん夜も寝られんかったと思いますわ。わしの目当ては金やと思とりまっしゃろな。――それはそうと、わしがあの店から銭緡のお代として取ってきた銭はどないなっとります」

「どないなっとるて、おまえの知ったことやないやろ」

「わしにおくなはれ。せめてもの罪滅ぼしに、いつかそっとあいつに返したろと思てまんねん」

「なんでおまえにやらなあかんのや。おまえにはちゃーんと決めの給金払《はろ》とるやないか。あの金はわしのもんや。不服があるんやったら、いつ辞めてもろてもかまへんねんで」

「そそそれは堪忍しとくなはれ」

そういうことやったんか……。

（さて……どうしてこましたろか……）

源治郎は無性に腹が立ってきた。

「まあ、二、三日はほとぼりを冷ますために、どこぞの賭場か女郎屋にでもしけこんどれ。近場はあかんぞ。顔指すさかいな」

「あの……旦那、お小遣いは……」

「給金のなかから出せ」

少し経《た》って、部屋から出てきた妙太はぶつぶつ言いながら庭に降り、まっすぐに裏口へと向かった。店の外に出て、逢坂《おうさか》を南へと進む。見え隠れについていった源治郎は、茶臼山《ちやうすやま》のあたりで声をかけた。

「おい……妙吉《みようきち》やないか」

◇

その夜、同心町の村越邸を、千三が訪れた。勇太郎は泊番《とまりばん》で留守だった。応対に出たすゑに千三が言った。

「奥さま、ようようからくりがわかりましたで」

「まあっ、千三さん、さすがやわあ。なんちゅうてお礼言うてええか……」

「村越の旦那の手下《てか》としてこれぐらい当たり前ですがな。中船に乗った気持ちで、て言いましたやろ。——と言いたいとこだすけど、ほんまはほとんど源治郎はんの働きですねん。——源治郎はん！」

表に呼びかけると、源治郎がひとりの男を伴って入ってきた。その男を見るなり、すゑは青ざめて、

「このおひとは……」

すっかりうなだれて、まるで別人のようだが、まぎれもなく「文字猫の妙太」だ。

「文字猫の妙太こと、『浮瀬』の下働きの妙吉ですわ。——おい、妙吉、奥さんにご挨拶せんかい」

源治郎にうながされて、男はぺこりと頭を下げた。そのびくついた様子には、小間物屋での面影もなかった。

「どういうことやの」

「こいつは、わてが『浮瀬』を辞める間際に、入れ替わりで入ってきたやつですねん。どうしようもないあかんたれでねえ、若い時分にグレて、名前が猫の鳴き声みたいやから、背中に猫の入れ墨を入れようとしたんやけど、痛いのが我慢できんと、とうとうなりよったんです。——妙吉、背中見せてみい」

男はもろ肌を脱いだ。彼の背には、細くてほとんど読めないような「字」で、「猫」と書かれていた。すゑはぷっと噴いて、

「まあ……これは、おほほほほ……カッコ悪いわあ」

「この入れ墨がもとで板場のみんなにさんざんからかわれて、ついたあだ名が『文字猫の妙吉』だす。せやけどえらいド不器用でおましてな、包丁持たしてみたけど、指切ったり、青物や魚を台無しにしてしもたりする。しゃあないさかい皿洗いやら掃除やら使い走りやらさせとりましたんやが……こんな悪事に手ぇ染めてたとは知りまへんでした」

「す、す、すんまへん。旦那に言われて嫌々やってましたんや。ほかに使い道がないさかい、やらなんだらクビにする、て言われて……」

「アホだっしゃろ。変名使うんやったら、もっと違う名前にすりゃええのに、妙吉を妙太て……ほとんど一緒やないか！」

「すんまへんすんまへん……」

すゑは呆れたように、

「たとえ同心・与力が相手でも一歩も引かぬ、とか、いつ捕まって死んでもかまわん極悪人とか言うてはるくせに、一言でも奉行所に指したらただでは済まんぞ、て言うてはるのがおかしいなあとは思てましたんやが……」

千三がすゑに、

「四郎右衛門は、ほかの土地ならともかく、同じ四天王寺のまえに『浮瀬』が二軒あるのが許せんかったみたいです。それも、小間物屋の屋号のほうが古いさかい、もし公事《くじ》ごとにでもなったら、おのれのほうが負けてしまう。そこで、妙吉にヤクザまがいの嫌がらせをさせて、小間物屋が我から店を閉めるように仕向けたんだすな」

「ひどいことを……」

「すんまへんすんまへんすんまへん……」

「もうええっちゅうねん」

千三が、妙吉の頭をはたくと、

「奥さま、これは村越の旦那の耳に入れるべきことだっせ。ただの中間の押し売りとはわけがちがいます。お奉行所に乗り出してもらわなあかんのやおまへんやろか」

しかし、すゑはかぶりを振った。

「おふたりの働きには頭がさがります。けどな、はじめに言うたとおり、今度のこと、私はお奉行所には一切《いっせつ》頼らんと片付けとおますのや。わかってちょうだい」

口調は穏やかだが、その底にどうしても譲らぬ頑固さが感じられ、千三と源治郎は顔を見合わせた。

「わてらはよろしおますけど……どうやって片付けますねん」

千三が言うと、すゑはどんな男もとろかすような笑みを浮かべて、

「こういうのはどうだっしゃろ」

すゑの企てを聞いて、千三たちは腰を抜かしそうになった。

「け、けど……おふたかたはそないにお強うないのでは……」

千三の言葉に、すゑと綾音は顔を見合わせて意味ありげににっこりとほほえんだ。

◇

「主の四郎右衛門でござります。入ってもよろしゅうござりますか」

四郎右衛門は廊下に正座して声をかけた。見事な接待ぶりに感心した、主に一言挨拶したい、とお客さまが申しておられます、と女中が呼びにきたのだ。品の良い武家女と

その連れだというので、顔つなぎしておくのも悪くない。

「どうぞ」

襖を開けると、なるほど武家女のほうは大年増だが、しっとりと落ち着いた色香が漂っており、若いほうは目の覚めるような別嬪《べっぴん》だが、素人《しろうと》にはない脂粉《しふん》の気が感じられ、どこかの稽古屋の師匠かもしれない。いずれにしても、上客にはまちがいない。

「いかがでございましょう、お気に召しましたか」

「美味《おい》しゅうございました。おかげさまで、ええ思いさせてもらいました」

武家女のほうが言った。

「それはなによりでござります。お口の肥えたお方と聞いて、板場も腕によりをかけたもんと思います」

「ところで、聞くところによると、こちらにはなにやら名物があるとか」

「名物……？　もしかしたら『浮瀬』のことでござりましょうか。大きなアワビ貝の貝殻を使った盃で、七合五勺入ります。店の名の由来でもござりましてな、この大盃で酒を一息で飲み干したものは当店備え付けの帳面に名を記していただきますのや」

「それはさぞ立派なものやろなあ。話の種に、一遍拝見したいもんやけど……」

「さようでござりますか。では、早速支度させますので……」

四郎右衛門が手を鳴らすと、その打ち方に決まりがあるらしく、すぐに女中が木箱を運んできた。四郎右衛門は三重の木箱のなかから「浮瀬」を取り出して、ふたりに見せた。

「うわあ、すゑさま、なんと大きな……」

「ほんまやねえ、たいしたもんや。ええ目の保養になったわ」

ふたりの女がはしゃぐのを四郎右衛門は恵比須《えびす》顔で眺めていたが、やがて武家女のほうが、

「このお盃で、お酒を飲んでみたい」

と言い出した。

「ふほっほっほっ。ご冗談をおっしゃる。女子《おなご》の方がこんな大きなものでとても飲めやいたしません。一合入りの小さなアワビ貝もございますれば、そちらをお支度……」

「かまへん、これでいただきます。お酒、持ってきとう」

四郎右衛門は困り顔で手を叩いた。まもなく男衆がふたりで、薦被《こもかぶ》りを座敷に運び入れた。四郎右衛門は、「浮瀬」に酒をなみなみと注ぎながら、

「おやめになったほうがよろしゅうございます。酒好きの男でも、七合五勺飲めるもんは滅多にいやしません。お身体に障りまっせ」

「飲み干したら、帳面に名前書かせてくれはりますのやろ」

「それはそうだすけど、一息で飲まんとあきまへん。分けて、ちびちび飲むのやったら、

だれでもできますさかいな」

「わかってる。ほな、いただきます」

すゑは、巨大なアワビ貝を両手で持ち上げると、その縁に口をつけた。そして、はじめはちゅるちゅる啜っていたが、次第に喉が鳴りはじめ、ごく……ごく……ごっごっごっごっ……溢《あふ》れんばかりに入っていた酒が見る間に減っていく。

「す、すごい……」

四郎右衛門が呆然《ぼうぜん》としているうちに、すゑは大貝を顔のうえで逆さにして最後の一《ひと》滴《しずく》も吸い取ると、

「ああ……美味しい」

四郎右衛門も、女中や男衆も目を丸くしてしばらくは口も聞けなかった。すゑは、盃を床にそっと置き、

「ちょうだいしましたで」

すると、それを横で見ていた綾音が、

「すゑさま、わてもいただきたい」

「ああ、綾音ちゃんもお酒好きやったな。飲ませてもらいなはれ」

今度は、四郎右衛門は止めなかった。半ば夢を見ているような動きで、言われたとおりに酒を注いだ。

あぁ美味しい

「まあ、美味しそうやこと。いただくのが楽しみやわ」

綾音は、盃を捧げるように持つと、いきなりあおりつけた。白く、細い首が膨れて、そこを酒が下っているのが、喉の動きでわかる。こちらもあっという間に七合五勺の酒を飲み干した。

四郎右衛門は男衆に小声で、

「お、おい、この酒、水で割ってるやつやないやろな」

「ちがいます。伊丹《いたみ》の酒でおます」

「こいつら、どないなっとんねん……」

けろっとして顔色ひとつ変えぬすゑと綾音を、四郎右衛門は狐か狸《たぬき》を見るような目で見ていたが、

「ほな、名前書きとうおますさかい、帳面貸してちょうだい」

すゑにそう言われ、

「は、はい、ただいま」

四郎右衛門は「暢酣帳《ちょうかんちょう》」を、硯《すずり》と筆とともにすゑに差し出した。すゑはそこにさらさらと書き付けると、綾音に手渡す。書き終えた綾音は、

「はい、できましたで」

そう言って、帳面を四郎右衛門に戻した。四郎右衛門は仰天した。そこに書かれてい

るのは名前ではなかったのだ。

小間物屋の一件
文字猫はんがなにもかも話してくれました
書きとつたもんに爪印も押してもろてます
お奉行所に差し出して公事にするつもりです

そのあとに別の筆で、

こちらのお料理もうちよつとええおさかな使いなはれ
大坂は食い倒れ
高《たこ》うてまずいではすぐに飽きられまつせ

それを読んだ四郎右衛門は蒼白になって震えている。

「どない？」

すゑが言うと、いきなりがばと身体を伏せ、

「どちらのおかたか存じまへんが、公事だけはご勘弁を……」

「ほな、小間物屋は屋号変えんでええねんな」

「へえ……それはもちろんでございます。向こうのほうが老舗だすよって……」

「約束破ったらどないなるか……」

「わわわわかってます。かならず約束は守ります。金も返します」

「それやったらええわ。ちょっと喉渇いたなあ。もう一杯いただこかしら。——綾音ちゃんも飲む？」

「へえ、ほなわてもいただきます」

ふたりの女は、機嫌よくそれぞれ大盃で一杯ずつを飲み干すと、なにごともなかったかのように帰っていった。足取りに一分の乱れもない。

「旦那、あいつら帰してもよろしかったんだすか」

「どないせえちゅうねん。公事になったら、うちの負けに決まっとる。西町に持ち込まれたら、大邉さまとはこないだ揉《も》めたとこやさかい、鼻薬は効かんやろ。店の評判も落ちて、大損になる。ああ、悪いことはでけんもんやな」

「せやけど、あいつら、なにもんだっしゃろなあ」

「わからんのか！　あの飲みっぷりを見たやろ。女子があんなに飲めるはずない。——猩々《しょうじょう》の化身に間違いない。もしかしたら、うちの『七人猩々』のなかのふたりが、わしを諫《いさ》めるために出てきはったんかもしらん」

四郎右衛門の震えは、二、三日止まらなかったという。

◇

「綾音ちゃん、私ちょっと酔うたみたい」

「そうだすか。わてはなんともおまへん」

「あんたは若いさかいなあ」

「なに言うてはりますのん。すゑさまこそ若《わこ》おます」

「けど、これでようやく胸のつかえが取れたわ。千三さんにお知らせかたがた、『蛸壺屋』で飲み直しまひょか」

「それより、道頓堀の東詰《ひがしづめ》に、新しい袋物屋さんができたそうだっせ。これから寄ってみまへん？」

「ええねえ。そないしましょか」

「そないしましょ、そないしましょ」

ふたりの足音はいつもより軽く、楽しそうに響いていた。

第三話

京《きょう》へ上《のぼ》った鍋《なべ》奉《ぶ》行《ぎょう》

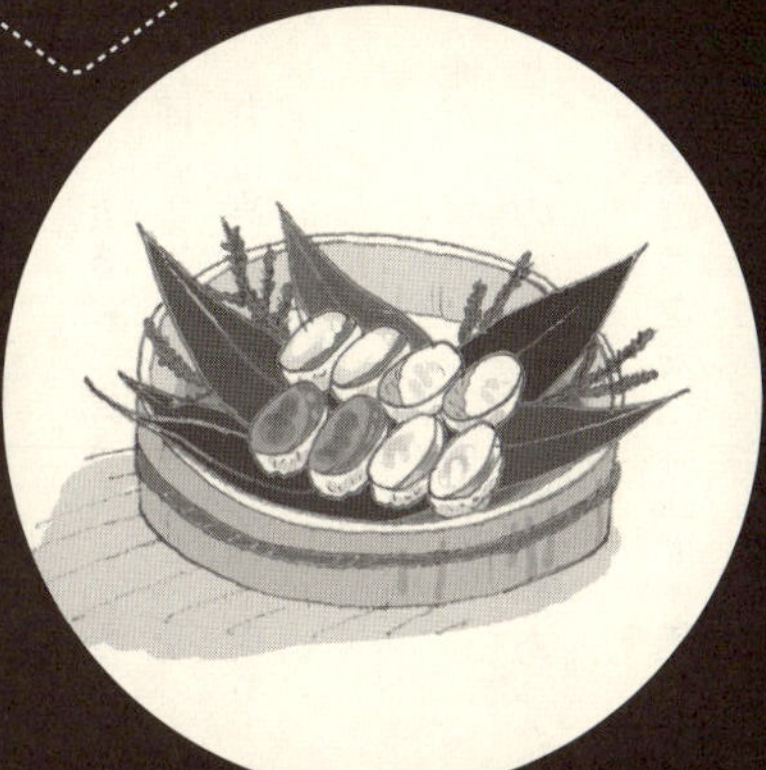

1

「村越……村越ではないか！」

家僕の厳兵衛を連れて天神橋を渡り終えようとしたときに、聞き覚えのない声がかかった。勇太郎が振り返ると、立っていたのは彼と同い年ぐらいの若侍だった。身につけているものはどれも高価で、裕福そうに見えた。背は高く、色白で、みっちりと肉がついている。

「どちらさまでしたかな」

「なんだ、見忘れたか。薄情なやつだな。俺だ俺だ。裏小手《うらこて》の安田《やすだ》だ」

勇太郎はじっくりと相手の顔を見た。なるほど、その目鼻立ちに覚えがあった。

「ああ、安田か！」

言われてみると、男はまさに、岩坂《いわさか》道場で彼の朋輩《ほうばい》だった安田謙四郎《けんしろう》に相違なかった。

入門は謙四郎のほうが遅かったため、岩坂三之助《さんのすけ》のもとでともに学んだのはほんの半年ほどだったが、あまりやる気がなく箸にも棒にもかからぬ腕の勇太郎に比べて、謙四郎は動きが俊敏で、とくに飛び込み裏小手という技に秀でていた。当時は三本立ち合っても勇太郎は一本も取れなかった。師も彼に目をかけていたと思うのだが、ある日を境に突然、道場に現れなくなった。そのわけはだれも知らなかったし、岩坂三之助もとくに詮索しようとはしなかったようだ。ときを同じくして勇太郎も怠け癖が出て、彼同様、岩坂道場に行くのをやめてしまったため、その後のことはなにも知らない。

「二年ぶり、いや、もっとか。懐かしいなあ」

「そうだな」

「見たところ、おまえは町奉行所の同心か。——親父さんはどうしている」

「あのあとすぐに亡くなり、俺が跡目を継いだ」

「それは知らなかった。お悔み申す」

謙四郎は頭を下げた。

「少々早すぎたが……もう過ぎたことだ」

「それにしても、おまえはなにも変わらぬな。あのころのままだ」

川風がぷうと吹いた。

「おまえも、と言いたいが……」

勇太郎は謙四郎をもう一度上から下まで眺め、

「変わったな」

「少し肥《こ》えた」

それも、嫌な太り方だ。随分と太った」顎の下や頬がたるんでいる。

「江戸の飯が美味《うま》くてな」

「それにしても肥え過ぎだぞ。剣術はどうしている」

「赤坂の樋口《ひぐち》道場の免許をいただいた」

勇太郎は驚いた。樋口道場といえば江戸でも名だたる馬庭念流《まにわねんりゆう》道場だ。そこの免許皆伝とはよほどの腕前だろう。

「凄《すご》いではないか」

「たいしたことはない。――おまえのほうはどうだ。相変わらずやってるのか」

謙四郎は竹刀《しない》を振る仕草をした。

「おまえが来なくなってからしばらくして俺も足が遠のいた。いくら稽古しても上手《うま》くならないので嫌気が差したのだ。近頃は、奉行所の勤めの関わりもあってまた、たびたび先生のお世話になっているが……。そんなことより、おまえはなぜ当地にいるのだ」

謙四郎の父、安田資成《もとなり》は五万石の大名で幕閣である。かつては若年寄、京都所司代、大坂城代などを歴任し、今は老中にまで上りつめたと聞いている。次男である謙四郎が岩坂道場に通っていたのも、大坂城代を務めていたころである。

「親父が国入りをするのでな、供としてついてきた」

「国入り？」

大名は、武家諸法度《ぶけしょはっと》によって一年ごとの参勤交代を行うことが定められているが、老中などの幕閣に任ぜられたものはその限りではない。つねに千代田城《ちよだじょう》に詰めておらねばならぬため、役に就いているあいだはおのれの領国に戻ることはできない。老中にまで出世しようという幕閣の多くは、たとえば奏者番《そうしゃばん》、側用人《そばようにん》、若年寄、寺社奉行、大坂町奉行、長崎奉行、京都所司代、そして老中……と数々の職を歴任するため、滅多に国許《くにもと》に帰れない。「お国入り」は生涯に一、二度、いや、終生一度も領地に帰らなかったというものもいた。公儀の芯柱《しんばしら》である老中が千代田城を留守にするわけにはいかぬのだ。

それが、急な国入りとはどういうことだろう……解せぬ顔の勇太郎に、謙四郎はちらと厳兵衛を見た。話しにくいことでもあるのか、と勇太郎は、

「先に帰って母上に、勇太郎は朋友《ほうゆう》に会《お》うてしばらく談じていると伝えてくれ」

御用箱を担いで厳兵衛が行ってしまったのを見届けた謙四郎は声を低めて、

「国入りというのは口実でな、じつは京に用があるのだ」

「ご老中が京に？　なにごとだ」

「それは言えぬ。なんだかややこしそうな案件だ」

老中がわざわざ京まで出向くなど前代未聞のことではないか。

「ならばおまえも京におらねばなるまい。なにゆえ大坂にいる」

「俺には俺の用がここにあるのだ。まあ、天下国家のことは俺はどうでもよい。うちの親父はな、政《まつりごと》と食い物にしか興を感じぬらしい。毎日毎日、どこそこの鰻《うなぎ》、どこそこの鯛《たい》、どこそこのカツオ、どこそこの干物……と目の色を変えて食べ漁っておる。あんな食道楽は見たことがない。面倒くさい御仁だよ、まったく」

勇太郎は、そういう「面倒くさい御仁」をもうひとり知っている、と思ったが口には出さなかった。

「なあ、村越、ここで立ち話もなんだ。近くで一杯、いかぬか。話したいことがあるのだ」

勇太郎は考えた。今日は勤めも終わり、あとは屋敷に戻るだけだ。あの天ぷら一件からこちら、たいしたことは起きていない。強いて挙げれば、花形《はながた》の小六《ころく》というチボ(掏《す》摸《り》)が出没して懐中物を掏《す》り取っているぐらいだろう。おそろしく指先が器用な男のようで、掏られたものはほとんどがそれに気づかぬほどだ。京大坂を稼ぎ場所にしているらしく、京都町奉行も手を焼いているらしい。今日も一日、その件で走り回ったが、尻《しっ》尾《ぽ》はつかめない。と言って、だれかが傷つけられたとか殺されたとかいうわけでもなく、奉行所中にゆとりがあった。それに明日は非番である。謙四郎とはそれほど深く交わっていたわけではないが、たしかに久しぶりだ。少しぐらいなら付き合ってもいいだろう。

「すぐそこに馴染《なじ》みの一膳飯屋がある。酒も飲ませる。そこでどうだ」

勇太郎が言うと、謙四郎はかぶりを振り、

「一膳飯屋か。も少し上等の店にしてくれ。煮しめや湯豆腐のような貧乏くさい肴《さかな》では飲めぬ」

「口が奢《おご》ったな。安い店は嫌か」

「そうではないが……ひとに話を聞かれたくないのだ。升屋町《ますやまち》に『染川《そめかわ》』という見知りの料理屋がある。俺が言えば奥の座敷を空けてくれる。そこに行こう」

染川といえば、船場などの大家《たいけ》の旦那衆が通う店だ。同心風情《ふぜい》には敷居が高すぎる。勇太郎の顔が曇ったのを謙四郎は見逃さず、

「案ずるな。金ならある」

そう言ってふところを叩《たた》いた。ちゃり、と小判の擦《こす》れ合う音がした。

◇

案に相違して、謙四郎はなかなか用件を切り出さなかった。いくら勇太郎が、話とはなんだ、と問うても、

「ややこしいことはあとだ。せっかく二年ぶりに会うたのだから、まずは飲め。ここの

酒は池田の上酒《じょうしゅ》だ。なかなかいけるぞ」

しばらくすると山海の珍味が運ばれてきた。よほどの板場がいるとみえ、刺身も煮物も焼き物も吸い物も、どれも見事だった。勇太郎は、その料理の美味さを味わうより、

(この支払いは目の玉が飛び出るほどだぞ……)

という思いが先に立って、味もよくわからなかった。しかし、謙四郎はほとんど箸を動かそうとせず、がぶがぶと飲んでばかりいる。

そこそこ飲み食いして、膳のうえがだいたい片付いたころ、

「そろそろ話というのを……」

「今日は俺が、無理を言っておまえに来てもらったのだ。もう少し飲め。でないと申し訳がない」

「そんな気を使わずともよいのだ。早く話せ」

「いやあ……つらい。もう一杯飲め。俺も飲む」

謙四郎は手を叩き、女中を呼んだ。

「銚子《ちょうし》ではなくチロリごと持ってまいれ。それと、猪口《ちょこ》ではまだるい。湯呑《ゆの》みをふたつだ」

謙四郎は湯呑みに注《つ》いだ酒を、まるで水のように干した。

「そんなに飲んでよいのか」

「よいのだ。俺はうれしい。おまえという友にこうしてまた会えたのだからな」

友というほどの間柄でもなかったと思うが、勇太郎は調子を合わせた。

「そうだな。俺もうれしい。――だが、この店はいかく高そうだな。半分……は無理だが、俺にもいくらか持たせてくれ」

「なに？」

謙四郎は酔眼を勇太郎に向け、

「貧乏同心が生意気なことを言うな。俺の親父は天下の老中だぞ。払いのことは任せておけ」

「それはそうかもしれぬが……ならば、話をしろ。酔いつぶれて寝てしまってはなににもならん」

「そ、そうだな」

謙四郎は湯呑みを膳に置くと、

「打ち明け話だ。笑うなよ」

「笑わぬ」

「笑ったら斬るぞ」

「物騒だな。――よかろう。俺が笑ったら斬ってもいい」

謙四郎は咳払《せきばら》いをして、右手で顔をつるりと撫《な》でると、

「惚《ほ》れた女子《おなご》がいるのだ」

勇太郎は噴き出しそうになったが、斬られてはたまらない。かろうじて顔を整え、

「ほう……」

「その女を嫁にしたい」

「うむ。向こうはおまえのことを好いているのか」

「いや……それはない」

「ならば、思い切って気持ちを伝えろ。万事はそこからだ」

「それはできぬ」

「なぜ」

「断られたら、と思うと勇気が出ぬ」

あとで思えば、勇太郎もかなり酔っていたのだろう。からからと笑うと、

「なにを言う。それこそ、天下のご老中のせがれではないか。そんな玉の輿《こし》、だれが断る」

この勇太郎の言葉を、母のすゑや妹のきぬが聞いたら腹を抱えて笑うだろう。女子相手にはまるでいくじのない勇太郎なのだが、いかにも色恋に慣れた風に言った。

「おまえも武士だろう。断られたら腹を切るぐらいの意気込みで申し入れてみろ。女というものは押しの一手に弱い。押せ押せ、とことんまで押すのだ。一押し、二押し、三

に押しだ。その気持ちが伝われば、なんとかなる。はじめから逃げ腰でどうする。剣術も色恋も、腰が引けていては負けるに決まっている」

「な、なるほど」

「もし、向こうがおまえのことを嫌いだとしても、それをむりやりに振り向かせるぐらいの気合いで『嫁に来てくれ』と言い続ければ、そのうち相手の気持ちも変わる。当たって砕けろだ」

「そうだな、おまえの言うとおりだ。俺のほうから申し入れねばなにもはじまらぬ。よし……やるぞ。かならずあの女を俺のものにしてやる」

「その意気だ。おまえは背も高いし、剣術も免許の腕だ。そのうえ親はご老中……もっとおのれを信じろ。きっとうまくいく」

「わかった。やってみる。——おまえに会えてよかった。まあ、飲め。飲んでくれ」

「うむ、飲むぞ。今日はおまえのおごりだ。浴びるほど飲んでやる」

勇太郎は湯呑みに酒をあふれるほど注いだ。

◇

夜半。大坂西町奉行大邉久右衛門は、昼間の疲れでぐっすりと眠りこけていた。布団のうえに熊のような巨体を横たえ、牛のような鼾《いびき》をかいている。驚いたことに、鼾で部屋が揺れている。例えではなく、久右衛門がごわーっ、ごわーっと鼾をかくたびに襖《ふすま》や障子がびりびりと鳴り、柱もかたかたと小刻みに震えているのだ。

昼間の疲れというと聞こえはいいが、役目で疲れたわけではない。早朝から、徳井《とくい》町《ちょう》の種物問屋《たねものといや》「蓬萊屋《ほうらいや》」の主《あるじ》仙右衛門《せんえもん》の誘いで、藤川《ふじかわ》部屋に相撲《すもう》の稽古を見物に行っていたのだ。藤川部屋は大坂相撲で関脇を張った岩窟《がんくつ》が頭取を務める小さな部屋で、部屋頭《がしら》の岩々《がんがん》をはじめ、総勢七人ほどの力士を抱えていた。蓬萊屋はそこの贔屓《ひい》衆《きしゅう》なのである。

「今月はうちが月番だというのに、呑気《のんき》に相撲見物とは良いご身分ですな」

用人の佐々木喜内が嫌味を言ったが、久右衛門は涼しい顔で、

「相撲見物ではない。相撲の稽古を見物するのじゃ。よいか、喜内。町奉行というのは下情に通じておらねばならぬ。相撲はわが国伝来の力技。奉行としては、稽古風景を一度は検分しておくべきであろう」

「一度？　先日も先々日もお出でになられました」

「そうであったかのう」

「戻ってこられたときは、毎度えらいお疲れのご様子で、溜《た》まったお仕事もなされず、昼まで寝てしまう。――なにがあるのです」

「なに、とは……？」

「御前が、ただぼんやりと相撲の稽古を見物するだけで喜んでいるはずがございませぬ。なにか『お楽しみ』がなければ、かかる早朝におでましにはなられますまい」

「たわけたことを……。わしはこの体つきじゃ。幼きころより大の相撲好きでな、草相撲では大関を張っておった。ゆくゆくは本職になりたいと近所の悪童どもと稽古を積んだが、親父に叱責されて思いとどまった。今でも相撲への思いは強いのじゃ」

　喜内は久右衛門をじろりと見つめ、

「ほほう。ご幼少のみぎり、御前がお得意だった技はなんでございましたか」

「わ、技……？　まあ、その……いろいろあった」

「ではありましょうが、一番のお得意は？」

「えーと、あれじゃ。赤だし」

「それも言うなら押し出しでしょう。御前は、図体《ずうたい》だけは大きゅうござるが、剣術も相撲も柔《やわら》も弓も馬も、身体《からだ》を使う鍛錬ごとはからきしでございますからな」

「言うな。――ここだけの話だが、朝稽古のあとにカシワ、豆腐、ネギ、揚げなどを使った寄せ鍋が出るのじゃ。これが美味《うも》うてな。酒も出る。わしもそれを相伴《しょうばん》する」

「朝から酒ですか」

「せっかくの客への振る舞いゆえ、しかたなくじゃ。相撲取りは身体を作らねばならぬゆえ、もう食えぬというぐらいたらふく食べる。わしも腹がはちきれんばかりにひたすら食べる」

「御前は身体を作らずともよいでしょう」

久右衛門は耳を貸さず、

「相撲取りも、素人《しろうと》に負けては恥とばかりに争って食う。わしも食う。食う食う食う、そして、飲む。しまいには相撲取りが倒れてしまう。はばかりながらこの大邉久右衛門釜祐、相撲取りとの食べ比べで一度たりとも負けたことはないぞ」

「奉行職が自慢する事柄でしょうか」

「帰宅したら、満腹のあまりお勤めなどとてもできぬ。昼飯まで寝てしまう。——とまあ、こういうわけじゃ」

「せめて非番の月になされませ。それに、本日は御用日でございますぞ」

奉行所での裁きは毎日行われるわけではない。毎月、二日、五日、七日、十三日、十八日、二十一日、二十五日、二十七日の八度だけ開かれる。これを「御用日」といい、町奉行をはじめ、公事《くじ》を受け持つ与力《よりき》・同心たちにとっては目のくらむような忙しい日……のはずだ。

「わが配下は皆優れ秀でたるものたちばかりじゃ。わしがおらずとも御用日ごとき捌《さば》けよう。いや、そうでなくてはならぬ」

もっともらしいことを言うと、久右衛門はあわただしく奉行所を出て行った。

そして……この遠雷のような鼾である。昼過ぎに戻ってきて、昼飯を掻《か》きこみ（さすがにいつもより箸は進まなかったが、それでも丼飯《どんぶりめし》五杯は食べた）、そのまま寝てしまった。「御用日」もクソもなく、夕飯を食するために半刻《はんとき》ほど起きただけで、すぐにまた布団に潜り込み、今の今まで熟寝《うまい》を重ねたのだ。遠目にはまるで部屋のなかに「山」があるように見える。その山は、今にも噴火しそうに上下に動きながら、地鳴りを響かせている。

カシュッ！

そんな音とともに障子が破け、なにかが寝所に飛び込んできた。外から……おそらくは庭からだろうと思われた。それは久右衛門の顔面をかすめて、近くにあった貼り交ぜ屏風《びょうぶ》に突き刺さった。矢、である。刺さるときに、かなり大きな音を発したのだが、久右衛門は起きようとしない。

しばらくはなにもなかった。久右衛門は盛大に鼾をかいている。ふたたびなにかが寝所に投げ込まれた。さっき開いた穴を見事に通して、久右衛門の顔にぶつかり、畳に転がった。小石だ。しかし、熟睡しきった奉行は目を覚まさない。庭からかすかに舌打ちが聞こえ、今度は小石が三個、立て続けに投げ入れられた。それらは久右衛門の眉間の同じ箇所につぎつぎとぶち当たった。

「うむ……む……」

久右衛門は唸《うな》った。さすがに起きるかと思いきや、

「うむ……もう食えん……」

寝言である。これにイラッと来たか、今度は十数個の石が糸につながれているかのように一続きになって投げ込まれた。久右衛門はくわっと目を開け、

「な、な、なんじゃあっ！」

眉間をさすりながら半身を起こし、周囲を見渡す。有明行燈《ありあけあんどん》の灯《あか》りに照らされて、散らばった小石が見えた。百人一首の貼り交ぜ屏風に目をやると、喜撰法師《きせんほうし》の禿《は》げ頭に矢がちょうど突き刺さっている。闇にまぎれて射るための工夫か、矢柄《やがら》も矢羽根も黒く塗られている。

鏃《やじり》に結び文《ぶみ》が結わいつけられており、久右衛門はそれを外して、行燈の灯りで熟読した。寝起きでだらしなくたるんでいた顔がにわかに引き締まった。文を行燈の火で燃やし、煙草盆《たばこぼん》の火入れに入れる。それがめらめらと焼けていくのを見届けたあと、久右衛門は庭向きの障子を開け放って縁に出ると、暗がりを透かし、

「おるのか」

低い声で言った。

「こちらに控えております」

より低い声が返ってきた。月もなく、そこにあるはずの庭樹や燈籠《とうろう》など一切が溶け込

んだような漆黒のなかの、どのあたりから発せられたものか、久右衛門にはわからなかった。居場所を覚《さと》られぬような声の出し方、ということになる。しかも、男であろう、とは推察できたが、若いのか年寄りなのか、声からは判別できなかった。

「わしが西町奉行大邉久右衛門じゃ」

「手前はシマジと申します」

「妙な名じゃな。——忍びのものか」

「さようでございます」

「矢文《やぶみ》の文面、しかと読んだ。ここに書かれておるのはまことか」

「さようでございます。お信じいただけぬかもしれませぬが……」

「いや、信じる」

久右衛門はあっさりと言った。

「なんの証左も示さずに、お信じになられますので」

「書き判はたしかめた。あとは……勘じゃ。わしの勘が、この文はまこと、あのお方の手によるものと言うておる」

闇からの声に、呆《あき》れたような、感嘆したような調子が混じった。

「それは……恐れ入ります。ここを超えるのが難しいかと思うておりました」

「わしはこの歳《とし》まで勘だけを頼りにして生きてきた。これからもそうする。——で、わしにどうせよと言うのじゃ」

「今から、京に上っていただきます」

「わし一人《いちにん》でか」

「さようでございます」

「だれぞにことの次第を話しておいてもよいか」

「どなたにもお告げにならぬようお願いいたします。ことがことだけに、密やかに行わねばなりませぬ」

「用人にもか。わしは腐っても町奉行じゃ。それがだれにもなにも言わずに姿を消したら大騒ぎになるぞ」

「天下の大事にございますれば、ご寛恕《かんじょ》をお願いいたします」

「ふむ……」

久右衛門は、毛の生えた太い指で顎を撫でると、

「天下の一大事が続くのう……」

と小声で言った。

「なにかおっしゃいましたか」

「なんでもない。置き手紙ぐらいはよかろう」

「行く場所といきさつをお書きにならなければ……」

「うむ。暫時《ざんじ》待てい」

久右衛門は文箱《ふばこ》から紙を取り出し、なにやら書き付けると、それを布団のうえに置き、浴衣《ゆかた》を脱いで、衣紋《えもん》掛けに掛けてあった着物を着、両刀をたばさんだ。

「それにしても、こちらの都合もきかず、だれにも言うな、供も連れるな、ただ、京に来い……とは随分と虫のいい話ではないか」

「まことに申し訳ありません。われらにはもはや、御前よりほか頼るお方がおらぬのです」

「まあ、あのお方の頼みならばやむをえぬわい。――では、参ろうぞ」

久右衛門は庭にあった雪駄《せった》を突っかけると、悠々たる足取りで暗闇のなかに飲み込まれていった。

◇

翌日、勇太郎はたいへんな二日酔いだった。いつ店を出たのか、どうやって屋敷まで帰ったのかまるで覚えていない。飲み出したのが早く、七つ半（午後五時）ごろだったから、五つ半（午後九時）ぐらいにはお開きになったと思うが……。

（まあ、いい。今日は非番だ。一日寝ておればそのうち治るだろう……）

ちゅんちゅんという雀《すずめ》の声をうるさく思いながら、台所にある水瓶《みずがめ》から柄杓《ひしやく》のまま水

を二杯飲み、ふたたび布団に戻ろうとしたとき、

「あの……ごめんくださいまし」

若い女性の声がした。母親のすゑが出迎えている。

「まああ、小糸《こいと》さん……こんな朝早くどうなさいました」

小糸……？　勇太郎は耳をそばだてた。小糸は、勇太郎の剣術の師、岩坂三之助のひとり娘である。岩坂は肝の臓の腫れ物のせいで枯れ木のように痩せ、一時は門人に稽古もつけられず、道場にも閑古鳥が鳴くありさまだったが、勇太郎の叔父である医師赤壁《あかかべ》傘庵《さんあん》の治療と養生が効いたらしく、今では門人の数は旧に復している。それには、父に代わって稽古をつける小糸の人気もかなり寄与している、と勇太郎は踏んでいた。

（それにしてもこんな早朝からどうして小糸殿が……まさか岩坂先生のお加減が悪いとか……。いや、そんなはずはない。先日、道でお会いしたときは壮健そうだった。もしかすると先生が、勇太郎は近頃またさぼっているな、今日は非番のはずだからすぐに稽古に来させなさい、とおっしゃっておいでなのでは……）

割れるような頭で考えていると、

「勇太郎さまはおいでございましょうか」

いつも凛《りん》とした小糸に似合わず、その声は消え入りそうに力がない。

「おりますが……まだ寝ております。起こしてきますね」

「あ、でも、それは……」

言いかけたが、

「お願いします」

これも小糸には似合わぬ。寝ているものを無理に起こさせるというような不作法は働かぬ娘なのだ。

「勇太郎……勇太郎！」

すゑが勇太郎の布団をめくった。

「小糸さんがお越しですよ。なにかあなたにお話があるようです」

「母上が代わりに聞いていただけませんか」

「なにを馬鹿な。小糸さんはあなたを訪ねてこられたのですよ」

「ですが母上……二日酔いで……それもこのような恰好《かっこう》で……」

すゑの目が吊《つ》り上がった。

「若い女子がこんな早朝に来るなんて、よほど思いつめたことがあるに決まってます。それをあなたというひとは、恰好を気にして母に代わりに聞かせるなんて、この……この大馬鹿息子！　とっとと顔を洗ってらっしゃい！」

すゑに怒鳴りつけられ、勇太郎は跳ね起きた。あわてて勝手口から井戸端に行き、顔を洗って、うがいをすると、衣服を着替え、

「長らくお待たせしました。――なにごとですか」

そう言って小糸のまえに立った。小糸は悄然《しょうぜん》として、うつむいたままなにも応えない。

「とりあえずお上がりください」

「いえ……ここで……」

勇太郎が手を取らんばかりに勧めても、小糸はどうしても上がろうとしない。その場に立ったまま、暗い顔でため息をついている。しかたなく勇太郎も、無言で小糸の顔を見つめている。すゑもきぬも厳兵衛も、奥の間にこもったまま出てこない。

しばらくして重苦しさに耐えられなくなった勇太郎が、

「なにかお困りごとですか」

「…………」

「俺にできることがあれば、なんなりと言ってください。力になれるかもしれません。いや……かならずなりますから」

「縁談があるのです」

「――え？」

勇太郎は絶句した。

「急な話ですが、持ってこられたのが、南勘四郎町《みなみかんしろうまち》で道場を開いておいでの榊精作《さかきせいさく》さまという父の兄弟子で、大恩人でもあるおかたでしたので、お断りするわけには参りませんでした。明後日、榊さまのお屋敷にてそのお相手とお会いするのです」

「そ、そうですか……」

そう応えるのがやっとだった。

「父には、お会いするまえに断ってほしいと幾度も申したのですが、会うだけ会うてみよ、それから断ってもかまわぬと、私の願いを聞いてくれません。会わずに断るというのは、父の恩人の顔を潰すことになるというのです。でも私は、お会いしたらこの話が進んでしまうのではないかと、それが怖いのです」

「お相手は、小糸殿もご存知のかたですか」

「はい……以前は父のもとに稽古に通っておられましたから。勇太郎さまも覚えておられると思います」

悪い予感がした。

「それは、もしかしたら安田……」

「そうです。安田謙四郎さまです」

天地がひっくり返るような驚きだった。あいつ……あの野郎……。

「昨夜遅く四つ（十時）ごろでございましたか、もう私も父も就寝しておりましたが、榊さまご本人が突然お越しになり、父となにやら長話をしてお帰りになりました。そのあと、私は父に呼ばれ、縁談のことを告げられたのです。向こうは、岩坂家に養子に入ることも承知だとのことでした。私は朝までまんじりともできず、夜が明けるや、すぐにこちらに駆けつけました。お眠りのところを起こして申し訳ありませんでした」

「あ、いや、それは……」

自業自得、という言葉が頭に浮かんだ。彼が、謙四郎を焚《た》きつけてしまったのだ。まさか相手が、小糸だとは思ってもいなかった。

「勇太郎さまはどう思われますか」

「お、俺ですか」

答えようのない問いだった。おめでとうございます、とも言えないし、そんな縁談は蹴ってしまえ、とも言えぬ。無言で下を向く勇太郎に、小糸は、

「なにかおっしゃってくださいませんか」

そう言われて、勇太郎はようやく絞り出すようにして、

「謙四郎の父は老中です」

「だから……？」

「いえ……それだけです」

おのれは貧乏同心である。これからいくら手柄を立てようと、同心であることに変わりはない。出世のしようがないのだ。おそらく生涯貧乏だろうし、彼の子もそのまた子

も同じく貧乏だろう。それに比べると、次男とはいえ、親が老中であり大名である男と一緒になるなど、夢想だにできぬほどの境涯である。父である岩坂三之助に対しても、このうえない親孝行ではないか。裕福な暮らしが送れるだろうし、道場の跡取りもできるのだから。

「そんな……」

小糸の目からはらはらと涙が落ちた。ふたりはしばらく一言も発しなかった。

やがて、勇太郎が言った。

「先生は、この縁談を喜んでおられるのでしょうか。かつては弟子だった謙四郎の人物はよくご存知のはず」

「それが……」

小糸は懐紙で涙を拭きながら、

「よくわからないのです。父も、昨夜から不機嫌に黙り込んだままです」

「跡継ぎができるというのに、ですか」

小糸は、はっとしたように顔を上げ、

「私はひとり娘です。謙四郎さまはご次男ですから、岩坂の家に入り、道場主になっていただかねばなりません。でも、謙四郎さまがもし、それにふさわしい腕前ではないとしたら……」

勇太郎はかぶりを振り、

「江戸赤坂の樋口道場で修行し、免許皆伝だそうです」

小糸はがっくりと肩を落とした。

「私は……どうしたらいいのでしょう」

そう言ったあと、小糸はなにかを待っているように彼の顔を見つめたが、勇太郎には掛ける言葉は見つからなかった。その対面の場に乗り込んで、顔合わせの席をめちゃくちゃにしてやりたいという思いがこみ上げてきたが、岩坂先生への不義となる。なによりも、小糸の幸せを考えると、ここは我慢するしかないのではないか……。

「勇太郎さま……私は……」

小糸が思い余ってなにかを言いかけたとき、

「えらいこっちゃたっせえ！」

けたたましい声を上げながら、だれかが駆け込んできた。いつもの千三ではない。奉行所の下働きをしている為助《ためすけ》という若者だ。

「どうした、為助。俺は今日、非番だぞ」

「非番やろがなんやろが、すぐに来とくなはれ。西町奉行所はじまって以来の一大事が出来《しゅったい》しましたんや」

「大げさな。なにが起きたというのだ」

「お奉行さまが……かどわかされましたんや！」

さすがに勇太郎も顔色を変えた。

「わかった、すぐ行く」

「頼みましたで。わては与力町と同心町を回って、非番の方を呼び出しとりますねん」

勇太郎は刀を受け取ると、歩き出そうとしたが、足を止め、小糸を振り向いて、

「小糸殿……」

「わかっております。お役目が大事。私のことなどお気になさらず、どうぞ早《はよ》うおいでください」

「………」

「お奉行さまのご無事をお祈りしております」

そう言って頭を下げる小糸に、勇太郎はもう一言言葉をかけたかったが、その思いを振り切るようにして、

「では……御免」

前を向いて走り出した。

◇

天満《てんま》の八軒家《はちけんや》は、早朝からたいへんな賑《にぎ》わいをみせていた。今から京へ向かうもの、

夜船で京から着いたもの、野崎《のざき》参りや金毘羅《こんぴら》参りに向かうもの、出迎えの衆、積荷を下ろす人足たち、客引きたち、馬子《まご》たち……がたがいに押し合いへし合いしながら忙しく行き交っている。

船着き場まえにある船宿の一階の床几《しょうぎ》に、宗十郎《そうじゅうろう》頭巾《ずきん》で顔を隠した堂々たる恰幅《かっぷく》の武家と、その従者とおぼしき中間《ちゅうげん》風の若者が腰かけていた。背が低く、口先がカラスのように尖《とが》ったその若者は、油断なくあたりに目を配っているが、武家は茶を啜《すす》り、にこにこ顔で串団子を頬張っている。すでに五皿目だ。

「うむ、なかなかいける。シマジ、おまえも食わぬか」

「手前はけっこうです」

「そうか、ならば……」

頭巾の武家――大邉久右衛門は手を叩いて女中を呼び、

「あと二皿、いや、三皿くれい」

呆れ顔の女中が行ってしまってから、シマジは小声で、

「目立つような振る舞いはできるだけお控えください」

「目立つ？　わしのどこが目立つ」

「まず、お身体が大きゅうございますゆえ、人目につきやすうございます。それに、船宿で串団子を八皿も召し上がるというのは……」

「無理を申すな。身体は急には縮まぬ。また、八皿ぐらいは、わしにとって当たり前のことじゃ」

「でもございましょうが……」

シマジが困り顔でそう言ったとき、

「出ーしますぞー！」

川のうえから船頭たちの大声が聞こえてきた。船待《ふな》ちをしていた客たちが一斉に立ち上がって船賃を支払い、上りの三十石に乗り込むため、浜へ向かった。シマジもあわてて立ち上がろうとしたが、

「急《せ》くな。まだ、三皿が来ておらぬ」

「ですが、船が出る、と……」

「案ずるな。船頭はたいてい、随分と早うから声をかけるものじゃ。まだまだ船は出ぬ」

ようやく団子が届き、やきもきするシマジをよそに、悠々とそれを食べ終わると、茶をもう一杯飲み、女中に茶代と心づけを渡すとやっと立ち上がった。ホッとした顔つきになったシマジが、浜通りから川へと続く石段を降りようとしたとき、久右衛門が言った。

「しまった」

若者が顔をしかめ、

「まだ、なにか……？」

「わしとしたことが、寿司《すし》と酒を買うのを忘れておったわい。——シマジ、川向うに青《あお》丸《まる》屋と申す寿司屋がある。その方、ひとっ走りしてそこで鯖《さば》の押し寿司を購《あがの》うてまいれ。あと、酒を一升じゃ」

シマジは泣きそうになり、

「御前……それればかりはお許しを。船に乗りそこなったら困ります」

「つぎの船を待てばよかろう」

「一刻を争うことでございます。なにとぞ……なにとぞお聞き分けくださいませ」

「ならぬ。どうしても寿司は入り用じゃ」

「京に着きましたならば、いくらでも買うてまいりますゆえ、今は堪《こ》らえてくださいませ」

久右衛門はシマジの胸ぐらを摑《つか》まんばかりに迫り、

「よいか、シマジ。その方は三十石の船中にて食する寿司の美味さを存ぜぬようじゃな。川風に吹かれながら、押しの効いた鯖寿司を食し、冷や酒をあおり、岸の景色を眺める。これこそ至福のとき。余人は知らず、わしにとっては三十石といえば寿司じゃ。寿司がないなら、船には乗らぬぞ」

久右衛門はもともと大坂生まれ大坂育ちで、三十歳を超えてから江戸に養子に行ったあとも、大坂船手《ふなて》奉行、奈良奉行、堺奉行などを務めており、小普請組《こぶしんぐみ》として無聊《ぶりょう》をかこっていたころもたびたび大坂に来ていたから、淀川《よどがわ》を往来する三十石には乗り慣れているのだ。

「買って乗らなくても、じきにくらわんか舟が売りにまいります」

くらわんか舟というのは、枚方《ひらかた》のあたりで三十石に漕《こ》ぎ寄せ、乗り合い衆に茶や寿司、煮しめ、お菓子、餅、ごぼう汁、飯などを売りつける小舟のことだ。茶船もしくは煮売船というのが本来だが、

「酒食らわんかい、飯食らわんかい、さあさあ皆起きくされ」

と口汚く怒鳴りながら商いをするので、俗に「くらわんか舟」と呼ばれる。

「たわけめ。あの連中の携えておる食い物に碌《ろく》なものはない。わしも旅の中途で腹が減り、幾度となく食うてみたが、不味《まず》いばかりじゃ。あのようなものは腹の塞ぎになるだけで、美味いとはとうてい言えぬわ。——さあ、疾《と》く買うてまいれ。青丸屋の鯖の押し寿司だぞ、間違えてはならぬぞ」

そのとき、

「船が出るぞー」

「出そ出そ、出ーしますぞー」

「早よ来い、早よ来い、早よ来いよー」

またしても船頭たちが濁声《だみごえ》を張り上げた。シマジはその場にがばと両手を突き、頭を石段にこすりつけて、

「御前、お願いいたします。手前を助けると思《おぼ》し召して、どうかこのまま船にお乗りくださいませ！」

悲痛な声音《こわね》に久右衛門もうなずき、

「わかった。おまえの顔を立てて、ここはおとなしく乗ってつかわす。そのかわり、京に着いたらいくらでも買うてくると約したのを忘れるなよ。早う顔を上げよ。わしがおまえをいじめているように思われるではないか」

ふたりは歩み板を踏んで三十石に乗り込んだ。久右衛門は雪駄を、シマジは草鞋《わらじ》を脱ぎ、油紙に包んで荷のなかに仕舞い込む。余分の銭を案内役の船頭に払い、船縁《ふなべり》の景色のよいところにふたりで四人前の場をもらってゆっくりと旅をする……と言いたいが、久右衛門が肥え太っているため、四人分でもあまり広くはない。まず、シマジが手ぬぐいで塵《ちり》を払い、久右衛門がそこに座ろうとしたとき、

「ごめんなはれや」

手ぬぐいで頰かむりをした町人が、早足で舳先《へさき》のほうからやってきて、彼らの脇をすり抜けようとしたが、船が傾《かし》いだのか、久右衛門のほうによろけてきた。避けようとし

たが避けきれず、男の右肩が久右衛門の右胸に軽くぶつかった。

「す、すんまへん、お武家さま。とんだ粗相をいたしまして……」

へこへこ頭を下げながら行き過ぎようとしたのを、シマジが腕を伸ばして男のたもとを摑んだ。

「なにすんのや」

「今掏ったものを出せ」

「なななななんのこっちゃろ」

「白《しら》を切るな。出せば許してやる」

シマジはそう言いながら、もう片方の手で男の頰かむりをはぎとった。まだ二十二、三だろうか。おどおどした様子とは裏腹に、両目の眼光は鋭い。顎が長く、苦み走った男前だが、右頰に花のような形の痣《あざ》がある。

「手荒いことするな、ボケ」

「急ぎの旅だ。奉行所に突き出すのは堪忍してやる。さあ、早く寄越せ。でないと、川の水をたっぷり飲むことになるぞ」

久右衛門がきょとんとして、

「このものがなにをしたのじゃ」

「お気づきではありませんか。御前のふところを狙ったのです」

「なに？　こやつはチボか」

久右衛門はあわてて懐中を探った。

「な、ない。財布がないぞ」

男は舌打ちをして、

「今ごろ気づいたんかい。侍ゆうても呑気なもんやな。――ほれ、返したる」

そう言いざま、たもとからなにかを取り出し、ぽーん……と帆柱のあたりに放った。

シマジが思わずそちらに目をやったとき、男は摑まれていた手を振り切って、

「へっへー、さいならー」

そう叫んだかと思うと、船から浜へと飛び降り、あっという間に姿を消した。

久右衛門は帆柱のところまで行き、男が放ったものを拾い上げたが、

「ちがう。わしの財布ではない」

シマジは蒼白《そうはく》になり、

「申し訳ありません。手前の不調法のせいで御前に迷惑を……」

「よいよい。中身は一両二分ほどじゃ」

シマジは、町奉行の財布の中身があまりに少ないことに呆れながらも、

「そ、それはよろしゅうございました」

「あやつ、よほど腕の良いチボとみえるな。まるで気が付かなんだ」

「手前は気づきましたが……たしかに腕はよさそうです。指先が柔らかく、指が一本ずつばらばらに動いておりました。よほどの修業を積んだものと思われます」

「ふむ……名のある悪党かもしれぬ。惜しいことをしたわい」

「ただいまは忍びの旅の途上。また捕える折もあろうかと……」

そのとき、久右衛門が手にしていた胴巻きを見つけて、ひとりの男が駆け寄ってきた。

「そそそ、そいつぁ、あっ、あっ、あっしの胴巻きでやす」

刷毛先《はけさき》をちょっと斜めにし、髭《ひげ》を青々と剃《そ》り上げた木綿の小ざっぱりした袷《あわせ》ものに小《こ》倉《くら》帯を締めている。合羽《かっぱ》を着、手っ甲脚絆《きゃはん》、道中差しを一本ぶち込んだ旅の渡世人という風体《ふうてい》で、歳のころは三十手前だろう。左目が悪いのか、眼帯をしている。

「おまえのものか。さっきのチボが放り出しよった。なかをあらためるがよい」

そう言って久右衛門が手渡すと、眼帯の男はそれを押しいただいて、

「ひええ、旦那が取り戻してくれたんでやすか。こいつはありがてえ。大事なものだから、腹巻きにしっかり入れといたはずなのに、気がついたときはもうなくなってた。どこのどいつが掏りゃあがったのかと鵜《う》の目鷹《たか》の目で探してたんでやすが……旦那のおかげで親分に叱られずにすみやした。恩に着ますぜ」

「おい、心安立《こころやすだ》てに話しかけるな。このお方はな……」

シマジが前に出ようとするのを制して、

「よいよい。――ずっしりと重かったが、かなり入っておるようじゃな。あのチボは、大損したわけじゃ。道中、この先もチボやら胡麻《ごま》の蠅《はえ》やらがたかってまいるゆえ、気をつけるがよいぞ」

武家のほうが金を持っていると思い、久右衛門に財布を返すと見せかけて、そのまえに掏り取っていた町人の胴巻きを投げ出したのだろう。

「へえ……お心遣い、恐れ入りやす。これはあっしの銭じゃあねえんでやす。京の伏見《ふしみ》のお稲荷《いなり》さまにお納めするために、うちの親分から預かった、命より大切な奉納金なんでござんす。もしなくした、なんてことになったら、あっしは申し訳に淀の流れに身を投げて、魚の餌にならなきゃすまねえところでござんした。太ったお侍さん、あんたはあっしの命の親だ。ありがてえありがてえ」

男が久右衛門を伏し拝んだとき、船頭のひとりが歩み板を外し、舫《もや》い綱を解いた。樫《かし》の櫂《かい》で岸をぐいとひと突き、船は八軒家を離れて淀の流れに乗った。二丁の櫓《ろ》に四人の船頭が取りつき、赤松のように太い腕で漕ぎはじめる。男は久右衛門を三拝九拝したあと、胴の間に戻っていった。

久右衛門は船縁に肘を突き、大欠伸《おおあくび》をした。シマジが小声で、

「御前、ああいう輩《やから》とは親しくお話しになってはいけません」

「なぜじゃ」

「あれは無宿ものです」

　無宿とは、人別帳に載らないものということで、多くは無頼の徒であった。天明《てんめい》の飢《き》饉《きん》以降、農民が田畑を捨てて逃散《ちょうさん》し無宿ものになることが増えた。町奉行所としては、取り締まるべき相手である。

「わかっておる。だがのう、シマジよ、おまえはひとに上下の差があると思うか」

「――え?」

「この世におぎゃあと生まれたときは皆、裸の赤子《あかご》じゃ。それが時世時節《ときよじせつ》のせいで大名になったり、無宿になったりする。運命《さだめ》には逆らえぬはずじゃが、なかには百姓のせがれが天下を取ったり、一国一城の主が物乞いになったりする例もある。わしがおまえの仕えるお方に力を貸そうとしておるのも、そのお方の位の高きがゆえではない。まことお困りであろうと察したからじゃ」

　シマジはハッとした顔つきになり、無言で頭を下げた。

　源八《げんぱち》の渡しあたりで船は左岸に寄り、舵《かじ》取りと手替わりの船頭が束ねた綱を携えて堤に降りた。そこに三人の人足が待ち構えていて、五人でその綱を川上に向かって引きはじめた。川の流れに逆らって京を目指すには、四人の漕ぎ手の力だけでは足りぬ。二十八人の客と四人の船頭、それに多くの積荷を合わせた重みはかなりのものだ。それゆえ、伏見に至るまでの九カ所で、「引き子」が帆柱に結びつけた引き綱で船を引っ張るのだ。

前屈《まえかが》みでひと足ひと足、力を込めて綱を引く。そんな景色を眺めながら、久右衛門は独り言のように言った。

「せめて酒があればのう……」

するとさっきの眼帯の男が、小さな薦被《こもかぶ》りを抱えてやってきた。

「へっへっへっ……」

「お礼と言っちゃあ失礼でござんすが、旦那、一口いきませんか。そちらのお供のかたもどうぞ」

シマジがなにか言うより先に、満面の笑みを浮かべた久右衛門は、

「それはありがたい。馳走《ちそう》になろうかのう」

「そうこなくちゃ」

男は、船頭から湯呑みを三つ借りると、みずから酒を注ぎ、久右衛門とシマジに手渡した。久右衛門はすぐに口をつけ、

「美味い。なかなかの上酒じゃな」

「へえ、よくは知りませんが伊丹《いたみ》の銘酒だそうで……」

「味の深み、コク、木香《もっこう》、色合いからして……伊丹は昆陽池《こやいけ》の『亀泉《かめいずみ》』であろう」

「へへへ、まさか……」

そう言いながら男は樽《たる》の刻印を見て、目を丸くした。

「当たってる。旦那の舌はすごいねえ。あっしも飲むほうだが、味なんてさっぱりわからねえや」

「どのくらい飲む」

「そうさねえ……酒の滝を浴びるってぐらいでやす」

「よほどの酒豪だのう。わしも飲むぞ。どうだ、京に着いたらわしと飲み比べをせぬか」

「そうしてえのはやまやまですが、大事の金を懐中してるときは酒を飲むなと親分に言われてるもんでね」

久右衛門は目のまえの薦被りを指差し、

「これはよいのか」

「へへへ、こいつはその……水ってえことで」

「伊丹の名水か。これはよい」

久右衛門は大笑いしたあと、シマジに向かって、

「おまえも相伴いたせ」

「いえ、手前は……」

シマジはかぶりを振った。

「酒は苦手か」

「そちらさんと同じく、浴びたいほうですが、今は勤めの最中。なにがあるかわかりませんから」

「そうか。ならば強いては勧めぬ」

久右衛門はすぐに一杯目を飲み干すと、勝手に二杯目を注ぎ、

「言葉からして、おまえは江戸のものだな。親分というのはだれだ」

「三州三河国藤川宿《みかわのくにふじかわ》、火車《ひぐるま》の勘蔵《かんぞう》でござんす。あっしはその一の子分で、判平《はんぺい》てえケチな野郎で。以後、お見知り置きを」

「火車勘蔵といえば、東海道でも指折りの貸元と聞く。その一の子分とはすごいではないか」

判平は頭を掻きながら、

「一、というのは大げさすぎやした」

「では二番目か」

「もうちょっと下でござんす」

「三番目か」

「もすこしだけ下」

「四番か五番か六番か」

「えへへへへ……」

「よもや十番に入っておらぬのではなかろうな」

「その『よもや』ってやつで。――十六番目の子分、足がびっくりするほど速《はえ》えところから二つ名の、韋駄天《いだてん》の判平と発します」

　久右衛門は苦笑して、

「面白いやつじゃな。遠慮のう飲ませてもらうぞ」

「どうぞいくらでもおあがりください……と言いたいが、旦那の飲みっぷりじゃあすぐになくなっちまう。それにしても、チボから胴巻きを取り戻すなんて、旦那はやっとうのほうも達者なんでござんしょうね」

「ふふふ……まあな」

　シマジが久右衛門をにらんだ。取り戻したのはおのれだとでも言いたげだが、久右衛門は気にもとめず、

「判平とやら、うれしいことを申すではないか。おまえも飲め」

「へえ、お流れちょうだいいたしやす」

「ゆるゆると飲みたいが、こう酒が良くてはとまらぬわい。なれど……惜しいな」

「なにがでやす」

「美味い酒には美味い肴が欲しいところだが、やはり押し寿司を購うてくればよかった。

悔やんでも悔やみきれぬわい」

判平の顔が輝いた。

「そいつあ奇遇だ。あっしも今さっき、青丸屋てえところで鯖の押し寿司を買ってきたところでござんすよ。それも、三人前。もともと、乗り合い衆に振る舞おうと思ってやしたんでね……」

そう言って、彼は竹の皮の包みを三つ、久右衛門のまえに出した。

「なに？ 青丸屋とな？」

久右衛門は大声を出し、判平の肩を思い切り叩いた。

「痛っ！」

「でかしたぞ、判平。なに？ これもわしにくれると申すか。よしよし、ありがたくもろうてつかわすぞ。うははははは」

判平がなにも言わぬ先に独り決めして、久右衛門は包みをほどいた。

「これじゃこれじゃ。――シマジ、その方、どう思う」

「――え？」

不意に言われてとまどうシマジに、

「この色合いを見よ。黒と青と銀が重なってきらきらと輝き、なんとも深みのある美しさではないか。そこに波のような模様が幾重にも弧を描いている。いかに優れた絵描きでも描きだせぬ自然の妙趣だ。そうは思わぬか」

「…………」

シマジはこれまで、鯖寿司をそんな風な目で見たことはなかったが、言われてみれば、たしかに美しい。

「この輝きは新しい鯖でなければ出ぬ。つまり、早寿司でなければならぬということよ」

寿司というのは、もともと「なれ寿司」である。魚の腹に米を詰め込み、塩をかけ、上から重石《おもし》をして「馴れ」させたものだ。熟《こな》れることにより、酸っぱさが出てくる。はじめは長いあいだ貯《たくわ》えるためにそうしていたのだが、次第に味だけが求められるようになり、酸っぱくしたいなら酢を混ぜればいいではないか、という考えから「早寿司」が生まれた。なれ寿司だと、短くとも数日、長いものは二、三年もかかるが、早寿司はあっという間にできるわけである。

久右衛門は鯖寿司をひとつ箸でつまみ、しげしげと眺めると、

「この丸みを帯びた形といい、一寸ほどもある分厚い肉といい見事なものじゃ。食うのが惜しいわい」

そう言いながら口に放り込んだ。

「うむ……うむ、美味いのう。鯖には脂がのっておるのに酢のおかげでさわやかな味わ

いじゃ。飯の酢加減も良く、この酢飯だけでも酒が飲める」

久右衛門は、くいくいと酒を飲み、寿司を食う。

「判平、おまえも食うてみよ」

言われて判平は鯖寿司をひとつ口にした。

「へえ、旦那の言うとおりだ。美味いね」

「それだけか」

「へ？」

「どのように美味いか、言うてみよ」

「どのようにって……美味いもんは美味い。それだけでやす」

久右衛門はかぶりを振り、

「情けないやつ。おまえにはこの寿司に使われておる技がわからんのか。それでは職人が泣くぞ。知っておるか？　押し寿司は重石の加減がむずかしいのじゃ」

「うえからぎゅうぎゅう押しゃあいいんじゃねえんですかい」

「たわけめ。押しが足らぬと、魚と飯がばらばらになる。押しすぎると、魚肉が崩れ、飯も潰れてしまう。ところが青丸屋の鯖寿司はいつも、しっかりと押しが効いていて、酢飯と鯖がひとつになっておるうえ、鯖は崩れることなく丸みを帯びておる。この形の美しさが美味さにもつながっておるのだ」

「へえええ、こいつぁ仰天した。旦那はよほどの食道楽だね。たしかに言われてみればそのとおりだ。あっしゃこれまで、なんにも考えずに寿司を食っておりやしたが、今日から改めます」

「食うことでひとは生きておる。生きておるから食う。おのれが食うものについて、どこで採れたものか、どのように料理したものか、興を持ち、あれこれ調べるのは大事なことじゃ」

「旦那はたいしたお方でござんすねえ。あっしはつくづく感心いたしやした」

隣でそのやりとりを聞いているシマジは、うれしげにうなずいている。

「ははは……うれしいことを申すやつじゃ。まあ、飲め飲め」

「ええ、いただきやす」

それほど酒に強い性質《たち》ではないらしく、しばらくすると判平はすっかり出来上がってしまい、

「いやあ、愉快でござんすねえ。あっしゃ、旦那と知り合いになれてうれしゅうござんす。もし、あっしのこの足がお役に立つことがあったら、いつでも言ってくだせえよ。なにしろこの韋駄天の判平、飛脚より速えんだからね。馬にだって負けやしねえ。あのチボだって、掏られたとわかってたらどこまでも追いかけてって捕まえたんでござんすが……」

久右衛門も、船の揺れも手伝ってか、いつもより早くに酔いが回って、

「愉快だのう。飲め、もっと飲め。江戸っ子だそうじゃな」

「神田の生まれよ」

「そうらしいのう。飲め……飲め。寿司を食え、寿司を。もっとこちらへ寄らぬか。

——江戸っ子だそうじゃな」

「神田の生まれよ」

同じことの繰り返しになったころ、判平は寝てしまった。久右衛門は残りの寿司をつまみ、酒をすべて飲み干すと、

「美味かった。おのれのふところが痛まぬ飲み食いだと思うと、よけいに美味いのう」

シマジが恨めし気に、

「御前、寿司はもうないのですか」

「ない！」

「手前も一切れでよいからちょうだいしたかったです」

「なんじゃ。ならば、そう言えばよいではないか。勤めの最中でなにがあるかわからぬからいらぬと申したのはその方だぞ」

「それは酒の話です。寿司ならかまいません」

久右衛門はおのれの便々《べんべん》たる腹を叩き、

「はっはっ……あきらめろ。寿司はすべてわが腹中に収まった。京に着いたら、いくらでも買うてくると申したであろう。それを少し分けてやる」

まだ食うつもりか……とシマジは半ばあきれ、半ばたのもしく思った。

（この御仁ならば……）

そういう気持ちが湧いてきたのだ。

「それにしてもこやつ……」

シマジは、その場で居眠りを続けている渡世人の判平を見やり、

「酔っているとは申せ、御前に向かって朋輩のような口調でございました。ここで御前の素性を明かすわけにもいかず、失敬な物言いをとめることができませなんだ。申し訳ありません」

「気にするな。そもそもおまえが謝ることではない」

「ではありますが……渡世人には珍しく、気性のさっぱりとして、腹のなかになにもない、心地の良い男でございましたな」

「おまえもそう思ったか。まあ、腹にはなにもないはずじゃ。わしがみな、食うてしもうたからな」

久右衛門は、ほかの乗り合いが振り向くほどの大声で笑った。淀の金波銀波《きんぱぎんぱ》が陽《ひ》に輝いて、まるで鯖寿司のように見えた。

2

「非番のものも含め、方々にお集まり願ったのは、当奉行所にとり、一大事が出来したからでございます」

大書院に集まった与力・同心のまえで、用人の佐々木喜内が沈痛な面持ちで言った。皆の顔もこのうえなく暗い。末席に控えている村越勇太郎も、その重い気配を肌で感じていた。袷に裏付袴《ばかま》が与力にとってご定法の装いだが、急の呼び出しとて、羽織や袴を着けていないものもいる。

「今からここで話す事柄はけっして外に漏れぬよう、くれぐれもお気を付けいただきたい。もし、それが公儀の耳に入ったそのときは、奉行の罷免《ひめん》にもつながりかねませぬ」

一同はうなずいた。

「すでに聞き及びとは存じまするが、詳しくはまだ未聞の方もおられましょうゆえ、重ねて申し上げます。おそらく昨夜のうちに、御前がいずかたへか失《う》せられましてございます。私が朝早く、朝餉《あさげ》の都合をうかがいに寝所《しんじょ》に参り、お声をおかけしたところ返事がなく、お叱りを覚悟で襖を開けると、お姿がどこにもありませぬ。はじめは厠《かわや》かと思いましたが、庭側の障子に小さな穴がひとつ開き、屏風にかようなる矢が突き刺さっておりました。また、布団のうえに御前直筆の書き置きが残されており……」

　喜内は一枚の紙を取り出し、そこに書かれていることを読み上げた。

「わしは無事ゆえ案ずるな。探すな。近々帰る。釜祐」

　勇太郎たちはしんとして用人のつぎの言葉を待ったが、喜内はなにも言わない。

「――それだけ、か？」

　筆頭与力が怪訝《けげん》そうな声を出した。

「それだけでございます」

　喜内はそう言って、文面を皆に示した。

「うーむ……なんのことかさっぱりわからぬ。お頭《かしら》はかどわかされたのではなく、みずからのお考えで出て行った、ということか」

　定町廻り《じょうまちまわ》与力の岩亀三郎兵衛が言った。

「ご就寝されるまでのお頭のご様子はいかがでござったか」

　べつの定町廻り与力がたずねた。

「昨日は朝早くから、蓬萊屋主仙右衛門とともに藤川部屋に参り、相撲の稽古を見物、そのあと相撲取りどもと食べ比べと飲み比べをされたらしく、帰ってきて昼飯を少し食べたあとすぐに眠ってしまわれました。おかげで、御用日だというのに奉行の席は終日空《から》でございました。夕餉の折に暫時お目覚めになられたほかはずっと眠っておられました」

「つまり、これといって普段と変わりはなかったと……」

「さようでございます」

食べて飲んで寝ているだけ、というのが「普段と変わりがない」というのも困ったものだと勇太郎は思ったが、与力・同心たちは皆慣れたもので、だれも口を挟まない。

「では、夕餉のあと、寝所に入られてから早朝までのあいだに、なにか変があったというわけか。――屏風に刺さっていた矢が気になるな」

盗賊吟味役の鶴ヶ岡与力がそう言った。彼の配下の同心が、矢を彼に渡した。鶴ヶ岡はそれをつらつらと吟味し、

「お頭のお命を狙ったわけではあるまい。黒き矢柄に黒き矢羽根、か。闇夜にまぎれて矢文を届けるための矢だな。この鏃《やじり》に、文が結ばれていたのだろう。――部屋に文は落ちていなかったか」

喜内は首を横に振り、

「くまなく探してもそのようなものはござりませなんだ。ただ……煙草盆に紙を燃やした跡が……」

「それだ。おそらく文を読み終えたあとお頭が燃《も》したのであろう」

年嵩《としかさ》の与力が、

「あの面倒くさがりのお頭がさように細かき手当てをするとは、よほど重き文面だったものとみえる。——部屋のなかで、ほかに変わった様《さま》はなかったか」

「そういえば小石が十数個、落ちておりました」

岩亀与力が、

「お頭を起こすために庭から投げ込んだのであろう。昨夜の泊まり番はだれだ」

数名の与力と同心が挙手をした。

「曲者《くせもの》は、塀を乗り越え、庭に潜み、そこから石を投げ込み、矢を射かけたことになる。なんでもよい、異なことに気づいたものはおられぬか」

彼らは顔を見合わせた。同心のひとりがおずおずと、

「二度ばかり庭を巡検し、また、奉行所の塀外も見て回りましたが、これといってなにも……」

「ダラスケは吠《ほ》えなんだのか」

鶴ヶ岡がたずねた。奉行所では用心のため、犬を数匹飼っている。いつもは勝太《かつた》という犬好きの奉公人が世話をしているのだが、このうちダラスケという黒犬がやたらと吠える。いくらしつけても、トンボが飛んできたといっては吠え、風が吹いたといっては吠え、鼠《ねずみ》が走ったといっては吠える。もちろんひとの動きには敏《さと》く、夜中でもおかまいなしに吠えたてるので近所迷惑になっていた。勇太郎も常々、

（奉行所に入る盗人《ぬすっと》もいないだろう……）

と思っていた。

「昨夜はおとなしかったようで……」

「ふむ……。犬に気づかれぬとは、ただのコソ泥ではあるまい。弓の技もあるし、障子の破れ目がひとつしかないところをみると、同じ穴から小石を投げ込むだけの腕を持ったものだ。――ことによると忍びのものかもしれぬ」

佐々木喜内が、

「町奉行所になにゆえ忍びが入り込むのです」

答えられるものはだれもいなかった。ふたたび書院に垂れ込めた重苦しい気を振り払うように、岩亀与力が言った。

「ともかく、お頭の居場所を探し、連れ戻すほかない。あれだけ目立つお姿のお方だ。間違いなくひとの目につく。丁寧にたずね歩けば、手がかりはかならず見つかるはずだ」

鶴ヶ岡与力も、

「つぎの御用日は明後日か。それまでに捜し出せればよいが……」

ほかの与力が、

「それは気にせずともよかろう。昨日も御用日だったが、お頭不在のままつつがなく終えられたではないか」

　本来、御用日には非番の奉行が月番の奉行所に赴き、公事に立ち会うべきなのだが、近頃は「頼み合い」と称して、非番の側が立ち会いを休むことも多い。昨日も、東町奉行の水野若狭守《みずのわかさのかみ》は公務繁多で来所しなかった。

「そうだ。つぎの御用日もわれらだけで片付けられよう」

　一同はくすくす笑ったが、喜内だけは笑わなかった。

「ところがそうは参らぬのです」

「なぜだ」

「つぎの御用日は、大坂城代さまの公事聞《くじきき》の日でございます」

　皆は、あっと声を上げた。

「ううむ、公事聞か。それはいかぬな」

　岩亀は渋面を作って唸った。町奉行所のなかには、「御透見《おすきみ》の間」という隠し部屋がある。大きな公事になるとそこに大坂城代、大坂城番、目付、堺奉行などが来臨し、町奉行の裁きの様子を傍聴するのである。二日後の御用日には、城代と東町奉行がそろって西町奉行所を訪れる。もちろん彼らの家来たちも大勢付き従ってくる。与力ではなく久右衛門が直々に白洲《しらす》で裁きを行う「糾物《ただしもの》」もあり、久右衛門がいないことを隠し通すのは無理だろう。

「御城代に公事聞の日延べをお願いしてはどうだ」

与力のひとりが言うと、

「御用日の日延べは許されておりませぬぞ」

べつの与力が言った。そもそも月番の奉行が御用日に留守にすることは許されてはいない。昨日も、あくまで久右衛門が「いる体《てい》」で裁きは行われたのである。

それだけではない。大坂城代青山忠裕《ただやす》はまだ三十を超えたばかりだが、丹波篠山《たんばささやま》五万石の領主で、これまで寺社奉行、若年寄……と重職を歴任した人物である。しかし、先日の天六坊《てんろくぼう》騒動では、ご落胤《らくいん》の真贋《しんがん》を見抜くことはできなかった。青山は面目を失い、以降、なにかにつけて西町奉行所にきつく当たるようになった。こちらの都合での御用日の日延べなど認めるはずがない。

（といって、「奉行が行き方知れずになった」ことを公にしてしまったら、おそらくお頭は「その勤めにふさわしからぬ行状あり」として老中から罷免されるだろうな……）

と勇太郎は思った。西町奉行所としては、とにかく内々のうちに奉行の行方を探さねばならないのだ。しかも、普段通りの役目をこなしながら、である。


「近習《きんじゅ》や中間、女中、下働きのものなどにはこのこと明かすべきかどうか……」

だれかが言い、皆は考え込んだが、筆頭与力が、

「奉行所より外へは毛ほども漏れてはならぬ大秘事。そういう口さがないものどもはよ

そで言い触らさぬともかぎらぬ。ここにいる与力・同心のみの内緒ごととし、金打《きんちょう》いたそう」

「役木戸《やくきど》、長吏《ちょうり》、小頭などには……」

「奉行所の外におるものどもには伝えずともよい」

それは少し冷たいな、と勇太郎は思った。与力はともかく、同心と役木戸、長吏、小頭たちは一心同体なのだ。たがいに信じあっているからこそ、手柄も立てられる。

「無論、親兄弟にも他言無用。われら八十名だけで埒《らち》を明けるのだ」

筆頭与力が締めくくるように、

「本日より非番のものも含め、皆で力を合わせてお頭を探すのだ。抱えておる案件は一旦脇に置き、これに専心せよ。ことは一刻を争う。なんとしてでも二日後の朝までには見つけ出せ。――よいな!」

一同は頭を下げた。

◇

定町廻りの与力四人と同心十六人は、手分けして久右衛門の足取りを追うことになった。勇太郎は天満橋、天神橋の南側、西町奉行所の北側あたりを受け持つことになった。筆頭与力の言いつけなので、千三につなぎを付けるわけにはいかない。ひとりで一軒ずつ聞き込みしなければならないのでその労はなみではない。たとえば商家を訪れ、店の主はもちろん、丁稚《でっち》から手代から番頭から、店のものを残らず集め、皆にきく。

「昨夜から今朝にかけて、このあたりを太った侍が通りかからなかったか」

「さあ……太ってる、だけではわかりまへんな。どのぐらい肥えてはりますねん」

「どのぐらい……そうだな。相撲取りぐらいは太っている」

「相撲取りいうてもいろいてまんがな。栗鼠乃山《りすのやま》は小さいし、象熊山はでかいし……」

勇太郎は相撲のことはよく知らない。

「さあ……とにかく相撲取りとしても大きいほうだと思う」

「どこ部屋の力士だっか？」

「力士ではない。侍だと言っただろう」

「侍で、そないに肥えたひと……あははは、まるで西町の大鍋食う右衛門みたいなお方だんなあ」

「アホ！　長吉、お奉行所の旦那になに失礼なこと言うとんねん。すんまへん、丁稚のしつけが悪うて」

その「大鍋食う右衛門」が行き方知れずになったのだ、と言いたいのをぐっとこらえて、

「どうだ、だれか見たものはいないか」

　皆がかぶりを振る。

「そうか……今からでも、もし見かけたら奉行所まで教えてくれ」

「お役に立てんとえらいすまんこっておます。せやけど、そのお方……いったいなにをしよりましたんや」

「あ、いや、まあ……なにをしたというわけでもないが、とにかく探しているのだ。よろしく頼む」

　これを繰り返す。もちろん商家だけでなく、長屋などもこまめに回る。昼間は職人は出かけているので、残っているのは女房たちである。

「ちょっとたずねたいのだが……」

「あらまっ、ええ男」

「お咲さん、町奉行所の旦那やがな。そんなん言うたらあかんし」

「けど、ええ男はええ男」

「あんたはほんま、相手がだれでも見境なしやな」

「旦那、何ぞおましたんか。あてが知ってることやったらなんでもお答えしまっせ。知らんことは、よう答えへんけどな。はははははは」

　げんなりしながらかしましい連中にいちいちたずねているあいだも、勇太郎の頭の片隅には小糸のことがあった。

(今朝はああ言ったが……安田謙四郎と小糸殿が一緒になるというのは……)

どう考えても夢のような玉の輿だとわかってはいるが、心のどこかが承服できていない。

(俺は、小糸殿とはただの知り合いだ。俺がどうこう言えるようなことではない……)

そんなことを考えながら、通りを歩く。次第に奉行のことはどうでもよくなり、頭のなかのほとんどが煩悩《ぼんのう》で占められていた。

(でも……安田と小糸殿が祝言《しゅうげん》を挙げるのか……それを俺は祝わねばならぬのか……)

しかも、謙四郎に「押しの一手で行け」と焚きつけたのは勇太郎なのだ。

(ああ……なんということをしてしまったんだ……)

ふと気づくと、大川に出ていた。八軒家だ。船宿をひとつずつ調べねばならぬのだ。

勇太郎はため息をついた。

(千三がいてくれれば、半分の手間で済むのに……)

三軒目の船宿に入り、あてにはせずにあいかわらずの問いをそこの女中にしてみると、

「お相撲みたいに肥えたお武家はん? へえへえ、今朝早うに来はりましたで」

「――なに?」

勇太郎は思わず身を乗り出した。

◇

上品な香を焚きしめた部屋で、年配の武家と法体《ほったい》の老人が対座していた。老人は剃髪《ていはつ》し、袈裟《けさ》を身に着けているが、公家《くげ》の出であることはすぐにわかる。払子《ほっす》を持つその顔つきはこわばっている。長袴をつけた武家は恰幅が良く、髪に白いものが混じっているが、額が広く、顔は脂ぎって、てかてかと光っている。武家のほうが口もとに薄ら笑いを浮かべながら、

「それがしがわからぬのは、なぜ今時分になって、またぞろあのことをむしかえそうとするかでござる。ほとぼりが冷めたゆえ、もうそろそろよかろうと思うておられるならば、それは公儀をあなどった考えと申すもの」

「まろもそれは重々承知しておじゃる。われらも主上《おかみ》に、なんとか思いとどまるよう幾度もおとめ申しましたが、主上のお気持ちは変わらっしゃられず、とうとうかようなことが出来したのでおじゃる」

「主上と公儀のあいだをうまく取り持つのがまわりのものの役割でござろう。お手前、お勤めがおろそかになっておいでのようじゃ」

「いや、それは……」

「先年は、公儀の寛大なる裁きにて中山卿《なかやまきよう》、正親町卿《おおぎまち》を処罰するだけで済ませ申した。

なれど、此度《こたび》はわれらにも考えがある。禁裏《きんり》に雷《いかずち》が落ちることになりまするぞ」

「まさか……主上を罰すると……」

「すでに、ほかの老中の内意は得ておる。これから江戸に戻り、上さまに本日のこと言《ごん》上《じょう》いたす腹づもりじゃ」

「それは……それだけはなんとかやめてたもれ。お願いでおじゃる。あなたさまの慈悲心におすがり申す。これ、この通りでおじゃる」

「内々にではあるが、もう決まったことじゃ。あきらめなされ」

「そうはまいらぬ。武家に情けはないのか。なにとぞ……なにとぞ……」

武士はあざけるような顔で、

「そこまで申すなら、こういたそう。お手前がもし、それがしの望むことができたなら、上さまへの言上は考え直してもよい」

「そ、それはまことでおじゃるか。嘘《うそ》ではありますまいな」

「わしは此度の件についての万責を帯びてこちらへ参った。あのお方をどうするかは、わしの胸三寸じゃ」

「して、ご老中さまの望みとは……？」

すがるような声を出した法体の老人に、武士はからかうような顔で言った。

◇

勇太郎は船宿の女中の言葉に食いついた。

「わけあってそのお方を訪ねているのだが、どのような身なりだった？」

「着流しで羽織も着てはらへんかったけど、ご立派なお召しものだした」

「顔はどのようだった」

「へ？」

「どんな顔立ちだったかときいているのだ。たとえば……熊みたいだったとか、猪《いのしし》みたいだったとか、鬼瓦みたいだったとか……」

「頭巾で顔をお隠しになってはりましたんで、ようわかりまへん。けど、団子を食べはるときは口もとを開けてはったんで、えらい大きい口やなあとは思いましたわ。うちの串団子、かなり大きめやのにそれを八皿も食べはりましたさかい、よーう覚えてます」

まちがいない。久右衛門だ。

「いつぐらいに来た？」

「たしか、一番船が出る時分でしたなあ」

「なんだと？」

「そない怖い顔しはらんかて……」

「あ、すまん、悪かった。船に乗ったのか？」

「さあ、そこまで、あてにはわかりまへん。送り迎えのお方や、ちょっと一休みしていかれる方も多いさかい」

「そうか……そうだな。——ひとりだったか？」

「いえ、お供の方がひとりおられました」

「なんだと？　それはどんなやつだった。侍か？」

「いえいえ、中間風のおひとで、このお方は串団子はお食べになりまへんでした」

それはどうでもいい。船に乗ったかどうかで、探索の幅がまるで変わってくる。

「帳面を見せてくれ」

三十石に乗るには、名前と住まいを船宿に告げねばならない。女中に言われて、船宿の番頭が持ってきた帳面には、久右衛門の名はなかった。偽名を使ったのかもしれない。

京橋口定番与力付馬廻役《うままわりやく》　小邉十右衛門《こなべじゅうえもん》
同　従人　さ七《しち》
の名が怪しいとは思ったが、たしかではない。

（どうする……どうすればよい……）

思ってもいなかった筋立てに勇太郎は面食らった。

（とにかく、岩亀さまに報《しら》せねばならぬ……）

そう思ったとき、丁稚を連れた大家の若旦那とおぼしき若者がまえを通りかかった。

「若旦那、もう帰りまひょうな。遅うなったら、わてがご番頭に叱られますさかい……」

「そう思たら、おまえひとりで帰らんかい」

「そんなんしたら、もっと叱られます。なあ……若旦那……」

「うるさいなあ。今から昼舟仕立てて、わっと騒ぐのや。あんたも乗せたるさかい、黙ってついといで」

そこに手ぬぐいで頬かむりをした男が、鼻歌を歌いながら、踊るような足取りでやってきた。若旦那風の若者に当たりかけて、

「おっと、すんまへん」

避けようと身体を傾け、今度は丁稚にぶつかった。

「なにすんねん、まえ見て歩かんと危ないがな！」

風呂敷包みを手にした丁稚が、こどもながらに精一杯の文句を言うと、

「悪い悪い。けど、丁稚《こども》さん、こういうことはおたがいさまやがな」

男はぺこりと頭を下げて行き過ぎようとした。

「――待て！」

勇太郎が声をかけた。男は気づかぬふりをしてそのまま行こうとしたが、

「おまえだ。足を止めろ。さもないと……」

勇太郎は十手を抜いた。それを見て男は顔をしかめ、ひらりと身をひるがえして走り出した。驚くほど足が速い。そのままでは追いつけぬと思った勇太郎は、十手の緋色《ひいろ》の総《ふさ》を摑んで振り回し、

「えやあっ」

と投げつけた。うまいぐあいに十手は、男の足と足のあいだに斜めにからんだ。男は前のめりに転び、したたか膝を打った。

「痛《い》たたたたた……」

勇太郎は苦もなく追いつき、男の頰かむりを剝がした。長い顎、鷹のような目つき、そして、右頰の花のような痣……。

「神妙にしろ！」

勇太郎は男の腕をねじ上げた。

「しもた……俺としたことが……」

さっきの若旦那と丁稚が青ざめた顔ですっ飛んできた。若旦那が、

「こいつ、なにもんだす」

「花形の小六というチボだ。京大坂を股にかけて荒らしまわっている。どうやら三十石を稼ぎ場にしていたようだな」

「チボ……？　まさか……」

　丁稚は風呂敷包みをほどき、

「ない……ないない。若旦那からお預かりした財布がない！」

　若旦那も震え声で、

「アホ。渡すときに、あれだけ気ぃつけて言うたやろ。入ってる金、十両や二十両やないで！」

　小六は悔しそうに懐から財布を出し、丁稚に渡しながら、

「丁稚《こども》さん、風呂敷に財布入れるんやったら、一番うえに載せたらあかんで」

「へえ、おおきに」

　若旦那が丁稚の頭をはたき、

「チボに礼言うてどないするねん」

　勇太郎は捕り縄で小六を後ろ手に縛り上げ、

「おまえも年貢の納め時だな」

　小六はため息をつき、

「とうとう捕まってしもたか。今日は朝からゲンが悪いと思てたんや。あの太った侍の

財布掏って、連れのやつに見破られたときから、なんとなく嫌な気がしとった。あの肥えた侍が疫病神やったんや」

勇太郎はその言葉をとがめた。

「おい、肥えた侍から財布を掏った、と言ったな。いつのことだ」

「今朝の一番船のなかや。掏るのは楽やった。まるで気づきよらんかったさかいな。けど、お付きの中間が『できる』やつやった。——ほれ、こいつや」

小六は帯のあいだから財布を出した。それは、勇太郎が見慣れた久右衛門愛用の財布だった。中身は一両二分ほどだったが、久右衛門のものである証拠に、醤油《しょうゆ》の染みがあちこちについていた。

「その肥えた侍と連れのものは、上り船に乗ったのだな」

「そや。わしは間一髪で飛び降りたけどな」

三十石の上りに乗ったということは……。

（京か……！）

なんのために大坂町奉行が役目をほったらかして京に向かわねばならないのか。そして、その「連れ」は何者なのか。

（俺ひとりの手にはあまる。京都所司代や京都町奉行に助けを乞うわけにもいかないし、西町の皆で京に向かうしかないが……）

そのとき、

「船が出るぞー」

「早よ来いよー」

勇太郎は女中に、

「この船は今日の仕舞い船か」

「そうだす。あとは夜船になります」

「そうか。では、これに乗らねばならないが……」

上り船なら歩いていくほうが多少速いが、京に着いたときには疲労でどうにもならないだろう。向こうでただちに探索にかからねばならぬことを考えると、船で行くしかない。今から奉行所に戻って岩亀与力たちに報せている余裕はない。どうする……しかも、捕えたチボの始末もつけねばならぬ。本来ならば、近くの会所に連れて行き、番役に引き渡すべきだが、そんなことをしていたら船が出てしまう。久右衛門の足取りを追うほうが急務なのだ。勇太郎は、若旦那と丁稚、船宿の番頭と女中に、このチボをおまえたちの手で奉行所か会所に連れて行ってくれ、と頼んだが、当然のことながら首を縦に振るものはいなかった。

「わてらだけでチボを連れていくやなんて、そんなおとろしいこと……」

番頭はぶるぶるとかぶりを振り、若旦那は蒼白になって震えている。

「手首は捕り縄で縛ってある。心配いらぬ」

そう言っても、

「勘弁しとくなはれ。わてらには無理ですわ」

花形の小六も、

「そらそや。こんな縄ぐらい、わしの指にかかったらすぐに解いてしまうで。おまえら、わしを会所に連れて行ったりしてみい。顔覚えたさかい、そのうちお礼に来るでえ」

「つまらぬ脅しをかけるな！」

勇太郎が小六の頭を叩いたとき、

「出ーしますぞー」

「早よ来い、早よ来い、早よ来いよー」

船宿の番頭が、

「もう出まっせ。乗りはるんやったら早うせんと……」

どうする……どうするどうする。勇太郎は丁稚に、

「おまえに使いを頼む。奉行所に、手紙を持っていくだけだ。それぐらいならよかろう」

丁稚の顔に不安がよぎったのを見て、

「小遣いをやる。なかに入ることはない。同心の村越に頼まれたと言って、門番に渡せ

ばよい」

「それぐらいやったら……やってもよろしいけど、小遣いはなんぼいただけますのん」

「五文」

「えっ？」

「いや、十文。それでどうだ」

「十文やったら引き受けまっさ」

丁稚はほくほく顔になった。勇太郎は懐紙を取り出し、奉行はどうやら京にいるらしいこと、上りの三十石が出るので今からひとりで京に向かうこと……などなどを手早くしたため、丁稚に託した。

「頼むぞ」

「任せとくなはれ。——はい」

丁稚は広げた手を突き出した。

「なんだ、この手は」

「忘れたらかなんなあ。十文、おくなはれ」

「わかったわかった」

勇太郎が銭を渡しているあいだにも、

「船が出るぞーっ、ほんまやぞーっ」

勇太郎は小六の背中を突いた。

「なにしまんのや」

「おまえも俺と一緒に京に行くんだ。さあ、乗れ」

小六は呆れたような顔になった。

歩み板を踏んだとき、勇太郎は後ろ髪を引かれるような気持ちになった。

(小糸殿……)

心中でそうつぶやきながら、勇太郎は船に乗り込んだ。

◇

やれー、伏見中書島《ちゆうしよじま》なー、泥島なーれどよー
なぜに撞木町《しゆもくまち》ゃなー、藪《やぶ》のなかよー
やれさ、よいよーい、よーい
舟歌にも歌われている伏見に船が着いたときは、もう夕暮れ時だった。
「御前……御前」
シマジは久右衛門の脇腹をつついた。
「な、なんじゃ」

船縁にもたれて居眠《いねぶ》っていた久右衛門は、目をしばたたかせた。

「もう着きました」

「ほう、そうか。船の揺れがちょうど心地ようて、つい寝てしもうたわい」

大きく伸びをすると立ち上がり、のっしのっしと船を降りていく。荷物を持って、シマジはあとに続いた。

「旦那、いろいろお世話になりやした。このお礼はいずれまた」

判平という旅人が、久右衛門に深々と礼をした。

「わしもいかい世話になった。また、いずれかでな」

「へい、じゃああっしはこれで」

そう言うと判平は合羽を着こみ、笠《かさ》をかぶると、足早に行き過ぎていった。韋駄天と名乗るだけあって、あっという間に見えなくなった。

「京も久しいのう」

久右衛門は悠々と通りを歩き出した。シマジが追いついて、

「お待ちください。ここからは駕籠《かご》で参ります」

「お、そうか」

細い脇道に駕籠が一丁止まっていた。町駕籠ではなく、貴人が乗るような長棒の権門《けんもん》駕籠だ。轅《ながえ》も台も漆塗りで蒔絵《まきえ》が施されている。もっともその蒔絵はかなり剝げている

し、駕籠のあちこちにも傷みが目立つ。身なりの整った三名の駕籠かきが久右衛門にかしこまって一礼した。彼らはシマジにも会釈すると、久右衛門の履物を預かり、駕籠の引き戸を開けた。窮屈そうに久右衛門が乗りこむとすぐに戸は閉められ、ぐっ、という力が駕籠を小さく揺らしたが、すぐにその力は抜け、

「重《おも》っ……」

という声がかすかに聞こえた。

「アホ。もっと性根入れて担がんかい。何年駕籠かきやっとるねん」

「せやかて、相撲取りみたいに重いで」

「もっぺん、力入れ直せ。腰で担ぐんや」

「わ、わかっとる」

ふたたび駕籠が揺れ、今度はそのまま持ち上げられた。

「よっしゃ、行くでえ……」

駕籠はしずしずと動きはじめた。

「あかん。駕籠の底が抜けそうや」

「なんとかなる。踏ん張れ」

久右衛門は、いつものことなので気にも留めない。しばらくすると、駕籠の揺れに誘われて久右衛門はまたしても眠ってしまった。こうして夕暮れの京の町を一丁の駕籠が、

ああがらん
重い

大いびきをあたりにまき散らしながら進んでいくことになった。

どれぐらい経《た》ったのか、駕籠が大きくひと揺れして久右衛門は目を覚ました。

「御前……着きました」

「うむ……鯖寿司の夢を見ておった」

久右衛門は駕籠から出てのびのびと両腕を広げた。そこは京の町なかとはあきらかに様子がちがう。寺や神社のような荘厳な建物にまわりを囲まれた、広々とした場所だ。地面には玉砂利が敷き詰められ、どことなく浮世離れした「気」に満ちている。

「ここが、そうか」

「はい……御所でございます」

シマジはそう言った。

「ふむ……」

久右衛門は、生まれてはじめて訪れた内裏《だいり》をつくづくと見渡した。すでに日が暮れており、松明《たいまつ》の灯りに照らされた紫宸殿《ししんでん》、仁寿殿《じじゆうでん》、常寧殿《じようねいでん》、清涼殿……などはまるで幻のように浮かび上がって見えた。

「いかがでございます」

シマジは少しだけ得意げにそう言って、久右衛門の言葉を待った。

「そうじゃな……シマジ」

「はい」

「鯖寿司の夢を見たら腹が減ってきた。京に着いたら、鯖寿司をいくらでも食わせると言うたのを覚えておろうな。ただちに購《あがの》うてまいれ」

　シマジはぽかんと口を開けた。帝《みかど》が住まうこの厳かな場所に来たものは、たいがいその尊さに心打たれるのが常だが、

（この御仁は……たがが外れている。この方にお頼みすればなんとかなる、というわが思いは正しかった）

　シマジはうれしさに小躍りしそうになった。

「なにを笑《わろ》うておる。鯖寿司がなくば、鮭《さけ》の寿司でもキクラゲの寿司でもハモの寿司でもよいぞ」

「申し訳ありません。寿司を食されるまえに、お会いいただきたい方がおられます」

「ほう、どなたかな」

「五摂家のうち鷹司《たかつかさ》家の元関白従一位《じゆいちい》、鷹司輔平《すけひら》さまでございます。今は出家なされて、理延《りえん》とお名乗りでございますが、帝の叔父君《おじぎみ》でいらっしゃいます。――あちらの客殿にて、御前のお着きを首を長《なご》うしてお待ちでございます」

「さようか。では、参ろう。案内いたせ」

「それが……手前はここで失礼いたします」

「なにゆえじゃ」

「手前の身分では、参殿できません。ここからは、武家伝奏千種有政《ぶけてんそうちぐさありまさ》殿がご案内役をあいつとめます。それではこれにて……」

立ち去ろうとしたシマジに、久右衛門は言った。

「待て、シマジ」

シマジは苦笑いして立ち止まり、

「押し寿司のことでございますれば、手前が責めを負うて御前にお届けいたしますれば、ご懸念には及びません」

「それもある。それもあるが……シマジ、その方は『烏《からす》』じゃな」

一瞬、シマジの顔がこわばったが、

「さようでございます」

「神武《じんむ》天皇東征の折、高皇産霊尊《たかみむすびのみこと》が道案内のために遣わした八咫烏《やたがらす》からその名を取った、帝直々《じきじき》の忍びであろう」

「よくご存知で……」

「おまえのような忠義な家来をもって、帝もお幸せなお方だのう」

「手前には御前のもとで働いている方々こそが幸せのように存じます」

「ほほう、なぜそう思う」

シマジは一瞬ためらったが、

「大坂町奉行という身分の高きお方が、手前のような海のものとも山のものとも知れぬものの言葉をお信じくださり、たったおひとりでここまで来てくださった。ありえないことです。手前は主上《おかみ》よりこの役目を与えられたとき、成し遂げるのは無理だと思いました。突然、勤めを捨てて京まで来てくださるはずがない。そもそも町奉行は公儀の一《いち》人《にん》。老中の配下です。それを裏切るなど考えられません。御前に同行を断られたらその場で死ぬつもりでした。このようにことがうまく運ぶとは思ってもみませんでした。ありがとうございます」

一旦言葉が出始めると止まらぬようだった。シマジは思いのたけをことごとく言い尽くすと、

「なにとぞ、主上をお救いくださいませ」

「わしは、なにをさせられるのかまだ知らぬ」

「御前ならば、きっとできます。手前は今、そう思っております」

「また会おうぞ」

「烏は、表には出ぬものでございます。二度とお目にかかることはございますまい。――御免」

シマジは消えた。しばらく佇《たたず》んでいた久右衛門は、衣冠束帯《いかんそくたい》をつけた年嵩の公卿《くぎょう》が立

っていることに気づいた。顔つきが硬い。

「大坂西町奉行大邉久右衛門殿でおじゃりまするか」

「武家伝奏千種殿か。出迎えご苦労に存ずる」

「遠路はるばるお越しいただき、さぞお疲れでおじゃりましょうが、猶予がおじゃりませぬ。早速、理延にお会いしてたもれ」

「道中、よう寝たゆえ疲れてはおらぬ。では、参ろう」

千種は先に立って歩き出しながら、

「主上に仕えるものたち皆、大邉殿におすがりするしかおじゃりませぬ。なにとぞわれらの苦境を救ってたもれ」

「わしにできることかどうかはわからぬ。まるで詳しい話は聞いておらんのだ。よそに漏れてはならぬ大秘事ゆえ、道中はなにも言えぬ、とシマジは頑として教えてくれなんだ」

「大邉殿にできるかどうかは、まろたちにもわかりませぬ。でも、この日の本の国で、大邉殿にできないとしたら、ほかにできるものはひとりもおりませぬぞ」

「なんだかわからぬが、随分と面白そうだのう」

久右衛門が言うと、千種有政は深々と頭を下げた。

「なにゆえ礼をなさる」

「大邉殿の今のお言葉を聞いて、今までつかえていた気持ちがスーッと楽になったのでおじゃる」

千種はそう言って笑顔を見せた。

◇

「なにゆえ拒むのだ。悪い話ではないと思うぞ」

岩坂三之助が言うと、小糸は涙に濡《ぬ》れた顔を上げた。

「幾度も申しましたとおりです。父上……この縁談、お断りくださいませ」

「ほかに想《おも》い人《びと》でもおると申すか。行く末を誓った相手でもいるというならば、断れぬでもない」

「――いえ……そのようなお方は……」

「ならばよいではないか。このうえない良縁だ。相手は次男とはいえ、五万石の大名、それも老中の子息だ。おまえは生涯苦労せずとも済むのだぞ」

「そのような暮らしは求めておりませぬ。父上のお身体も本調子ではございませんし……」

「わしのことはどうでもよい！　おまえが幸せになるならばそれでよいのだ」

「父上……謙四郎さまを婿に取っても私は決して幸せにはなれません」

「──なに?」

さすがに岩坂の顔が凍った。

「なぜ、そんなことがわかる」

「わかります。私はひとの妻になるより、父上のもとで修行して、もっともっと剣の腕を上げたいのです」

「ふむ……」

岩坂は腕組みをして長嘆息した。

「わしも、あの男を婿に取ることに懸念がないではない」

「──え?」

「覚えておるか。あの男、ある日を境に姿を見せぬようになっただろう」

「はい……」

「破門したのだ」

「えっ」

「町なかで商家の娘に戯れかかり、そこの番頭と口論になって、相手に斬りかかった。通りすがりの武家があいだに入ってくれたゆえ、幸い双方に怪我《けが》はなかったが、その武家がわしのところに来て、門人の不行跡《ふぎょうせき》を咎《とが》めたので、あの男の失態がわかったのだ。問いただすと、ほかにも同じような真似《まね》をしでかしていたので、ただちに破門した。なれど、大名家の次男として、破門は世間体が悪かろうと、公にはしなかったのだ」

「そのようなことが……でも、破門にした門人を私の夫にするとは、父上、それはあまりにむごうございます」

「わしも一度《ひとたび》はそう思うたが、向こうがぐいぐい押してくるゆえ、つい押し切られてしもうたのだ。若き日の不品行はだれにでもあるし、そののち真庭念流の門を叩き、免許の腕になったという。ひととしての矯《た》め直しができたと思うたのだ。それになんと申しても大名の息子だ。おまえに人並みの良い着物も着せてやりたいし、簪《かんざし》や笄《こうがい》のひとつも着けさせてやりたい。親として、わしも悩んだ。おまえの生き方を考えに考えてのことだったのだが……」

「私のことをお考えくださるならば……それならば、父上、なにとぞお断りを……」

「うーむ……」

岩坂は苦い顔つきになり、

「それはなかなか難しいぞ」

「なぜでございます」

「向こうは老中のせがれだ。きちんとした仲人も立てている。よほどの理由《わけ》でもないと、はねつけることはできぬ。当人も、ご老中も納得せぬだろうし、仲人《なこうど》の顔も潰すことになる。仲人からは、良き日を選んで結納を、という話まで来ておる。まさか、おまえが拒むとは思うてもいないのだろうが……たしかにそれはわしも面白くはない」

「では……なんとか……」

「断ったら、この道場は閉めねばならぬかもしれぬ」

今度は、小糸の顔が凍りつく番だった。

「仲人でわしの兄弟子でもある榊精作殿は、謙四郎の父のご老中から多大な支援を受けておるそうだ。話のなかで、冗談めかしてだが、この縁談をおぬしが断ったら、わしの道場は潰れるぞ、と申しておられた。そうなったら、わしもここを安穏と開けておくわけにはいかぬ」

「………」

父娘は黙り込んだまま相対した。無言の娘の目から、大粒の涙が膝にこぼれるのを見た岩坂は言った。

「小糸……安田謙四郎と立ち合え」

「えっ？」

「この道場を継ぐならば、娘よりも腕がうえでなければ務まらぬ。形ばかりのことではあるが、娘と試合をして勝ったのを見届けたうえで、縁談を進めさせていただきたい。——そう申し入れてみる。無論、真庭念流免許の腕のものがおまえに負ける気遣いはなかろう。なれど……万一ということがある。死ぬ気でやれば、辛勝できぬともかぎらぬ。

今日から死にものぐるいで稽古いたせ。立ち合って、おまえが負けたら、そのときは諦めよ。ただ、もしおまえが勝ったら、たとえどんなことがあってもこの話は破談にしてやる。——どうだ？」

小糸は父親に向かって平伏し、

「それで、結構でございます。父上……ありがとうございます！」

小糸の目は妖《あや》しく輝いていた。

◇

三十石の船中、勇太郎は小六と相対し、唾がかかるほどの近さで座っていた。

「あの……旦那」

「どうかしたか」

「すんまへん。船に乗ってからずっと、瞬《まばた》きもせんとわしを見つめてますやろ」

「いけないか」

「息が詰まりそうですねん。頼むさかい、もう少し離れて座っとくなはれ。それか、たまにはよそも見とくなはれ」

「逃げられたら困る」

「逃げまへんし、逃げられまへんて。これこのとおり、後ろ手にふんじばられとりますし、まわりは川だっせ。とりあえず伏見までは逃げる気遣いおまへんがな」

「それもそうだな。――小六、おまえはなぜチボになった」

「いきなりやなあ。わてがチボになったわけだっか。いろいろおますけど、まあ、生まれついて手先が人一倍器用やったせいかもしれまへん」

「手先が器用だからチボになったというのか。それはおかしい。ほかにも器用さを活《い》かす仕事はいくらでもあったろうに」

「へえ、竹細工職人やら大工やら提灯屋《ちょうちんや》やらいろいろやってみましたけど、器用すぎてすぐにできてしまいますねん。もっともっとこの指を活かせる仕事はないかと試してるうちに、とうとうチボに行きつきましたんや。チボはよろしいでー。わての器用さがぴしゃりとはまりますのや」

「馬鹿もの！　いくら器用でも、チボは悪の道ではないか。ほかの職を探せ。罪をつぐなったら、俺がどこかに世話してやる」

「へへへ……冗談でんがな。なんぼなんでも、指先が器用やから言うて、それだけのわけでチボになりまっかいな。旦那、あんた、真面目《まじめ》やなあ」

「そ、そうか」

「ええおひとやとは思うけど、そないに真面目やったら他人に騙《だま》されまっせ。気ぃつけなはれや」

捕まえたチボから説教され、勇太郎は頭を掻いた。

「せっかくのおたずねやさかい言いまっけどな、わての父親《ておや》は町人ながら柔《やわら》の心得がおまして、近所のこどもや若いもんに柔術を教えてましたんや。わても小さい時分からそれを習《なろ》うてたさかい、なかなか強かったんだっせ。けど、それがいけまへんわ。生兵法《なまびょう》は大怪我のもと。腕っぷしを頼んであちこちで喧嘩沙汰《けんかざた》を起こし、とうとうお定まりの勘当を食ろうたんです。それからは食うため生きるためにチボ仲間に入り、いつのまにやらどっぷりとこんな稼業にはまっとりました」

「なるほど、おまえの身が軽いのは、柔のせいか」

あたりはだんだん暗くなる。八軒家から伏見まで、上り船だと引き綱で引いてもたっぷり六刻（約十二時間）はかかるのだ。歩くほうが少しは速いが、疲れない、というので上り船は繁盛した。

やれー、ここはどこじゃとなー、船頭衆に問ーえばよー
ここは枚方なー、鍵屋浦《かぎやうら》よー
やれさ、よーい、よーい、よーい

舟歌がしみじみと水面《みなも》に響き渡る。

「すんまへん、旦那。ちょっと船縁まで行かせとくなはれ」

小六が青い顔で頭を下げた。

「なにがしたいんだ」

「なにが、て……わかりますやろ。小便《しょんべん》ですがな」

三十石船には雪隠《せっちん》も小便担桶《たご》もない。催したものは、男でも女でも、一日のあいだ辛抱するか、もしくは川に尻を突き出してするしかないのだ。

「まさか旦那、小便まで、見てるまえでせえとは言いまへんわな」

「それは、まあ……」

「ほな、この縄をほどいとくなはれ」

「わかった」

勇太郎は憮然《ぶぜん》として、小六の手首に食い込んでいる捕り縄を解《ほど》いてやった。小六は船縁に腰をかけるようにして、着物の裾をまくり、下帯を外した。そして、つぎの瞬間、彼の身体は後ろ向きに川のなかにくるりと回るようにして落ち込んだ。

「しまった……！」

はげしい水音が上がり、小六の姿は薄暗い川面に没した。勇太郎は下唇を嚙《か》んだ。

(俺としたことが……ぬかった)

岩亀与力からの激しい叱責が思い浮かんだ。しかし……。

（おかしいぞ……）

小六は、淀の流れのなかで両手両足をばたつかせてもがいているではないか。溺《おぼ》れているのだ。

「あの馬鹿め！」

勇太郎は後先考えず、着衣のまま川に飛び込んだ。彼もあまり泳ぎが得意なほうではないが、なんとか小六のところまでたどりついた。

「たす……助け……助けとくなは……がぼっ……ごぼぼ……」

「口をきくな。俺の袖に摑まれ。こら、しがみついてくるな。俺まで溺れる。しがみつくなと言ってるだろう。そうだ……そこを摑んでろ」

勇太郎がじたばた暴れる小六を伴って船に帰り着くと、船頭のひとりが櫂を差し出してくれた。ようよう引き揚げてもらったが、勇太郎の全身はずぶ濡れになっていた。乗り合いの客たちが気の毒がって手ぬぐいを貸してくれたので、なんとか身体は拭いたが、着物のほうはどうにもならぬ。よく絞って、帆柱から渡した縄に干したが、当分乾きそうにはない。

裸で震えている勇太郎に小六が言った。

「すんまへん、旦那。お世話おかけしまして……」

「おまえ、泳げないのか」

「へえ、金槌《かなづち》でおます」

「それなのに、なぜ泳いで逃げようとしたのだ」

「人間、命がけやったらなんとかなるかも、と思て、一《いち》か八《ばち》かやってみましたんやけど……」

「無茶をするな」

「それより、旦那はなんでわしを助けてくれましたんや。召し捕ったチボに逃げられたからだすか」

「それもあるが……身体がひとりでに動いて、気が付いたら飛び込んでいた」

「おおきに……あのとき旦那が着物を脱いでから飛び込んではったら、わし、死んでるとこですわ。もう二度と逃げまへん。京でも、旦那のおっしゃるとおりにしますさかい、どうぞご安心を」

「小便するといって川に飛び込むやつに安心ができるか」

「いえ、この花形の小六、とにかく旦那に心服いたしました」

「まあ、信じておこ……はーっくしょん！」

勇太郎は船中に聞こえるような大きなくしゃみをした。

3

御所の片隅に、古い客殿がある。すでに朽ちかけており、近々取り壊しが決まっている建物だ。そのまた片隅にある狭い座敷で、久右衛門は法体《ほったい》の人物と会っていた。前《さき》の関白で、出家ののち理延と号している鷹司輔平である。すでに老齢で、顔には皺《しわ》が深く、目の下の肉が弛《たる》み、喉仏が異様に突き出している。当今《とうぎん》の帝の父である典仁親王《すけひとしんのう》の弟君で、従一位という高位の公卿だが、まずは久右衛門に向かって平身低頭し、

「このたびは勝手なるお頼みにもかかわらず、京においでくださり、伏してお礼申し上げる。かかる大事の客人、清涼殿にて対面すべきところ、聞けば大邉殿は従八位下とのこと。それでは殿上《てんじょう》していただくわけにはまいらぬ。どうか許してたもれ」

「なんの。どこであろうと構いませぬ」

「大邉殿ほどのお方ならば、五位や四位《しい》であるべきなれど、武家への官位叙任はわれら公家の思うままにはならぬ。なんとも歯がゆいことでおじゃる」
○○守、○○大夫といった武士の官位は「諸大夫《しょだいぶ》」といって従五位下のことだが、これは朝廷ではなく、公儀が決めるものだった。朝廷は、老中奉書のとおりに後日、位記《いき》や口宣案《くぜんあん》を発するのだ。

「わしはそんなものは欲しゅうもない。ただの久右衛門で結構でござる。ナントカノカミになると金がかかりますでのう」

武士が官位をもらうには、五十両から七十両ほどの金子《きんす》を帝や関わりのある公家たちに進上しなくてはならない。久右衛門がナントカノカミでないのは、その金が惜しいからなのだ。

「官位叙任はもともと公家の役割。それを徳川の世になって、武家に奪われたるは口惜《くや》しゅうおじゃる」

老人はくどくどと公家ならではの愚痴をこぼしはじめた。聞きながら久右衛門は、いつになったら彼を呼び立てたわけを教えてくれるのかといらいらしながら待ったが、鷹司は一向そのことに触れようとしない。ついに久右衛門は痺《しび》れを切らし、

「そろそろお話をうかがいたいと……」

「いやいや、そのまえに茶を一服点《た》てさせますするゆえ、それで口を濡らしてからゆるゆると……」

そう言って老人は手を叩き、従者を呼んで、茶の支度をするよう命じた。久右衛門にとって悠久とも思える刻《とき》が過ぎ、ようやく運ばれてきた茶を鷹司がゆっくりゆっくり、舌でぺちゃぺちゃ音を立てながら飲み干すのを、久右衛門はひたすら待ち続けた。

「では、話を……」

「待ってたもれ。茶のあとは菓子じゃ。都合よく、到来物の羊羹《ようかん》が……」

「いいかげんにせい！」

ついにブチ切れた久右衛門は怒鳴りつけた。

「これだから京の連中は好かぬのじゃ。牛車《ぎっしゃ》でもあるまいに、急がず焦らずまったりも時と場合をわきまえよ。ただちに今すぐ、わしを呼んだわけを説いて聞かせよ！」

普段は針を落とした音すら聞こえそうなほど静謐《せいひつ》な御所のなかで、これほどの大声は耳にすることがないのだろう。鷹司公は驚愕《きょうがく》のあまり倒れそうになったが、なんとか左手で身体を支え、右手で左胸のあたりを撫でながら、

「こ、こ、これは失礼した。大坂のお方がイラチなことをすっかり忘れておったでおじゃる。――大邉殿は『尊号一件《そんごういっけん》』をご存知でおじゃろうか」

「尊号一件……？　もしや、松平定信《まつだいらさだのぶ》公の……」

「さよう。あれでおじゃる。当今の主上《おかみ》が帝になられてから十年ほどのちのことでおじゃった。思い起こせば安永《あんえい》八年……」

尊号一件というのは、朝廷と公儀を揺るがした大きな紛議である。

安永八年、先代の帝である後桃園院《ごももぞのいん》が崩御の折、跡取りとすべき男児がいなかったため、閑院宮《かんいんのみや》典仁親王の第六皇子だった現帝が急遽《きゅうきょ》後桃園院の養子になり、あとを継いだ。

そういうきさつがあるため、現帝よりその父である典仁親王が下位になってしまった。また、帝の実父であるにもかかわらず、典仁親王は関白や太政《だじょう》大臣、左大臣、右大臣よりも下座《しもざ》に座らねばならず、そのことを帝は許せなかった。だが、公家の序列は徳川家が定めた「禁中《きんちゅう》並《ならびに》公家諸法度《くげしょはっと》」で定められており、それを改めるのは帝といえどもできることではない。そこで現帝は、父典仁親王に「太上天皇《だいじょう》」の尊号を贈りたいと考えた。これとて容易なことではないが、なんとか父をおのれの臣下よりも上位にしたかったのである。

現帝は、議奏《ぎそう》の中山愛親《なるちか》を通じて公儀にそのことを打診したが、当時幕閣として絶大な権力を持っていた老中松平定信は、帝になっていないものに尊号を贈った先例がないと拒絶した。朝廷側は、数百年まえの二例をあげて反論し、松平定信と朝廷のあいだに論議が起こった。

どうしても父に孝心を見せたい現帝は業を煮やし、公家を集めて群議を開き、典仁親王に天皇号を贈るべきか否かを勅問《ちょくもん》した。ほとんどの公家が贈呈に賛同したため、帝は公儀に尊号宣下《せんげ》をするよう強く迫った。しかし、老中からの返事は、はっきりとした拒否だった。

帝は、そちらがその気ならばと、公儀の許しを得られなくとも勝手に尊号を宣下する、と言い出した。このままでは公儀と朝廷の大きな確執になりかねない。そのことを憂慮

したのが、

「まろでおじゃった」

鷹司輔平は、典仁親王の弟で現帝の叔父にあたる。彼は、帝を説き伏せて尊号をあきらめさせる代償として、公儀に典仁親王への千石の加増を認めさせることで、なんとか双方のあいだを取り持とうとしたのだ。

「まろの度重なる説得で、主上はやむなく典仁親王さまへの尊号宣下を断念さっしゃれたのでおじゃる」

公儀は、武家伝奏正親町公明《きんあき》と議奏中山愛親の二名を江戸に呼びつけ、帝による解官を待たずに閉門・逼塞《ひっそく》を命じた。これがいわゆる「尊号一件」の経緯であるが、ことはそれだけでは終わらなかった。当代将軍徳川家斉《いえなり》は、その父一橋治済《ひとつばしはるさだ》公に「大御所」の尊号をどうしても贈与したかったのだが、公儀が朝廷の尊号宣下の懇願を認めなかったといういきさつから、老中松平定信は家斉にも大御所宣下をあきらめるよう進言した。これが家斉の逆鱗《げきりん》に触れ、松平定信は老中の職を解かれ、失脚したのである。こうして寛政《かんせい》の改革も終わりを告げた。

「ところが、その翌年、父君典仁親王さまがお亡くなりになったことで、主上の尊号への思いがまた頭をもたげたのでおじゃる。主上は、ふたたび内々にわれら公家を集め、典仁親王さまへの天皇号を追贈するべきではないか、と勅問さっしゃられた。松平定信が失脚したことで、公儀の応えもちがってくるのではないかという考えと、まだ先ごろの一件のほとぼりも冷めておらず、まだ早急にすぎるという考えが伯仲《はくちゅう》し、なかなか決するに至らぬままでおじゃったが、われらのうえには正親町公明殿と中山愛親殿が罷免されたることが重くのしかかっておった」

「ほう……」

「ところが、その密議の中身が公儀に漏れたのでおじゃる」

ひとたび「親王には天皇号は贈らない」と決した公儀の決定をくつがえそうとする帝の態度は「きわめて悪《あ》し」として、公儀は衆議のすえ、老中安田資成《もとなり》を京に遣わした。

表向きは国入りの途上での京見物だが、

「じつは……主上の譲位をうながしにまいったのでおじゃる」

たびたび公儀の考えをないがしろにするような帝をいただいていると、朝廷と公儀のあいだに軋轢《あつれき》が生じ、徳川によろしからぬ思いを抱いている諸大名が朝廷に近づき、ひとつの流れを作らぬともかぎらない。

「つまり安田老中は、帝に退位をするようほのめかしに来た、と……」

「さようでおじゃる。まろは、それればかりは許してたもれ、と恥も外聞も捨てて頼み込んだのでおじゃるが、あの男は……」

安田は鼻で笑い、内々にではあるがもう決まったことだと言い放った。しかし、それではあまりに情け容赦がないと思ったのか、あるいは傷ついた獲物を余計にいたぶろうというのか、ひとつの案を出した。

「わしは大名のなかでも食通として知られておる。若いうちから金に飽かして、美味いものをひたすら食いまくってきた。すでにたいがいのものは食してしもうた。わしがあっと驚くような珍しい、美味いものをつぎの対面のあとの膳に出してみよ。それが美味であったなら、上さまへの言上、考え直してもよい」

「まことでおじゃるか。それはありがたき……」

首の皮一枚つながったと鷹司が礼を言おうとしたとき、

「ただし……」

安田老中はにたりと笑って付け加えた。

「魚の料理でお願いいたす」

「さ、魚でおじゃるか……」

「わしは京都所司代も務めたことがあるゆえ、この都のことはよう知っておる。生魚は泥臭い川魚しかなく、あとは若狭《わかさ》から運ばれてくる塩漬けの鯖か、大坂の雑喉場《ざこば》から船で運ぶハモ、あとは身欠《みが》きニシンの甘煮ぐらいのもの。いつか京で、獲《と》れたての魚の美味き料理を食うのがわしの夢でござってな。はっはっはっはっ……」

鷹司は拳を握りしめてこらえた。つまり安田には助け舟を出すつもりはなく、ただ京の町と公家をからかっているだけなのだ。悔しい思いで一杯の鷹司が、そのとき、ふとひらめいたことがあった。

「ご老中、今の話、まことでおじゃろうな」

「なに？」

「もし、ご老中のまだ知らぬ、珍なる魚料理を出したなら、主上の退位の件はなかったことにしていただけまするな」

「珍奇なだけではいかぬ。美味きものでなければのう」

「では、珍にして美味き魚料理ならば……」

「くどい。武士に二言はない。――まさか、この京でわしの舌に合うような魚料理を出すつもりではなかろうな」

「そのつもりでおじゃる」

「わっははは……冗談《てんご》言わんといて、というやつじゃわ」

安田は大笑いして部屋を出て行った。

「――というわけでおじゃる」

鷹司輔平は久右衛門に言った。

「どうせ京には美味い魚はなかろう、と向こうはほんの冗談のつもりでおじゃろうが、武士に二言はないとまで言い切りよった。そこでまろが思い出したのが、大鍋食う右衛門とあだ名される大遑殿のことでおじゃる。大遑殿の令名はわれら公家のあいだでも、食べることへのあんぽんたん……いや、食通であらっしゃられるとたいそうな評判。なにとぞ、われら公家を助けると思し召して、あの男をぎゃふんと言わせる料理をお教えくだされ」

「うーむ……」

久右衛門は太い腕を組み直した。

「つぎの対面は明日の朝。膳を出すのはそのあとでおじゃる」

「つまり、昼餉じゃな。明日とはまた、早いのう」

「帝も、此度のことは勇み足と悔やんでおいででおじゃる。主上が退位なされるようなことになれば、この国は闇でおじゃる。大遑殿……われらにはあなたさまに頼るほか術《すべ》がおじゃらぬ。助けてたも……」

「むむむ……」

久右衛門は考えた。彼は、京が嫌いである。公家が嫌いである。なぜなら、京は王城の地である、千年の歴史がある、荒々しい武士や利に敏《さと》い商人と我々はちがうのだ……という具合にいつも大坂を見下しているように思うからである。なにをするにものんびり、まったりして、イラチの大坂人としてはその立ち振る舞いにいらいらせざるをえない。言葉ひとつとってもそうだ。丁寧すぎる。足のことを「おみ足」、味噌汁《みそしる》のことを

「おみおつけ」という。「御」が二つも三つもついているのだ。大坂の側にも、がさつだとか、うるさいとか、金に汚いとか、見下されるだけのわけはあるのだろうが、それにしても京とは反りが合わない。だが……。

(当今の帝は、天明の大飢饉の折、京の民を救済なされたお方じゃ……)

天明の飢饉のとき、京の人々も飢えに苦しんだが、京都所司代はなにもしなかった。そこで皆は御所に向かい、帝のおわす常御所《つねのごしょ》に賽銭《さいせん》を投げて、救済を乞うた。その数はおよそ七万人にも及んだ。大坂や河内《かわち》からも帝の救いを求めてひとが集まったのである。心を痛めた帝は、みずから京都所司代にかけあった。そのときに帝を補佐したのが当時関白だった鷹司輔平なのだ。

「禁中並公家諸法度」に縛られ、帝や公家は公儀の許しなくしてなにもできぬ。帝や関白たちのそのときの動きは、罰を受けてもしかたがないものだったが、当時の京都所司代は帝の願いを受けて千五百俵の米を京の人々に供したのである。

(京だの大坂だのと申してはおれぬ)

久右衛門は、どんと胸を叩き、

「あいわかった。それがしにできることであれば身命なげうってお手伝いいたそう」

鷹司は涙を流し、

「おお……お引き受けくださるか。ありがたい……ありがたい……」

「飢饉の折は、大坂や河内のものも救われたと聞いておる。わしが万分の一でもお返しせねば罰《ばち》が当たるというものじゃ。では、早速、どのような料理を作るか、御所の板前と話がしたいゆえ、ここへお呼びくださるか」

「天にも昇る気持ちとはこのこと。――なれど大邉殿」

「む？」

「聞き及ぶところでは、西町奉行所のつぎの御用日は明後日とのこと。しかも、大坂城代の公事聞《くじぎき》があるそうではおじゃらぬか。ということは、明日の夜船で京を出ても、間に合うかどうかわかりませぬ」

「おお、公事聞か。忘れておった。――ま、なんとかなるであろう」

「新しい料理をなんとか思いつく、ということでおじゃるか」

「いや、わし抜きでも公事聞はなんとかなるだろうということじゃ」

そう言って久右衛門は豪快に笑った。もちろんまだ、なんの見込みも立っていないのである。

◇

勇太郎を乗せた三十石が伏見に着いたのは、すでに夜も更けたころだった。ようやく乾いた着物を着てみたが、よれよれなのでどうにも不恰好である。チボの小六はしきりに恐縮するが、今はそれどころではない。ただちに久右衛門の足取りを追わねばならぬ。

まずは浜に並ぶ船宿を一軒ずつたずね歩く。

「相撲取りみたいに肥えた侍と、その従者のようなふたりが船から上がらなかったか」

つまり、八軒家でやったのと同じことを繰り返すのだ。はじめのうちは、主、番頭、丁稚、女中など大勢にたずねるのではかが行かなかったが、途中から小六が見よう見まねで手伝い出したので急にはかどり出した。

「チボとは思えんな。奉行所の務めが十分こなせるぞ」

勇太郎が感心したように言うと、

「これも旦那のお役にたちたい一心でおます」

しおらしく頭《こうべ》を垂れる。

一軒の船宿で、

「それは間違いのう、うちのお客さんどすえな」

と言う女中がいた。

「そのふたりはどちらに行った」

「さあ……そこまでは」

勇太郎たちは船宿の近くをたずねて回ったが、久右衛門を見かけたものはいなかった。

すでにとっぷりと日も暮れ、勇太郎は疲れ果てて路傍の平石に座り込んだ。なんだか身体がぬるぬるして気持ち悪いし、悪寒もする。風邪《かぜ》を引いたのかもしれない。そんな勇太郎を見かねてか、小六は身軽にひょこひょこ歩き回り、通りがかるひとに「相撲取りみたいなお侍」についてきいている。捕まえたチボを捕り縄もかけずに放っておくなど、同心としてありえないことだが、もうそれをどうこうする気持ちも湧いてこなかった。

「旦那……！」

小六がひとりの男の手を引いて、こちらにやってくる。ほろ酔い機嫌の町人である。

「どうした」

「そこの居酒屋で一杯飲んでる連中に声かけたら、こいつがそのお武家を見かけたみたいです。――こちら、大坂の町奉行所の旦那や。包み隠さず申し上げい」

チボのくせに会所の番人のような口をきく。

「へ、へえ……わては今日の夕方、このあたりで甘酒を売っとりましたんやが、よう肥えたお武家が船宿から出てきはって、路地に停めてあった駕籠に乗りはったんどす。ところがあんまり肥えてはるもんやさかい、三人もおる駕籠かきがよう持ち上げよらん。わても往来のもんも、腹抱えて笑てました。ようよう汗みずくになって持ち上げて、ふらふらしながらあっちに行きよりました」

「しめた。――その武家はひとりだったか」

「お付きのお方がいてはりましたけど、そのひとは駕籠脇について歩いてはりました」

「では、このあたりの駕籠屋にきけば、詳しいことがわかるな」

「あはは……そんなんせんでもよろし。あれは、御所の駕籠どす」

「ご、御所だと……！」

「へえ、たまに見かけますさかい間違いおまへん。京のもんやったら、駕籠の紋見ただけで、ああ、御所の駕籠やてわかりますわ」

勇太郎と小六は顔を見合わせた。

◇

その夜遅くのこと、久右衛門のまえにはさまざまな魚料理が所狭しと並べられていた。鯉《こい》こく、落ち鮎《あゆ》の塩焼き、鮒《ふな》の煮びたし、モロコの飴《あめ》炊き、鯛の浜焼き、グジ（甘鯛）の蒸し物、鰻の蒲焼き、ハモの落とし、しめ鯖……いずれも御所の料理方を務める御厨《みず》子所《しどころ》預《あずかり》の高橋尚英《しょうえい》の心づくしである。久右衛門はそれらを片っ端からぱくぱくと食べていく。その猛然たる食べっぷりに、鷹司輔平と高橋尚英は呆然《ぼうぜん》としている。あらかた食べ終わってから、ふたりを相手に久右衛門が、ああだこうだとおのれの考えを話していると、襖の外から声がした。

「申し上げます。ただいま宜秋《ぎしゅう》門に、大坂西町奉行所の同心村越なるものと供のもの一名が来たり、こちらに町奉行大邉久右衛門さまがおられるはずと申しておりますが、いかが取り計らいましょうや」

久右衛門はにやりと笑い、

「つきとめよったか。さすがは村越じゃ。――ここへ通せ」

「かしこまりました」

ほどなく、案内されて勇太郎と小六がやってきた。

「とうとう捕まえました。もう逃がしませんよ」

「ネズミみたいに申すな。逃げも隠れもせぬ。――そちらの町人はなにものじゃ」

「よんどころなき事情にて、花形の小六なるチボを召し連れました。お頭の財布を掏りたるものでございます」

「あの折のチボか。こりゃまたおもしろいのう。貴様、顔を覚えておるぞ」

小六は、御所の壮観や立派な客殿に恐れをなしたか、血の毛のない顔でかしこまっている。鷹司輔平が、

「チボとはなんでおじゃる」

久右衛門が、

「チボとは掏り……ひとの懐中物を掏り取る盗人のことでござる」

「おお、怖《こわ》や怖や。そのようなものははじめて見たでおじゃる。われらは貧乏公家ゆえ、懐には一文もおじゃらぬぞ」

鷹司卿は、胸もとをかき寄せた。

「京都町奉行か所司代に預ければよいではないか」

久右衛門が言うと、

「そうすれば、お頭がこちらにおられることを覚られかねません。――そんなことより、早々にお戻り願います。公事聞の日が迫っておりますゆえ」

「それが戻れぬのじゃ」

「なんと……！」

「わけを申そう。わしは、帝に内々に頼まれたのじゃ」

「帝に……！」

絶句した勇太郎に、

「ま、聞け。老中安田資成が国入りと称して京に参り、帝に譲位を迫っておる」

「安田……！」

勇太郎が思わず大声をあげたのをききとがめ、

「安田老中になにかあるのか」

「い、いえ……なにも……」

久右衛門は、これまでのいきさつを事細かく話しはじめた。勇太郎は、話の大きさと重さに驚愕するしかなかった。

「というわけで、わしは安田をへこませる魚料理を案じておる……とこういうわけじゃ。御用日も大事だが、帝が退位するかどうかの瀬戸際じゃ。放っておくわけにはいかぬわい」

「わかりました。お手伝いいたします。老中をへこませてやりましょう！」

なぜか大乗り気の勇太郎を不審そうに見やったあと、久右衛門は言った。

「とは申せ、彼奴《きゃつ》も食には相当うるさいらしい。並の料理では合点するまい。それゆえこうして魚の料理を並べてもろうた。いずれも美味い。美味いことは美味いが……どれも食したことのあるものばかりじゃ。ということは安田も食べていよう。それでは勝てぬ。また……」

久右衛門はグジの酒蒸しを一口食べ、

「海の魚は、ハモなどをのぞけば、どれもひと塩してある。京は海からはかなり遠いゆえ、塩をせぬと持たぬのじゃ。いくら上手に塩抜きをしても、獲りたての生魚の味わいとは異なる」

「老中に夕餉を出すのは明日の夕刻。雑喉場で仕入れて、三十石で運んだとしても、丸一日かかります。海の魚はあきらめて、川魚か塩をした魚を使うしかないでしょう。よほど速い飛脚の足でも、京大坂は片道二刻（約四時間）はかかりますから……」

「ふむ……」

久右衛門は湯呑みに注がれた酒を口に含むと、

「飛脚か……飛脚……そうじゃ！」

膝を叩いて、鷹司輔平に言った。

「ただちに人数を伏見稲荷近くに遣わし、韋駄天の判平という渡世人を探してもらいたい。おそらく、宿屋におらねば、そのあたりの博打場《ばくちば》か貸元のところに転がり込んでおるはずじゃ」

「なにゆえそのおひとを探さねばならぬのでおじゃる」

「説いているひまはない。そのものが此度の料理勝負の鍵を握るかもしれぬのじゃ」

「そ、それは一大事。手の空《す》いている公家、皆に声をかけて、探させまする。まろも参ります」

「シマジと申す烏《からす》が、判平の顔を見知っておる。同道させていただきたい」

「かしこまっておじゃる」

鷹司はあわただしく部屋を出ていった。残った久右衛門に勇太郎は、

「なにか思いつかれたのですか」

「うむ。こういうことはいくらしかめっ面《つら》で思案しても出てこぬ。当意即妙、ふとした思いつきが肝心なのじゃ」

「ふとした思いつきですか……」

「ともあれ、あと半刻か一刻のうちに献立を思いつかねばならぬのう」

勇太郎が、

「そうです。なんとかお願いします！」

「ま、思いつかぬときは仕方ない」

「どうするのです」

「尻尾を巻いて三十石で大坂に戻るとしよう。鯖寿司で酒でも飲みながら、な」

「それはいけません！　私が許しません。安田老中をあっと言わせてやりましょう」

妙に気の高ぶっている勇太郎を不思議そうに見つめる久右衛門だったが、

「鯖寿司……寿司か」

久右衛門の口もとにうっすらとした笑みが浮かんだ。

「これもまた、ふとした思いつきかもしれぬ」

◇

判平が連れてこられたのは、すでに八つ（午前二時ごろ）を過ぎていた。びくついた様子だったが、久右衛門を見てほっとしたらしく、

「旦那の指図でござんしたか。いやー、驚きやした。賭場でサイコロを振ってたら、『あいつだ！』という声がしたかと思うと、顔を白く塗って烏帽子《えぼし》をかぶったお公家み

たいなやつらが何十人もいきなりどやどや押しかけてきて、揉《も》みくちゃにされてあっという間に連れ出されちまって……殺されるのかと思って震えておりやした。生きた心地がしませんでしたぜ」

「シマジがおったであろう」

「さあて……気づきやせんでした」

するど、廊下の向こうからシマジが照れくさそうに現れた。

「二度とお会いするはずではなかったのですが……」

と前置きしたあと、

「あいつだ、と叫んだのは手前ですが、顔を見せるより早く、お公家衆がわれ先になかに入り込んだので……」

勇太郎は、公家たちが賭博場に雪崩《なだ》れ込んできたときの判平の驚きを思い、笑いをかみ殺すのに苦労した。

「判平、おまえの金を盗んだのはこやつじゃ」

久右衛門は、かたわらにいる小六を指差した。小六は跳び上がった。

「いや、わてはその……ほ、ほ、ほんの出来心で……」

勇太郎が脇から、

「花形の小六ともあろうものが出来心のはずはあるまい」

「すんまへん！　村越の旦那のお知り合いとは知らず、そちらのお武家さまも、そちらの旅人さんも失礼いたしました」

　勇太郎は笑って、

「俺の知り合い？　馬鹿を申せ。このお方はわがお頭、大坂西町奉行大邉久右衛門さまだ」

「ぎえええっ！」

　小六と判平はのけぞったが、久右衛門は判平に向き直り、

「今はそれどころではない。——判平、おまえに頼みがある。きいてもらえるか」

「どういうことでござんすか」

「わしの頼みというより、京の公家衆すべての頼みなのじゃ」

　判平はかしこまると、

「そいつあ願い下げでさあ」

「なに？　断ると申すか」

「いえ……日本中の公家、大名に頼まれても気に入らなきゃあ『うん』とは言わねえあっしでやす。けど、旦那の頼みとありゃあ、うちの親分がなんと言おうと、あっしゃ命を賭けやすぜ。旦那……一言、判平、頼む、とおっしゃってくだせえ。そうしたら、あっしゃ地獄にでも行きやすぜ」

判平は威勢よく言った。

「それはたのもしい。おまえに頼みというのはのう、今から大坂に赴き、雑喉場で旬の魚を購《あがの》うてきてほしいのじゃ」

「今から？　今からでござんすか」

「さよう。それも、明日の朝四つ半（十時ごろ）には戻ってきてもらいたい」

「そんなこたぁ……」

判平は、「できねえ」という言葉が口から出そうになるのをこらえ、

「旦那の……お奉行さんの頼みだ。やってみまさあ。並の飛脚なら、大坂まで二刻はかかるが、あっしなら一刻半（約三時間）だ。雑喉場での買い物が四半刻《しはんとき》として、五つ半（九時ごろ）には戻れそうでやす」

「さすが韋駄天じゃのう」

「あっしの両脚には筋金が入ってまさあ。お奉行さんのためなら火のなか水のなかでござんす」

「頼もしいのう」

久右衛門は目を細めた。彼は書状をしたためると判平に渡し、

「雑喉場には知人がおる。この手紙を持ってそのものをたずねていけ。どのような魚が欲しいかも書いておいた」

「代金は？」

「大坂西町奉行所につけておけ、と申せ。——さ、早う行け。道中、気をつけてな」

「合点承知でござんす」

判平は風のように部屋から去った。

「雑喉場のセリは明け六つじゃ。これでその日の朝揚がったいちばん新しい魚が手に入るぞ」

久右衛門が言うと、勇太郎が、

「生魚で、なにを作るおつもりですか」

「寿司じゃ」

「寿司……でございますか」

「そうじゃ。押し寿司を作る」

そう言って久右衛門はひとりうなずいている。勇太郎がおずおずと、

「なるほど、京では塩をしていない魚は珍しいかもしれませぬが、安田老中は江戸住まい。生魚の寿司など食べ飽きているのでは……」

鷹司輔平も、

「あの韋駄天男が、申していたとおりの刻限に戻れたとしても、昼餉を作るゆとりは一刻ほどしかおじゃらぬ。たとえ早寿司であろうと、重石《おもし》を乗せて寿司を『押す』には、

「それはそうじゃのう。押し寿司は押せば押すほど魚の旨味《うまみ》が飯に染みこむゆえ、押しが足らぬと美味《うも》うはないが……」

久右衛門はぼりぼりと無精《ぶしょう》髭を掻いた。気落ちした一同は黙り込んだ。そんななか、花形の小六が言った。

「シマジさんも判平さんも立派に手伝《てつど》うてはるのに、わてだけなんにもできてないのは情けない。わてもなんぞお手伝いさせてもらえまへんか」

「おまえはおとなしく座っていろ。また、なにかしてもらうときが来るかもしれん」

勇太郎がそう言うと、久右衛門は小六に盃《さかずき》を渡した。

「まあ、飲め」

「いえ、わては……」

「よいから飲め。ぐーっと行け」

「へ、へい……」

町奉行に酒を注がれて縮こまる小六に、

「貴様、わしの財布を掏るとはよい度胸をしておるのう。ほめてつかわすぞ」

鷹司輔平がいらいらと、

「老中への昼餉、どのような工夫を思いつかれたのでおじゃる」

「まだ、なにも思いついてはおらぬ」

鷹司は蒼白になり、

「な、なんと……それでは困るでおじゃる」

「思いつかぬものは仕方ない。小六の魚が届いてから考えようぞ。明日の朝のお楽しみ、というやつじゃ。うわはははは……笑えるわい」

「大邉殿は笑えても、まろは笑えぬ。もし、しくじったとしたら……いや、たとえ美味くともあの老中が『不味い』と言えばなにもかもおしまいでおじゃる」

久右衛門はからからと打ち笑い、

「鷹司殿、ここまで来たら腹をくくりなされ。土台、この話は無理難題、難癖のたぐいじゃ。やるだけやってみるしかない。鷹司殿も、いや、京の公家衆ひとり残らず、わしの『ふとした思いつき』に賭けるしかないとは、はっはっはっ……おもしろいではないか」

なにもおもしろくはない。

「下手な考え休むに似たり、と申す。これでもう、あとは判平が戻るまですることはなにもない。朝まで皆で食うて、飲もうではないか。京には美酒が揃《そろ》っていると聞いておるぞ」

まだ食うのか……という呆れ顔の一同を尻目に、久右衛門は湯吞みの酒を美味そうに飲み干した。


「……とまあ、わしが帝にご譲位を願うわけというのはかくのごとしじゃ。おわかりいただけたかな」

「それは、ご老中の総意でおじゃるか、それともあなたさまひとりのお考えか」

「内意は得ておる、と先日申し上げたはず。お手前方は、わしの言葉を老中四名のものと聞けばよろしい。朝廷としての返答は、さよう……二、三日はお待ちいたそう」

「かかる大事、三日ではとうてい決せぬ」

「わしは国入りの途上という名目でここに来ておる。長くは逗留《とうりゅう》できぬ」

「主上を退かせて、公儀の意のままになる新帝をあとに据えようというのでおじゃろう」

◇

「ま、早い話がそういうことじゃ。今の帝はなにかと朝廷の意を押しだそうとなさる。帝だの朝廷だのと申すは、ただの添え物でよいのじゃ。まえに出ようとすると、それに追随するものが現れ、世が乱れる」

「そうは参らぬ。ご老中、先日の約束、よもやお忘れではありますまいな」

「約束……？　なんであったかのう」

「珍にして美味なる魚料理、食することができたなら上さまへの言上を考え直すと……」

「ああ、あれはその場の戯言《ざれごと》。真面目に受け取られては困る」

「なに？　なんと申された。あの折、武士に二言はないと申されたではおじゃらぬか。天下の政《まつりごと》を司る老中職にあるものの言葉は綸言《りんげん》に等しい。それをその場の戯言とは……許し難し。われら、武辺《ぶへん》の心得なき公家といえど、ことと次第によっては、御所から外へ出しませぬぞ」

「あははは……そのようにいきり立たずともよいではないか。わかったわかった、わしも武士じゃ。どうせ無理なことだが、約束は守る。——では、早うその料理とやらを出していただこう。さあ、早う！」

「しししばらくお待ちあれ。ただいま調《ととの》えている最中でおじゃるゆえ……」

◇

「大邉殿……大邉殿！　起きてたもれ」

揺り動かされて、久右衛門は太い指で目をこすった。飲み食いしながら、いつのまにか眠ってしまったのだ。

「なんじゃ、お代わりか」

「そうではおじゃらぬ。安田老中が参ったというに、判平が戻ってこぬのじゃ」

「今、何刻じゃ」

「もうかれこれ四つ半でおじゃる。あのもの、五つ半に戻ると申しておった」

「よいではござらぬか。こうなったらばたばたせず、ゆるりと待つよりほかない。安田老中はどうしておる」

「まだ、話し合いの最中にて、まろは厠《かわや》へ行くと申して抜けてきたのでおじゃる。今はほかのものが対面しておる」

「ならばよかろう。わしは寝る」

「ああ、もうっ！」

◇

「まだか。もう待ちくたびれたぞ。腹が減ってたまらぬ。京というのは、気に入らぬ客の帰り際に『もうお帰りどすか。ちょっとぶぶ漬けでも……』と申すそうだが、ぶぶ漬けでも出してくれぬかのう」

「もうまもなくでおじゃります。あとしばしお待ちあれ」

「まもなくだ、しばしだと言いながら、いつまで待たせるつもりだ。いい加減にせよ」

「そろそろできあがるころでおじゃる。それまで、茶を飲まれよ」

「さてさて、京のものは気が長いわい。早うしてくれぬと、美味きものも美味いと思えぬようになるぞ」

◇

「大邉殿……大邉殿！　起きてたもれ」

「うむ……そろそろ起きようと思うていた。判平は戻りましたかな」

久右衛門はあたりを見回した。一睡もせず起きていた勇太郎たちは、目を赤く腫らしている。

「まだでおじゃる！　もう、間に合わぬ」

ひきつった声で鷹司輔平が言った。

「よう寝たわい。——今、何刻かな」

「九つ（正午）になり申した。対面は終わり、老中は茶を飲みながら、昼餉を待っておる」

「ふーむ……」

さすがに遅い。

「なんとか茶と菓子で引き延ばしていただきたい。判平が戻らねばなにもはじまらぬ」

「ああああっ」

鷹司卿は頭を抱えた。

「あのような下賤《げせん》なものの広言を信じたまろが馬鹿でおじゃった。できぬとわかって、途中で逃げたのでおじゃろう。主上《おかみ》にも顔向けできぬ。もう、まろはどうしたらよいか……」

すると、シマジが言った。

「下賤とおっしゃいますが、ひとに上下の違いはございません。お奉行さまも、主上が帝だから助けてくださるのではありません。手前は、あの博徒を信じます」

「そ、そうか。そうだな。まろの失言でおじゃった。なれど、今戻ってきたとしても遅いではおじゃらぬか」

そのとき、

「判平殿、ただいま戻られました！」

どこかで大声がした。どたっ、どたっという物音がして襖が開き、両肩を支えられた判平がそこに立っていた。

「おお、戻ったか。——その顔、いかがいたしたのじゃ」

判平の顔は、見分けがつかないほどに腫れ上がっている。

「そ、そんなことより……こいつを……」

判平は座敷に倒れ込むと、首に巻きつけていた風呂敷をその場に置いた。

「旦那に言いつけられたとおり、鯛にサンマに鯖にアジに甘鯛……どれも獲れたてのぴんぴんしたやつばかりでやす。とにかくちいっとでも早くお届けしなくちゃと、駆けに駆けに駆けてきやした」

久右衛門は、魚の身をいちいちあらためた。

「うむ、上出来じゃ。——その顔は……喧嘩でもいたしたか」

「途中で、都島《みやこじま》一家のやつらに出くわしましてね、まえからうちとは因縁のある連中なんでやすが、案の定、からんできやがった。あっしも……と思ったが、今は魚を旦那に届けるのが肝心だと思って、ぐっとこらえやした。なあに、普段ならあんなやつらの十人や二十人、囲まれたってびくともしねえんだが、なにしろ魚を守らなくちゃなんねえんで、殴りたいだけ殴らせてやりました。どうやら、あばらにひびが入ったようでござんしてね、そのあとは走りにくくて往生いたしやしたが、魚はこのとおりなんともござんせんぜ」

「それで、帰り着くのが遅れたのだな。——判平、ようやったのう。ほめてとらすぞ」

「なあに、あっしも旦那にご恩返しの真似事ができて、こんなうれしいことはござんせん」

鷹司卿も涙を流しながら、

「判平とやら、すまなかった。まろはたった一度だけ、ちらとそちを疑《うたご》うたでおじゃる。

許してたもれ」

　久右衛門は、御所の包丁人たちをまえにして、

「早寿司の飯はできておるか」

「へえ、飯を炊いて、加減した酢を混ぜ込んで、冷ましてございます。——けど、お奉行さん……」

「なんじゃ」

「これから酢飯に押しをかけようにも、もう時がござりません。ご老中さまには随分とお待ちいただだいとりますし、どないしたらよろしいやら……」

「重石を乗せるだけでなく、うえから皆で押せば早くできあがろう。相撲の極意は、押せ、押せ、押せ、引いたら負けじゃ。それでも足りねば、そのうえにわしが乗っかってやる」

「そんなことなさったら、飯が潰れてしまいます」

「では、どうせよと言うのじゃ」

「わたしどもも、それをうかがいたいんだす」

　そんなやりとりを見ていた花形の小六が嘆息して、

「ああ、情けない。チボとしてどんだけ指が器用でも、こういうときには屁《へ》の突っ張りにもならん。せめて大立ち回りでもあったら、わての柔《やわら》の腕でどいつもこいつも投げ飛

ばしたるんやけどなあ……」

その言葉が久右衛門の耳に入った。

「貴様、柔ができるのか。柔……柔……」

なにかを思いついたような目になり、

「おい、柔術には極意の言葉があったのう。押したらどうのこうの、とかいう……」

「へえ、『押さば引け、引かば押せ』……だっしゃろか」

「それじゃ。押さば引け、引かば押せ、か……。できた！」

久右衛門は、ちりとりのように大きな両手を叩き合わせた。

「な、なにがでおます」

「老中殿になにを出すか、がじゃ。これでよい。これでよいわい」

久右衛門は、包丁人たちに指図をはじめた。

「さあ、やるぞ。——この魚をどれも薄う切ってくれ。大きさは、そうじゃな……花札ほどじゃ」

「花札と申されても、わかりかねまする」

「うーむ……では、歌がるたよりもやや小さきほどじゃ」

「それならわかります」

「それと、飯を小さく握るのじゃ」

「握る？　おむすびのようにどすか」

「ちがう！　横に長く、切った羊羹のような形にしてほしいのじゃ」

「羊羹も、切りようでどないなと変わります」

「ええい、わしがやってみせる！」

　久右衛門はみずから酢飯を握ろうとしたが、手が大きすぎ、指が太すぎ、しかも不器用すぎるため、指と指のあいだから飯がぽろぽろこぼれ落ち、思うようにならぬ。

「くそったれ。なぜにうまくいかぬのじゃ！」

　怒ってもしかたがない。見かねた小六が、

「わてがやってみまひょ」

　久右衛門の意を酌《く》んで、それらしく握ってみせた。手先が器用なので、なかなかうまく飯をまとめる。

「うむ、それじゃ。もう少し平たく、小さく……そうそう。そこに、この魚の切り身を乗せるのじゃ」

　珍妙なものができあがった。押し寿司は、一人前の飯のうえに魚を敷き詰め、うえから押しをかけたうえで、小さく切り分ける。しかし、久右衛門が作ったものは、はじめから一口分の飯を形作り、そこに小さく切った魚の薄切りを乗せるのだ。

「これに……押しをかけるのどすか」

「いや、これでもう出来上がりじゃ」

「ええっ」

料理人たちはおろか、勇太郎や鷹司卿など、いあわせたもの残らず驚愕した。

「早寿司とは申せ、いくらなんでも早すぎまっせ」

「押さぬ押し寿司など、美味いわけがおへん」

「たしかに珍しいけどなあ……」

「かかる簡便極まるいいかげんなものを老中が喜ぶとは思えませんせん」

「せめて、少しは押しをかけたほうが……」

だが、久右衛門はかぶりを振り、そのひとつをつまんで、ぱくりと口中に投じた。

「思うたとおりじゃ。美味い。少し醬油をきかせたほうがよいな」

独り言のように言うと、醬油を刷毛で魚のうえに塗り、ふたたび食べた。

「これでよい。——おまえたちも食うてみよ」

鷹司卿がまず試した。そして……。

「おお……」

顔がほころびた。

「押さぬ寿司……飯がぎゅっと固まっておらぬゆえ、口のなかですぐにほどけるでおじゃる。美味い……!」

その言葉を聞いて、ほかのものも一斉に手を伸ばした。勇太郎も、鯛を乗せたものを食べてみた。

（美味い……これはいける）

押しをかけていない分、どこもかしこもふうわりとしており、軽い。この軽さがたまらない。しかも、押していないのに、魚と寿司飯はけっしてばらばらではなく、ちゃんと一体となっている。

（不思議な舌触りだ。一つ食べるともうひとつ、もうひとつと欲しくなる。それに、ひとつずつ魚を変えることで、味の数がどんどん増えていく）

小六が、

「握り方がむずかしゅうおますな。指の力加減がゆるすぎたら飯がまとまらんし、きつすぎると餅みたいになってしまう。こうやって……こんな風にすれば……」

先立って、あれこれ試し始めた。料理人たちもそれにならって、ころあいの握り加減を探す。

「どのようにして、これを思いつかれたのです」

勇太郎が問うと、久右衛門は悪戯《いたずら》そうに笑うと、

「押さば引け、じゃ。押すことができぬなら、引いてみる。押しをかけるのをやめてしまったらどうなるか……と思うたが、それが図に当たったわい」

「はあ……」

鷹司卿が力強い声で、

「酢の塩梅《あんばい》、魚の切り方など、まだまだ工夫すべきところはあれど、もう余裕がおじゃらぬ。今日はこれで、老中に出そうと思う」

締めくくるようにそう言った。

◇

「遅い……遅い遅い遅い。わしを暇人だと思うておるのか。天下の老中をほったらかしにするとは、公儀もなめられたものよ」

大声で文句を吐きだしている安田資成のもとに、女官が桶《おけ》に入れたものを運び入れた。そのあとから鷹司卿が、

「お待たせいたした。ようようできたでおじゃる」

「もはや腹が茶でだぶだぶだ。遅いにもほどがある」

「堪忍でおじゃる。――さ、どうぞ」

桶に盛り込まれたものを見て、安田老中は目を丸くした。

「なんじゃ、これは。わしを愚弄しておるのか。飯のうえに魚の切り身を乗せただけではないか。しかも、京にかかる生魚のあろうはずがない。昨日獲れたものを三十石で運

んだのだろうが、少なくとも丸一日は経っていよう。もう腐っておるのではないか。このようなもの、ゲテモノ食いならいざ知らず、まともな通人の食す料理ではないわ」

「まあ、そう言わず、だまされたと思うておひとつ召し上がれ。味は醤油を少し塗ってますゆえ、そのままで……」

憤然として、安田老中はそのひとつに箸を伸ばした。アジの寿司だ。

「どこをつかめばよいかもわからぬ。不都合な食い物だ」

「脇から、飯のところをつかむようになされ」

「ふん……」

不機嫌そうに顔をしかめ、おそるおそる口に入れる。その目が輝いた。

「噛もうとするまえに、はらりとほどけよった……」

小さな声でそうつぶやき、今度は鯛の寿司に箸を伸ばした。

「これは早寿司か……いや、早寿司よりも早い。早過ぎ寿司……」

箸が、べつの寿司に向かって動くのを見て、鷹司は、

（しめた……！）

と思った。安田は、甘鯛の寿司を口にした。言葉は発しなかったが、喉仏が上下している。三つ目、そして四つ目……。

「いかがでおじゃる」

応えはない。ただ、口と箸だけが動いている。

「ご老中……」

ふたたび声をかけたとき、桶のなかはすっかり空になっていた。

「珍にして美味、ではおじゃらぬか」

老中はその問いには答えず、

「魚が新しい。どういう手を使ったのだ」

「ほっほっほっ……それは内緒でおじゃる。——さあ、この生魚の料理、美味《おい》しかったかどうか……」

安田はいきなり立ち上がると、

「早寿司など、下賤のものが食する食い物だ。ようも老中のわしに食べさせよったな。ぶぶぶ無礼ものめっ！」

鷹司輔平は一歩も引かず、座したまま射るような目つきでまっすぐ老中を見上げると、

「まろの聞きたいのは、味がどうだったか、ということだけでおじゃる」

「むむ……」

「さあ、おっしゃれ」

「………」

「味はいかが！」

老中は天井を仰いで震えていたが、か細い、蚊の鳴くような声で、

「――美味かった……」

「は……？　まろは耳が遠くて、よう聞こえなんだ」

「美味かった」

「もう一度、大きな声で」

安田は鷹司をにらみつけると、

「幾度も言わせるな。う・ま・かっ・た、と申しておるのだ！」

その瞬間、部屋の四方の襖が一斉に開いた。そこには何十人もの公家たちが五百羅漢のように並んでいた。

「皆、聞いたか」

鷹司卿が言うと、

「聞いたでおじゃる！」

声を合わせて公家たちが高らかに叫んだ。それを受けて鷹司は、

「ご老中、約束はお守りくだされ。江戸にお戻りいただき、ほかのご老中方に、主上の譲位は無用なりとお伝えしてたもれ」

安田老中は悔しげに歯嚙みをして、公家衆を押しのけ、突き飛ばし、足音荒く部屋を出て行った。

「やった、やった」

「うまくいったでおじゃる」

公家たちは手を取って喜びあった。

◇

御所の片隅にあるおんぼろ客殿の小さな座敷に、久右衛門たちが集まっていた。ほかに、勇太郎、鷹司輔平、武家伝奏千種有政、シマジ、花形の小六、韋駄天の判平らが揃っている。膳が並び、そのうえにはニシンの昆布巻き、大根と揚げの炊いたん、湯葉のお造り、奴《やっこ》豆腐などが載せられている。酒が運ばれ、にぎやかな酒宴がはじまった。久右衛門は肩の荷が下りたうれしさからか、一合は入りそうな大盃でぐいぐいあおりつけている。

「大邉殿、まあ一献」

鷹司老が柄のついた銚子から酒を久右衛門に注ぎながら、

「あのもの、約束をたがえることはおじゃろうか」

「わからぬ。わからぬが、もしそんなことをしたら、わしが此度のいきさつことごとく書状にしたため、老中首座松平信明《のぶあきら》に言上しよう。——あのうるさき若僧になにかを頼むのは不快じゃがやむをえぬ」

松平信明は、貧乏旗本の大邉久右衛門を大坂西町奉行に推挙した人物である。

「なれど、安田という老中も、美味いものは美味いと、おのれを偽ることはせなんだ。食通としての矜持《きょうじ》は持った御仁と見た」

「そうであってほしいものでおじゃる」

「とは申せ、まだまだわしの域にはほど遠いわい。此度のこと、ここにいる御一同もよう働いたとは思うが、一番の功労は……ふはははは、このわし、ということになろうのう」

そう言うと、懐から扇を取り出して一気に広げ、

「帝に伝えくれよ。大邉久右衛門釜祐の天晴《あっぱ》れなる働きを！」

その扇には、「押してもだめなら引いてみな」と書かれていた。一同がわっと笑ったそのとき、

「そちの働き、朕《ちん》もたしかに聞いたぞよ」

唐紙《からかみ》が左右に開き、そこに三十歳ぐらいの人物が立っていた。皆、ただちにそれがだれであるかを察し、平伏した。

「大邉久右衛門、此度の働き天晴れである。褒めて取らすぞ」

「へへーっ」

「ほかのものも、ようやってくれた。それぞれ褒美をつかわす。――とは申せ、公儀か

ら譲位を迫られ、それを徳川の臣である大坂町奉行に助けられたというのは朝廷の恥。勝手なる申し状なれど、すべては内密にし、そのほうたちの胸に収め、決して口外してくれるなよ」

「へへーっ」

鷹司卿が、

「主上、かかるむさき場にお渡りいただき、恐縮におじゃります」

「なんの、むさきところであろうと御殿のうちであろうと、日本のなかであれば、朕にとってはわが家も同然じゃ」

そう言い残して、「そのお方」は去って行った。

◇

勇太郎たちは驚きに口もきけずにいたが、久右衛門はそれから浴びるほど酒を飲み、対面の余韻に浸った。

「お頭、そろそろ行きませんと船に間に合いませぬ」

昼船はとうに出てしまっている。大坂に戻るには夜船に乗るしかないが、それも早くしないと一番船には乗れぬ。明日の朝には公事がはじまるので、それに間に合うためには二番船では遅いのである。

「よいではないか。滅多にあることではないぞ。村越、もっと飲め」

「十分にちょうだいしております。お頭、そろそろ……」

「あと一杯だけじゃ。ああ、愉快じゃ。うははは……」

結局、何升飲んだかわからない。泥酔した久右衛門を数人で支えるようにして立たせ、駕籠に押し込んだ。去り際に、

「これは主上からお奉行さまへのご褒美の品でございます」

そう言って小さな包みを勇太郎に手渡した。

皆の見送りを受けて、底の抜けそうな駕籠は御所を離れた。そして……。

勇太郎たちは伏見の浜で、夜船の一番船が小さくなっていくのを唖然《あぜん》として眺めた。間に合わなかったのである。

「よいではないか、村越。二番船でゆるりと帰るといたそう」

「よくはございませぬ。明日の御用日が……」

「村越、わしがおらんでも、喜内や鶴や亀や……奉行所の皆がおる。あのものたちならば、なんとかしよるわい」

そして、「褒美の品」の包みを開けた。久右衛門は破顔して大笑いした。それは鯖の押し寿司だった。

◇

西町奉行所は、朝から大騒ぎになっていた。使いの丁稚を通して、村越勇太郎から「お頭は京に居」という文面が届き、そののちも「お頭無事。御用日の朝には連れ戻り申し候」という書状が早飛脚によってもたらされた。詳しい様子はわからぬが、とにかくよかった……と一同は安堵《あんど》していた。しかし、夜船が着く時分に八軒家まで出迎えにいっても、久右衛門も勇太郎も乗っていなかった。

「どうなっておるのだ！」

用人佐々木喜内はじめ奉行所の一同はあわてふためいた。

「どうする、どうすればよい」

「わかりませぬ。二番船を待つよりほか……」

「東町奉行の水野さまと大坂城代の青山さまが来てしまうぞ」

「お待ちいただきましょう。お頭は腹痛ということにでもして……」

「そんなこどもだましの理屈で説き伏せられるか！　なんとか……なんとかせねば……」

「――そうだ！」

急遽、藤川部屋に使いが立てられた。

白洲に現れたその日の「大邉久右衛門」は、なぜか一言もしゃべらずに与力や双方の公事人の申し立てをむっつりと聞き、立ち振る舞いもぎくしゃくした動きだったうえ、裁きが終わるとそそくさと退出し、そのまま、「風邪気味ゆえ失礼いたす」と伝言して引き取った。公事聞が無事終わり、昼餉の振る舞い、という段になって、ようやく久右衛門は「気分が復した」として奥から現れ、一転した上機嫌で東町奉行と城代に「鯖寿司」を勧めたという。

◇

御用日の務めを終えたあと、勇太郎は大急ぎで岩坂道場へ向かった。西町奉行所と岩坂の屋敷とは目と鼻の先である。一日中、どんなにか中途で抜け出し、小糸に会って話をしたかったことか。だが、それは許されぬ。じりじりしながら夕刻を待ち、定刻が来るや奉行所の門を飛び出した。

彼が岩坂屋敷に駆け込んだとき、入り口に出てきたのは弟子ではなく小糸だった。今の今まで稽古をしていたのだろう、稽古着を着て、竹刀を持っている。顔が火照《ほて》り、髪の毛もほつれている。

「小糸殿……じつはその……あれから京に行かねばならず……」

息を整えつつ、勇太郎が話しかけると、

「もう、すみました」

「――え？」

「謙四郎さまに立ち合いを申し入れました。もし、向こうが勝てば、当家の婿にするという取り決めをして……」

たずねるのが怖かったが、勇太郎はかすれた声で、

「で……？」

「勝ちました。思い切り叩きのめしてやりました。あのような鈍《なまく》らな腕で、ようも父の跡を継ぐなどと申せたものだと呆れ果てました」

「でも、樋口道場の免許皆伝だと……」

「たぶんお金で買った、はりぼて免許だろうと父が申しておりました。たしかに、少しはできる方だと思いましたが、力で押してくるばかりの剣法でございました。剣だけでなく、なにもかも押してくるだけのお方。おのれのことばかり考えて、こちらにそれを押し付けてこられます。――私はそんな押せ押せの方よりも……」

小糸は顔を真っ赤にして、

「勇太郎さまのように引くことを知っている方が……好きです」

小声でそう言うと、

「まだ稽古が残っておりますから、これで失礼します」

身をひるがえして道場のほうに駆け戻っていった。あとには、口をぽかんと開けた勇太郎だけが残された。

（追記）

安田謙四郎の父、安田資成は国入りの最中、江戸表より突然罷免を言い渡された。この一件との関わりは定かではない。

また、すべてを内密にしてほしいとの帝の内意により、久右衛門はそののちもこのことについて口外しなかった。そのため、「早過ぎ寿司」も二度と作られることはなかったのである。

チボを辞めて真っ当な稼業に就くため江戸に下った花形の小六は、そこで知り合ったある板前にその作り方をひそかに伝授した。その板前の名は與兵衛《よへえ》という男だったという。

（注一）光格《こうかく》天皇は、「尊号一件」の折、実父典仁親王への太上天皇号の宣下を断念したが、三十八年間もの長きにわたって在位し、譲位ののちは太上天皇となった。また、崩御ののち、九百年近く絶えていた「天皇」号を贈られ、光格天皇と諱《いみな》された。

（注二）握り寿司が文献にはじめて登場するのは文政《ぶんせい》十二年のことである。握り寿司を考案したのは、両国《りょうごく》の華屋《はなや》與兵衛とも安宅《あたか》の堺屋《さかいや》松五郎《まつごろう》とも言われており、当初は「握早漬」と呼ばれていたという。

左記の資料を参考にさせていただきました。著者・編者・出版元に御礼申し上げます。

『大坂町奉行所異聞』渡邊忠司（東方出版）
『武士の町 大坂 「天下の台所」の侍たち』藪田貫（中央公論新社）
『町人の都 大坂物語 商都の風俗と歴史』渡邊忠司（中央公論新社）
『歴史読本 昭和五十一年七月号 特集 江戸大坂捕り物百科』（新人物往来社）
『江戸のファーストフード 町人の食卓、将軍の食卓』大久保洋子（講談社）
『なにわ味噺 口福耳福』上野修三（柴田書店）
『大阪食文化大全』笹井良隆（西日本出版社）
『都市大坂と非人』塚田孝（山川出版社）
『江戸物価事典』小野武雄（展望社）
『江戸グルメ誕生 時代考証で見る江戸の味』山田順子（講談社）
『上方庶民の朝から晩まで 江戸の時代のオモロい〝関西〟』歴史の謎を探る会編（河出書房新社）
『江戸時代役職事典』川口謙二・池田孝・池田政弘（東京美術）
『江戸料理読本』松下幸子（筑摩書房）
『花の下影 幕末浪花のくいだおれ』岡本良一監修、朝日新聞阪神支局執筆（清文堂出版）

『大阪の橋』松村博（松籟社）
『料理百珍集』原田信男校註・解説（八坂書房）
『江戸の食文化　和食の発展とその背景』原田信男編（小学館）
『居酒屋の誕生　江戸の呑みだおれ文化』飯野亮一（筑摩書房）
『浮瀬　奇杯ものがたり』坂田昭二（和泉書院）
『大阪の町名―大阪三郷から東西南北四区へ―』大阪町名研究会編（清文堂出版）
『新なにわ塾叢書③　水都大阪盛衰記』大阪府立文化情報センター＋新なにわ塾叢書企画委員会編著
（ブレーンセンター）
『図解　日本の装束』池上良太（新紀元社）
『江戸商売図絵』三谷一馬（中央公論新社）
『彩色江戸物売図絵』三谷一馬（中央公論新社）
『清文堂史料叢書第１１９刊　大坂西町奉行　新見正路日記』藪田貫編著（清文堂出版）
『講談名作文庫３　大岡政談』（講談社）
『すし物語』宮尾しげを（講談社）
『すしの本』篠田統（岩波書店）
『すしの歴史を訪ねる』日比野光敏（岩波書店）

『日本を知る　すしの貌　時代が求めた味の革命』日比野光敏（大巧社）
『全集　日本の歴史　第12巻　開国への道』平川新（小学館）
『天皇の歴史06巻　江戸時代の天皇』藤田覚（講談社）
『新・日本侠客100選』今川徳三（秋田書店）
『江戸時代選書4　江戸やくざ研究』田村栄太郎（雄山閣）
『江戸時代選書12　江戸やくざ列伝』田村栄太郎（雄山閣）
『歴史を旅する絵本　江戸のあかり　ナタネ油の旅と都市の夜』塚本学・一ノ関圭（岩波書店）

解説

桂　九雀

文庫本の解説というのはしかるべき人が書くものだとばかり思っていました。

「桂九雀《かつらくじゃく》で田中啓文《たなかひろふみ》、こともあろうに内藤裕敬《ないとうひろのり》」。随分と長ったらしいのですが、これはお芝居のタイトルです。私の発案で、田中啓文さんの書いた『ハナシがちがう！　笑酔亭梅寿謎解噺《しょうすいていばいじゅなぞときばなし》』のうちの一篇を演劇化したものです。

何故《なにゆえ》、これを私がやりたくなったのか。どうしてこんなに長いタイトルなのか。まぁ私の申しますこと一通りお聞きなされて下さりませ。

上方落語のお囃子《はやし》さんに浅野美希《あさのみき》ねえさんという人がいまして、私もよく三味線をお願いしております。「ねえさん」といっても私より若いです。この人が誠に正直な人で、柳家三三《やなぎやさんざ》さんという落語家のファンだと公言しているのです。

一人の落語家を贔屓《ひいき》にするのは、大勢の落語家に雇ってもらうお囃子という立場としては甚だ不適切。また他の落語家からすれば極めて不愉快。

「わしらのお囃子は嫌々弾いとるんかい。ほんなら三三さんのお囃子だけやってたらエエがな」

となりますもの。しかし一方で、洒落《しゃれ》の世界に生きる我々落語家たるもの、その不満を明言してしまうと「不粋なやつやなぁ」と言われますので、誰も口には出しません（と、ここで書いてしまったら何にもならない）。

　そんなわけで美希ねえさんは、関西で三三さんの高座がある時は自分が弾く意欲満々で、その日のスケジュールを空けて待ち構えているわけです。好きな落語家をタダで聞けて、その上ギャラまで頂けるわけですから。健気《けなげ》なような計算高いような。

　二〇一一年の十二月十八日（日）、その三三さんが少し変わった公演を西宮《にしのみや》にある兵庫県立芸術文化センターでやることになりました。

「柳家三三で北村薫《きたむらかおる》。」。他社の出版物で申し訳ないのですが、北村薫さんの作品に「円紫《えんし》さん」シリーズというのがありまして、春桜亭《しゅんおうてい》円紫という落語家がミステリアスな事件を謎解きしていくという小説です。それを三三さんが洋装で立ったり腰掛けたりしながら語るという公演です。

　さすがにこの公演には三味線を弾く仕事は来ないだろうと踏んだ美希ねえさんは、関西で行われるその公演の切符を早々と買って当日を楽しみに待っておりました。ところが直前になって、その公演で三味線を弾いてほしいという依頼が来てしまいました。

　でもよく考えたらもっともです。落語家が主人公であるその小説には、高座風景の描写もありますから出囃子も要《い》りますわいな。また必ずテーマとなる落語が一篇に一ネタずつありまして、その公演のテーマネタが「三味線栗毛《くりげ》」。三味線が要らないと思うほうがおかしい。美希ねえさんの読みいささか甘し。

もちろんその日がお仕事になった美希ねえさんに不満のあろうはずはありませんが、切符を余らすのは忍びない。「誰か行きませんか」という声に私が手を挙げました。

当日は中ホール級の客席がほぼ満員でした。我々落語家の世界では同業者の高座を客席から見てはならないという不文律があります。けどまぁこれだけ広い会場なら舞台上の三三さんに見つけられることもあるまいと潜入しました（客席にいた落語ファンには目ざとく発見されました）。

終演後トークコーナーもあって客層を挙手で調べたところ、北村薫さんのファンが相当数いたようでした。小説を読む習慣のない私の感想は「へぇそんな世界もあるのか。落語ファンより多いなぁ」。

さて、帰宅してから何か心がモヤモヤしていました。その原因がわからず明け方まで考えていました。そして朝。落語家が謎解きをする小説が身近にあったことを思い出しました。しかも一篇に一つテーマネタがあるところも共通しているではないですか。『ハナシがちがう！　笑酔亭梅寿謎解噺』。十年前のある日、この本が突然送られてきた時の衝撃は忘れることができません。小説を読まない私がページをめくるのももどかしく感じられるほど面白かった。

何がどう面白かったかを書かないといけないのでしょうか。そんな理屈どうでもよろしい。オモロイもんはオモロイ。そう、ちょうど中学生の頃に落語にはまった時のよう。理屈なんかわからずに笑っていた時と同じ。文体が私にぴったりだったのか。落語がテーマだったからなのか。大阪弁が心地良かったのか。やっぱりわからん。

それにしてもこの作家、落語について詳しすぎます。いかに落語家の監修が付いているとは言えこれは怪しい。ひょっとしたら監修の月亭八天《つきていはってん》（現・月亭文都《ぶんと》）さんが名前を変えて書いているだけなのではないかとさえ疑《うたぐ》りました。田中啓文というのが実在の人物で、しかも私のド素人《しろうと》バンド仲間・北野勇作《きたのゆうさく》さんの知人であることを知ったのは、それから一年後のことでした。

話を戻します。東京の落語家・三三さんが円紫シリーズを語るのなら、上方も負けてはいられません。梅寿シリーズを私が舞台に乗せようやおまへんかと決心しました。こうなると私は行動が早い。

二〇一一年十二月二十一日（水）。近所の焼鳥屋「豊」まで田中さんにご足労願い作品使用のお願い。私からの呼び出しを受けた田中さんは「なんか九雀さんに怒られるようなことしたやろか」と北野勇作さんに相談したと言います。なかなか用心深い人です。

作品使用については快諾。「柳家三三で北村薫」に対抗するんですから公演名はもちろん「桂九雀で田中啓文」。何か文句ありますか。

次は演出家。この時点では、朗読なのか語りなのか一人芝居なのか、全く見当もついていません。しかしいずれにしても客観的に見る立場の人間が必ず必要です。地球にいて地球全体は見えないのです。

私は若い頃から小劇場の演劇をやっていました。その頃は落語会が少なく、当然、落語を喋《しゃべ》る機会もほとんどなく、有り余る時間を消費するには演劇はとても魅力的でした。あれから三十年。その頃一緒にやっていた面々は東京へ行って一旗揚げている人がほとんどです。

そういう仲間の行動を意にも介さず大阪に残ったまま演劇をやり続けているのが南《みなみ》河内万歳一座《かわちばんざいいちざ》。座長の内藤裕敬さんとは三十年来の付き合いです。こういう茫洋《ぼうよう》とした企画を形にできるのはこの男以外にないと思い演出のお願い。「こともあろうに俺でいいのかよ」と快諾。二〇一一年十二月二十七日（火）のことでした。三三さんの公演を見てから十日以内に公演に向けて動き出しました。

公演名は「桂九雀で田中啓文、こともあろうに内藤裕敬」。文句なしでしょう。

二〇一二年一月五日（木）演芸情報誌「よせぴっ」編集長・日高美恵《ひだかみえ》さんにプロデューサーを依頼。三月中旬、柳家三三さんにお手紙をさし上げる。「あなたの公演を見て思いつきました。はっきり言ってパクリです」と。すぐに三三さんからお返事。「どうぞ私のことは気になさらずにおやり下さい」と。

九月二十五日（火）さかいひろこｗｏｒｋｓ（美人三姉妹の制作集団）主導でチラシの写真撮影。五十男が三人、高座でしか着られないような派手な着物姿で天満天神繁昌亭《てんまてんじんはんじょうてい》あたりをうろつく様は元禄《げんろく》時代の「傾《かぶ》き者」のよう。

公演は十二月二十八日（金）～三十日（日）の四回公演。お客様の中には、当然のことながら原作を読んでいない人も多数いるわけで、会場では本の即売サイン会。本は東京の集英社から送られてきましたが、あまりに売れて初日でほぼなくなってしまいました。

追加を頼もうにも会社はお休みです。そこで田中さんはどうしたか。大阪中の大手書店を回って自分の本を買いあさるという行動に出たのです。涙ぐましい努力です。田中さん（作家）、内藤さん（劇作家・演出家）、九雀（落語家）。この三人が寄せ書きしているサイン本はかなり稀少《きしょう》ですよ。貴重ではないですけど。

公演内容は原作者の田中さんにも大変気に入って頂けたのでほっとしました。ご覧になっていない人がほとんどでしょうが、この本が出てすぐに買われた方は二〇一五年二月に倉敷芸文館と北九州芸術劇場で再演がありますから間に合います。

その時に「梅寿」とともに売られていたのが『鍋奉行犯科帳』。私の周りには梅寿よりもむしろ鍋奉行のほうが好きという人も多いですね。おかげで私も小説を読む習慣が……いや習慣まではいきません……隔習慣ができました。

ある日、田中さんのツイッターに「今回の鍋奉行は将棋をテーマにした小説を書いたが、自分も担当者も将棋を知らない」みたいなことが書いてありました。私の最終学歴が大阪府立箕面《みのお》高校将棋部副部長であることまでは知らずとも、私が大の将棋好きなのを知らぬはずがない。これはどう考えても「九雀さん、アドバイスをよろしく」と読めます。はいはい、やらせて頂きますがな。

実は以前に知人が書いた時代小説の書き出しに「冬の明け六つはまだ薄暗く」という表現があってずっこけたことがありました。冬であろうと夏であろうと明け六つの明るさは同じです。明けた時を明け六つ、暮れた時を暮れ六つに定めるんですもの。「ああ先に知っていたら間違えを指摘してあげられたのに」ということがあったので、今回は気合いを入れて臨みました。しかし……しょうもない。大きな間違えがないんです。やり甲斐《がい》ないですわ。もっと朱で染めたかったのになぁ。

とまぁそんなご縁でこの解説を書いております。十年前、「梅寿」の本が送られて来なければ、美希ねえさんが三三さんファンでなければ、そして西宮の公演で三味線を頼まれて切符が浮かなければ、私が将棋に詳しくなければ、ツイッターでの「アドバイス急募」がなければ。仰山《ぎょうさん》の「なければ」をクリアしつつ人の縁がつながりました。

ああ、こんなことを書いているとまたまた「梅寿」を違う形でやってみたくなってきました。歴史はグルグルと繰り返すのでしょうか。縁は円であり、円をつなぐと∞。どうやら無間《むげん》地獄にはまったようです。
ほらね。文章ヘタでしょ。やはり解説はしかるべき人が書くものなんです。私、叱られるべき人ですもん。

（かつら・くじゃく　落語家）

この作品は「ｗｅｂ集英社文庫」で二〇一四年八月から十二月まで連載された作品に、
書き下ろしの第二話を加えたオリジナル文庫です。

田中啓文の本　〈鍋奉行犯科帳シリーズ〉

鍋奉行犯科帳

大坂西町の新任奉行、大邉久右衛門。大食漢で美食家で、人呼んで「大鍋食う衛門」。食の町大坂を舞台に描く、謎あり恋ありの痛快時代小説。

道頓堀の大ダコ

道頓堀に出没する奇怪な大ダコ。探索におおわらわの奉行所の面々をよそに、大食漢の久右衛門が命じたのは……。グルメ満載の食いだおれ時代小説第二弾。

浪花《なにわ》の太公望《たいこうぼう》

「我が仕事は美食を極めることじゃ」公務そっちのけの名物奉行が大暴れ。大坂の町に起こる奇妙な事件と極上の献立が織りなすシリーズ第三弾。

集英社文庫

集英社文庫

鍋奉行犯科帳《なべぶぎょうはんかちょう》 京《きょう》へ上《のぼ》った鍋奉行《なべぶぎょう》

2014年12月25日　第1刷　　定価はカバーに表示してあります。

著　者　田中啓文《たなかひろふみ》

発行者　加藤　潤

発行所　株式会社　集英社
東京都千代田区一ツ橋2-5-10　〒101-8050
電話　【編集部】03-3230-6095
【読者係】03-3230-6080
【販売部】03-3230-6393(書店専用)

印　刷　図書印刷株式会社

製　本　図書印刷株式会社

フォーマットデザイン　アリヤマデザインストア　　マークデザイン　居山浩二

ISBN978-4-08-745266-2 C0193